杜先菊 著

瓦尔登湖光书影

人民文学出版社

图书在版编目(CIP)数据

瓦尔登湖光书影/杜先菊著.
—北京:人民文学出版社,2021
ISBN 978-7-02-015567-5

Ⅰ.①瓦… Ⅱ.①杜… Ⅲ.①散文集-中国-当代
Ⅳ.①I267

中国版本图书馆 CIP 数据核字(2019)第 174289 号

责任编辑　甘　慧　何炜宏
封面设计　李苗苗

出版发行　人民文学出版社
社　　址　北京市朝内大街 166 号
邮　　编　100705

印　　刷　山东新华印务有限公司
经　　销　全国新华书店等

字　　数　210 千字
开　　本　890 毫米×1240 毫米　1/32
印　　张　10.625
插　　页　2
版　　次　2021 年 10 月北京第 1 版
印　　次　2021 年 10 月第 1 次印刷

书　　号　978-7-02-015567-5
定　　价　59.00 元

如有印装质量问题,请与本社图书销售中心调换。电话:010-65233595

目　录

序（老虻） 001
瓦尔登湖畔的菊子（张洪凌） 001

读书·生活
话说菊子 003
飞车听书 013
汉家女儿没有梦 019
卡通的智慧 024
小人儿爱看小人儿书 030
图书馆花样赔钱 040
美国的公共图书馆：儿童的乐园 044
在哈佛听余华和李娟们如何"书写当代中国" 049
新奇与共鸣之间：读书的缘分 056

文学·影视
少女的成年礼——《戴珍珠耳环的少女》 063
朝拜济慈：罗马的西班牙台阶 070

《战争》：杜拉斯与张爱玲　　　　　　　　　　　075

作家与情人——乔治·桑　　　　　　　　　　　077

马友友·莫里康内·电影　　　　　　　　　　　089

《质数的孤独》　　　　　　　　　　　　　　　104

不适何来：读拉希莉的《不适之地》　　　　　　108

艺术与生命之歌：读奥罕·帕慕克的《我的名字是红》　117

蓦然回首：读李翊云的英文小说　　　　　　　　132

姥姥不疼、舅舅不爱的男人　　　　　　　　　　138

历史·现实

《上海秘密战》背后的故事　　　　　　　　　　143

耶霍舒亚：诗人继续沉默，人们隔绝而孤独　　　150

阿妮塔·希尔：《面对强权，直说真话》　　　　156

精彩的拼图——初读《现代思维：二十世纪思想史》　166

鸟与女性，家族与栖息地：读特丽·威廉姆斯　　171

住在中国的犹太人：大卫·柯鲁克　　　　　　　180

住在中国的犹太人：上海犹太人　　　　　　　　187

住在中国的犹太人：《特里比西·林肯的秘密生涯》　198

从邦德到牛虻——头号间谍西德尼·莱利　　　　205

好书，好电影，破历史：《阿拉伯的劳伦斯》　　220

祈望和平　　　　　　　　　　　　　　　　　　226

金色的耶路撒冷　　　　　　　　　　　　　　　233

帮助黑奴逃亡的"地下铁道" 237

语言·翻译

小说·电影《特别响，非常近》 245

乔纳森·萨福兰·弗尔的《我就在这儿》 248

《绑架风云》译后记 255

《如果比尔街可以作证》译后记 261

比水和风更轻柔：阿摩司·奥兹 269

瓦尔登湖畔的阿里 278

翻译如配音 286

《瓦尔登湖》入门

梭罗其人和《瓦尔登湖》其书 291

简朴的生活方式：梭罗的生活成本 299

梭罗在瓦尔登湖畔诗意和哲学的栖居 305

似曾相识：《瓦尔登湖》中的中国经典 312

自然百科全书：《瓦尔登湖》中的花草动物和自然科学 317

序

老虹

志趣与职业相吻合恐怕是少数幸运之人的待遇。每念及此,便想起老报人、作家和名嘴孟肯(H. L. Mencken,1880—1956),他曾比喻自己当记者"就像母鸡下蛋般的快活"。快活也罢,子非母鸡,安知其下蛋之乐?

一直好奇"以艺术为艺术"的诗人史蒂文斯(Wallace Stevens,1879—1955)和他的保险业工作的关系是如何的。恐怕除了会计之外,还有什么比做保险更反诗的?史蒂文斯在哈佛三年学习语言、文学和历史,开始写诗。曾尝试在纽约当记者谋生但前程暗淡,去纽约大学法学院念了个法律学位,考了执照,从此一生在保险业颠簸,最终当上公司副总裁,收入可观,甚至拒绝了哈佛的教职。但没证据表明他有"母鸡下蛋般的快活"。养家养诗养生活方式,不得而已。他的诗,往往是在上下班的路上孕育出来的。

书友菊子的学迹遍布北大、牛津、耶路撒冷的希伯来和布兰代斯。政治学博士,但在IT业工作,搞AGILE,SCRUM,云里雾里。业余读书撰文著书译书,想来既是一种弥补,也是她过人生产能力的显示。用她自己的话,是一个闲不住的劳碌命。若干年来,除了撰写《新英格兰人文之旅》一书外,还翻译了多部小说和非虚构类作品,特别是权威全注疏本《瓦尔登湖》。

风格即人,文字就是性格。菊子是文章快手,文字轻快流畅无情绪疙瘩,取乐之意(the will to pun)常有。性格文字有识有趣,读者哪怕不全同意作者意见也乐。文章也是作者暴露自己的窗口。在《质数的孤独》中,作者说"solitude 是一个很男性的词",这有点出乎我的意料。也许我们对这个词的含义有不同理解,也许真有性别上的差别?Solitude 源于拉丁 solus、solitudo,意思是 alone,"单独",是挺中性的词。除了 solitary confinement(单独禁闭)外,solitary、solitude 几乎带有诗意,权译作静独,更像是一种被追求的境界。柳宗元的"孤舟蓑笠翁,独钓寒江雪"便是这个境界。蒙田说我们必须保留一个完全自己、完全自由的"后店",它是我们的避难所,是我们静独的所在。卢梭留给我们《独步者遐思》(*Les Rêveries du promeneur solitaire*)。狄德罗问叶卡捷琳娜二世为什么她的学问那么好,她回答说我有两个好老师:一个是不幸,另一个是孤独。吉本则说"静独是天才的学校"。爱默生在《自然》正文开篇就是"要想静独,人必须远离自己的居室,就像远离社会一样"。梭罗就干脆卷起铺盖,搬进瓦尔登湖了事,以为世人大多在"默默的绝望"中度日。这些大多是男人,但提起伍尔夫便想起她那有名的《一间自己的房间》(*A Room of One's Own*),和蒙田的意思差不多。随着时代和性别角色的变化,女性作者关于 solitude 的著述和倡导也日多。这静独境界是谁都有需要的时候,甚至不可或缺。

十分同意《翻译如配音》的比喻。译者要尽量消隐自己,成为作者的传声筒。这通常也是演奏家对待作曲家音乐作品的态度。让我想起钢琴家和谦谦君子阿劳（Claudio Arrau，1903—1991），他的演奏似乎就在提醒听众：我只是做帮手的，一切荣耀归作曲家。当然难处一在知音（信）二在配音（达）。根据内容和作者的风格和意图，理解的难度可以从相对无歧义到绝对不知所云。知音已不易，由于语言的不同，配音往往更难。幸运的，能在形式上内容上都达到满意的对等。大多数情况下，只能追求与原文的神似了。翻译是一种吃力难讨好的工作，但是在多语言的世界中又是不得不攀的巴别塔。

《金色的耶路撒冷》是较早的一篇，但却是记忆较深的。和圆顶清真寺闪光的金顶镶嵌成一片了。记得一位自认没有信仰的中国女生在橄榄山上遥望耶路撒冷，向所有的宗教的神灵祈祷：不要这多伟大，不要这多神圣。给那里的人们一点和平，一点安宁，一点平庸，一点世俗。我当时作了这样的评论：信仰是有的，那就叫人道（humanity）。

寥寥数言，东拉西扯，不知是否搭界。权充序言，就此打住，以免喧宾夺菊。

瓦尔登湖畔的菊子

张洪凌

老一辈的美国人，对肯尼迪遇刺一定记忆犹新。我们这个年龄的中国人，大约都记得毛主席逝世那天自己做了什么。如果问北美第一个中文网站"华夏文摘"的读者，很多人都会记得菊子发的第一篇网文——起码我是记得的。那是2003年，十七年以前的事了。那篇文章叫《汉家女儿没有梦》——我很欣慰菊子把这篇早期网文也收进了新书《瓦尔登湖光书影》。那篇文章不但视角有趣，而且把一个个中国童话解构得痛快淋漓。对我们这些业余读者来说，没人想过还可以如此解构这些家喻户晓的民间传说，曝光躲在童话背后做白日梦的老实书生。我记得那篇文章后面跟了好几百条评论，作者菊子也现身跟网友互动，自称此文是因为跟丈夫拌嘴一气之下写就。网友们都给逗乐了，纷纷希望小两口多拌嘴，这样可以读到她更多的好文。菊子的第一次网络亮相就是如此惊艳，给大家留下了一个聪明伶俐的邻家媳妇的形象。

我跟很多网友一样，从此了变成她的忠实粉丝。但我被圈粉的原因可能还比别人多一个。不知为什么，那篇文章让我隐约感到作者不是一个普通的家庭主妇，文中隐藏着一双在第三文化中浸润过的眼睛。我的直觉果然没有骗我。从菊子日后的网文中，我跟她别的粉丝一样，从她不经意透露的支离破碎的个人信息中，慢慢拼凑出一幅她的全息图像：北大毕业，在牛津留过学，住博士屯（波士顿），获布兰代斯大学国际政治、近东与犹太研究博士学位，现为财富百强高科技公司的码农一枚。聪明，厉害，粉丝们对她佩服得五体投地，我也对自己准确的直觉颇为得意。

菊子和我们一样，都拥有中英文两个语言和精神世界，而她还拥有一个第三世界——希伯来语和中东的以色列世界。她的希伯来语是在牛津学的，老师是以色列最杰出的作家阿摩司·奥兹的女儿范尼亚。虽然她自称当时忙于牛津的繁重功课，又在赶译导师诺亚·卢卡斯 (Noah Lucas) 的《以色列现代史》，范尼亚的课并没有好好上，希伯来语学得一般。但她的博士论文《中国和以色列外交关系史》却在 2009 年由文化传讯出版社出版，译著《以色列现代史》也于 1997 年由商务印书馆出版。光这两部大部头著作就足以让我们瞠目结舌，证明了她在以色列研究方面的扎实功底，那个世界才是她安身立命的初衷。而我们，即便不说对那个世界一无所知，起码也是知之甚少。只知道那个地方仗打得没完没了，人肉炸弹一个接一个地爆炸。刚出国时恰逢圣诞节，在教学楼碰到犹太裔教授，我还会兴高采烈地祝他圣诞快乐。直到几年前开始翻译以色列另一位杰出作家耶霍舒亚的小说集《诗人继续沉默》，我才开始对这个国家和它的文学产生浓厚兴趣，感觉有点接近菊子的另一个精神世界了。

菊子的几位导师都是以色列研究的名家，她因此得以博采众长。她在牛津的导师诺亚·卢卡斯是学术杂志《以色列研究》的创始人之一，在英国、美国和以色列的大学都教过以色列政治和历史。另一位老师格兰达 (Glenda Abramson)，是牛津大学研究以色列诗人耶胡达·阿米亥 (Yehuda Amichai) 的专家。她在布兰代斯的导师伯纳德·沃瑟斯坦 (Bernard Wasserstein) 更是一个有趣的人物。此翁专长是战后欧洲史，却对二战中的各路野史兴致勃勃，包括二战期间的上海租界，写过两本跟中国有关的书，一本是《特里比西·林肯的秘密生涯》，另一本是《上海秘密战》，都跟间谍有关。在后一本书里，菊子不但帮导师校对了中文译稿，还做过这本书的研究助理。在收入她这本新书里的"《上海秘密战》背后的故事"一文中，她详细讲述了自己与沃瑟斯坦的师生渊源以及为这本书做的助理研究。这是我极感兴趣的过程。那是九十年代中后期，中日两国的历史资料都还不太好找。沃瑟斯坦就通过馆际借书定期向美国国会图书馆索要有关上海的缩微胶卷，菊子的任务就是每个星期在图书馆里对着嘎嘎吱吱的幻灯片看影印件和缩微胶片，碰到英法德俄文的资料就照本宣科地打印出来，而碰到中文和日文的就挑出来译成英文。日文水平不够，她便找了生物系读博的一名日本朋友帮忙。这种跟历史原件和不同语言如此近距离打交道的经验不是一般人能碰到的，据说，她还学过半年波斯语。我以为，菊子文章中非同寻常的见多识广，文字上的贴切与融会贯通，应该得益于许多类似的经验。

尽管师从众多文科大腕，受过非常专业的理论训练，菊子的文章却从不端架子，没有丝毫的学术论文腔。她的文章有最显而易见的两大特点，一个是散，一个是有趣。表面上拉拉杂杂，信手拈来，没有一本正经的腔调。我曾经想过这种"平散"也许适合网络时代的阅读，但这种表面上的漫不经心却隐藏着一个学者型的菊子。无论是写养儿育女的妈妈经还是书评，后面都有极其丰富严谨的信息垫底。她在写一个地方或者一个人的时候，对他们的内部构造研究得很透彻。比如在"小人儿爱看小人儿书"一文里，她对孩子爱读的书娓娓道来，几乎可以算一篇论文了。我觉得每一个到美国养儿育女的母亲都应该读读。她风趣的一面也在这篇文章中展现得淋漓尽致。比如，儿子读《裤衩船长》(Captain Underpants)，每隔几分钟就要咯咯笑几声，然后要"妈妈看呀！"(Mom Look！)，而她便得放下手头正在做的事，凑过去跟儿子一同欣赏。Mom Look! 在她听来就像 Mamluk，而 Mamluk 是奥斯曼大帝国时代的奴隶武士，于是她觉得自己在儿子面前，变成了一名随叫随到的奴隶武士。在"美国的公共图书馆：儿童乐园"一文中，菊子不仅谈到麻省公共图书馆的历史和体系，还对儿童部的设立和图书馆的资金来源如数家珍。我来美国也二十多年了，以前还在图书馆打过工，却从没想到去了解它的结构和运行。有时候，虽然读的是她的中文，我却完全忘却她在用中文写作。比如这一段："推着小朋友出门散步时，目标往往是镇中心广场，单程半个小时，路上经过新英格兰城镇最标准的建筑：教堂、邮局、图书馆、市政厅、餐馆、银行等等。"这段文字在我脑海里构成的完全是一个新英格兰女性的形象。只有到过新英格兰的人，才知道她的寥寥数笔，是多么准确地勾画了一幅新英格兰的小镇图景。

这些年菊子和我都跟国内出版界和读书界打了不少交道，她还曾经为《万象》杂志写过不少稿子。不知她如何看，起码我对国内文化界对国外新书的了解之深之快是感触良多的。但读菊子的《瓦尔登湖光书影》，我感到她和国内读书人有一个重大不同是她的"知行合一"。这里我用"知行合一"只取它字面的含意，我是指她知道的往往是她亲身体验过的，甚至在知道某事之后，她还会特意去寻找第一手的感性知识。在"金色的耶路撒冷"一文中，她提到她去过耶路撒冷多次。她笔下的耶路撒冷是用淡金色大理石建成，在骄阳下熠熠生光，一片金黄。然而走进这座掩映在橄榄树下的金色城市，一眼看到的却是荷枪实弹的士兵。这幅图景给我留下深刻印象，多年不忘。在"帮助黑奴逃亡的'地下铁道'"一文里，她提到自己在康科德买下一栋老房子，门上挂着"1770"年的标志，说明它比美国建国还早六年。在这座老房子的原始地下室里，还保存着最早的石子铺地和石墙，石墙的一面有一条隧道。前房主告诉他们夫妇，这条隧道就是当年供黑奴躲藏和逃亡的地方，是美国内战时"地下铁道"的一部分，从南方一直延伸到加拿大。附近很多房子当年的房主都曾经帮助过逃亡的黑奴。还有什么比住在曾经的"地下铁道"更能体验当年大逃亡的隐秘历史呢？康科德的几位知名作家，写《小妇人》的路易莎·梅·阿尔科特，写《瓦尔登湖》的梭罗，都曾在自己家中藏匿和帮助过黑奴。在翻译梭罗的《瓦尔登湖》（全注疏本）时，她不但和注疏者梭罗研究所所长杰弗里·克莱默(Jeffrey Cramer)保持密切联系，还经常出席瓦尔登湖畔一年一次的梭罗年会，参加会议组织的远足、划船、听鸟、观花等野外活动，听梭罗最喜欢的隐士鸫的鸣叫，结识梭罗的忠实门徒和不同语种的译者。

我承认，我不是爱默生和梭罗的粉丝，菊子好像最初也不是。据她说，她对瓦尔登湖和康科德这帮作家的兴趣始于我们的共同朋友生物学家陈红在"华夏文摘"开的一条讨论线。陈红也住在离瓦尔登湖不远的波士顿，给本书写序的老虹和封面摄影家红鹭都是这条讨论线的常客，讨论线的名字就叫"聊聊我们的瓦尔登邻居"。这条长达九十七页的线断断续续开了三年，从 2006 年聊到 2009 年，内容非常丰富有趣。菊子的名言"其实书读来读去，不过是'朋友的朋友的朋友，兔子的汤的汤'"就是在这条线上说的。九久读书人编辑何家炜在 2012 年找她翻译《瓦尔登湖》（全注疏本）的时候，菊子应该可以说对瓦尔登湖如数家珍了，由她来译是再顺理成章不过的事。菊子读书写文章一向是快手，好多艰深难懂的东西都被她玩儿似的搞定，但在翻译《瓦尔登湖》这件事上却是少有的严肃认真。我印象最深的是她在"我为什么翻译《瓦尔登湖》"里说的这段话：

每天晚上，下班后回家，照料完家人，临睡前的两到三个小时，是我自己的时间。借着一本《瓦尔登湖》，我和自己独处。摊开《瓦尔登湖》,一个字一个字地读进去,又一个字一个字地敲出来,这样看似简单却十分复杂(语言、概念、英文理解、中文表达、神话典故、植物动物,别提有多难了),看似复杂却又相对简单(毕竟只是翻译,而不是原创)的工作,倒让我想起梭罗种豆子的过程。其中,既有过程的喜悦,也有收成的喜悦。

这段话我特别有共鸣。因为和菊子一样,白天我们都在为稻粱谋,只有在夜深人静与自己独处的时候,才能借助翻译迫使自己细细读书和认真"练字",追随自己的初衷。翻译为我们在这个嘈杂喧嚣的世界上提供了一片安静沉思的空间。

在本书最后的一篇长文"《瓦尔登湖》入门"里,菊子详细地记述了她对梭罗的理解认识和翻译《瓦尔登湖》的艰辛与趣事。在这篇文章里,她给我们展示了作为作家和哲学家的梭罗,作为自然科学家和环境保护先驱的梭罗,作为社会活动家和精神领袖的梭罗,唯独隐去了在本书其他文章中灵动有趣的菊子。我相信这是因为在翻译中,一向能说善侃的菊子隐去了她飞扬的自我,如同她在"翻译如配音"一文中所说的。"《瓦尔登湖》入门"一文值得一读再读,其中很多观点和逸闻趣事都是我未曾听过的。我去豆瓣查阅《瓦尔登湖》(全注疏本),发现她这本初版于2015年的译书,迄今已再版七次,在豆瓣得分高达8.7。

现在,菊子已经翻译了九本书,自己写的加上这本也有三本了。内容之丰，跨域之广，远不是我这篇小文所能涵盖的。过去在网上她一向自称温莎（文科傻妞）公爵，但最近她声称做数据分析做了十几年，只能算是半个文科生了，有跟我们这些又纯又傻的文科生撇清的意思。趁她还没有跟我们彻底撇清，我在此文的结尾再透露一个她还穿开裆裤时的糗事：在"聊聊我们的瓦尔登邻居"一线上菊子曾透露，小时候，家里人都说她是从一位叔叔腿上生出来的，她一直信到大得不像话，成为江湖笑柄。

那位叔叔腿上有点静脉曲张。

| 读书·生活 |

话说菊子

"菊子"是一个很传统的名字,中国之外,在日本也曾经很流行,西方、日本和中国的男作家写的文学作品里,很多是日本菊子。就连中国作家写的菊子,许多也与日本有所关联:苏曼殊的菊子是一个因为嫁他不成而含恨自尽的日本女子。一些西方作家也借助菊花的意象,来描写女性的感情和婚姻生活。

我是个比较肤浅的读者,读别人写的文字的时候,往往不由自主地把自己代入作品中,和主人公们同哭同笑。因为我的网名是"菊子",读这些菊子的故事时,这种"代入"似乎又更加自然,阅读时便时常强烈地感受到那些与我生活在不同时代、不同国度的女子的心情、爱怨、希冀和无奈。

无望的爱情:皮埃尔·洛蒂的《菊子夫人》

恋爱中的男女,无论贫贱富贵,年老年少,想必都盼望着心心相印,天长地久。然而,有一种爱情,在它来临之时,就注定了,它是暂时的,定期的。大限来时,爱情如期结束,爱人完璧归赵,一刀两断。

皮埃尔·洛蒂的《菊子夫人》中的爱情,就是这样一种"定期爱情"，一种契约爱情。那个法国海军军官，从一开始就没有打算与这个女子白头偕老。而且，他还带着玩笑般的心情，看着自己的同伴和菊子之间慢慢地萌发出一种温柔的情愫，而他，只是觉得有趣，居然就不觉得嫉妒。

因为菊子只是他的契约夫人，并不是他的爱人。

在媒人的安排下，姑娘们一起和军官们见面。菊子本来不是给洛蒂的，但因为她比别的日本女子个子高一些，又带着一种别人没有的忧郁，于是，他"挑中"了她。每个月，他会付给菊子的父母二十皮阿斯特。

洛蒂的菊子，似乎十分温良，顺从，没有什么喜怒哀乐。在洛蒂眼里，她是一个柔美的姑娘。"透过蓝色的纱帐，可以隐约看见那日本女人，身着深色睡袍，以一种奇特的优雅姿势躺着，后颈搁在木头支架上，头发梳成溜光的大鸡冠形。她那琥珀色的手臂，娇柔美丽，从宽大的袖中伸出，直裸到肩头。"

可是，我却总是在猜测，那个女子，是怎样地承受着多重的不幸。如果他善待她，爱她，也让她爱上他，那么，她就要准备在他离去的时候碎心又碎心；如果他粗暴，野蛮，那么，与他朝夕相处，又是怎样的一种折磨？

如果是我，我就会在夜深人静时黯然神伤。或许，我在他的生活中不过是昙花一现，一登上回国的海轮，他就会把我忘到九霄云外；他每到一个新的口岸，都会有一个像我一样的女子，为他做着一样的事情；在和我同床共枕的时候，他还在回忆着伊斯坦布尔的一个土耳其女子。

而我，在他离开以后，也或许会再去"嫁"给另外一个和他一样的男子，一天一天倒数着日子，等着他的离去；也或许我的家庭终于把我嫁给一个山里人，或许我会生儿育女，那时候，我又会以什么样的心境回忆这个男人？

我们不知道，因为皮埃尔·洛蒂没有描写过菊子的心境。普契尼的歌剧《蝴蝶夫人》与《菊子夫人》的故事情节有异曲同工之妙。《蝴蝶夫人》中巧巧桑如泣如诉的唱词，表现了这个东方女子对爱情的执着、渴望和最后的绝望。

痴情的东方女子，面对的却是根本无意长留的异邦男子，于是便酿就了悲剧。便是洛蒂，也会觉得内疚。于是，他虽然因着菊子的忧郁而心存怜惜，却故意掩藏了这一份自然的柔情；他不厌其烦地描写家里有老鼠时菊子的惊惶和恐惧，却又故意装出若无其事的样子；他把菊子写成随遇而安、毫无怨言的小女人，这样在感情上他便不用负疚。

最后，他还写到，当他自己在离去之前，颇有些愁肠百结地来和菊子告别的时候，突然听见了菊子欢快的歌声。好奇间，他偷偷从门缝里看去，发现菊子正在快乐地数她的钱。

他给她的钱。有了这一笔钱，所有感情上的账目就一笔勾销。两讫。门儿清。从此后，他不必对她负疚。

男人对女人说：我养活了你，你就是我的女人。

我十岁的时候，因为玩弄一盆仙人掌，手上沾满了仙人掌的绒毛。一位大姐逗我,说那绒毛有毒,我只能活二十四小时。我记得,我是那样悲伤地偷偷地向这个世界告别,然后紧张地看着时间一分一秒地在眼前流失。

头一次听到《蝴蝶夫人》时,我大概十多岁,还没有品尝过爱情。只记得自己莫名其妙地被其中的苦痛和忧伤所感动。现在才明白,那是世世代代的菊子们共同的悲伤。

迷恋与禁忌:川端康成的《山音》

川端康成笔下的女性都十分纯洁,美好,她们的美却又十分脆弱而短暂。

《山音》写的是战后的日本。男主人公信吾年轻的时候曾经暗中爱上了一位女子。女子死后,信吾娶了她那个姿色平常的妹妹保子为妻。但是,信吾的心中,却总是怀念那位死去的美丽的大姨子。

信吾的女儿房子,和她的母亲一样长相平庸,毫无姿色。她已经结婚,而且有两个孩子。丈夫却为了另一个女人离家出走,于是她只好带着两个孩子回到娘家。

信吾的儿子修一,娶了一个美丽活泼的妻子菊子。但修一却爱上了一个战争寡妇,并让她和自己的妻子同时怀孕。

故事是典型的川端康成的风格:众多的人物,纷纷扰扰的大家庭,每一个人却异常孤独。就连房子那四岁的大女儿和刚刚蹒跚学步的小女儿，因为父母不和，也没有儿童应有的天真可爱。

在这一片孤独压抑之中，菊子似乎是唯一的亮色。她身材苗条、肤色洁白，性格单纯活泼，"仿佛给信吾的回忆带来了一束闪电般的光明"。丈夫的不忠，令她十分痛苦。作为公公，信吾十分痛惜，不仅在言谈话语间安慰菊子，甚至还设法见到儿子的情妇，劝她离开他的儿子。

老人对儿媳的关怀中，无疑包含着性的成分。但是，这种性的成分又是为天理人伦所不容的，于是，老公公的欲望就通过压抑的梦境而表现出来。在梦中，他变成了二十多岁的青春少年，而少年所迷恋的那个女子，最初在梦境中总是模糊不清，后来终于清晰了：她就是菊子。

在现实中，信吾却始终恪守禁忌，没有任何越轨的行为。他的一切不轨之念，如同那若有若无的山音，是缥缈的，无形的，看不见，摸不着的。老人也常常自我谴责，因为他从自己心里找不到对妻子、儿子、女儿和外孙女儿们的关怀。也许，通过对如花似玉的儿媳的关怀，信吾是在试图从心里挖掘出一丝人性。

在无眠的夜晚，老人听着妻子的呼噜声，幻想着菊子的美丽和温柔，辗转反侧。突然，他听见醉后归来的儿子在外面叫门："菊子，菊子。"从儿子凄惶的叫声中，老人听出了深重的悲切和痛苦，于是他似乎也明白了，儿子究竟是爱菊子的。而自己虽然对菊子满怀怜惜，却是无能为力。

故事的结尾，川端康成让那个情妇离开了老人的儿子——这大约是为了让菊子得到一丝安慰；同时，他又让菊子去做了人工流产。这里我不太明白，不知道作者在这里是为了让我们更深地体会到菊子命运的悲剧性，还是出自一个老年男子对青年男子的嫉妒，借助流产向这个青年男子进行报复和惩罚，哪怕这个青年男子是自己的儿子，那流产掉的是自己的孙子。

菊子这个角色，是一个男子塑造的角色，寄托的，也是这个行将就木的老年男人试图抓住青春、爱情、人和人之间的亲近和温暖的愿望。

在宿命的川端康成笔下，老人那种超越禁区的意淫也是徒劳的。美是那样恍惚，脆弱，转瞬即逝，而在拥有菊子的丈夫那里，却又成为一种羁绊。缥缈的山音里，弥漫的是一种令人无法忘怀的无助感和宿命感。

"恨不相逢未剃时"：情僧苏曼殊和菊子

苏曼殊1884年生于广东的大家族，其父苏杰生作为日本一家大茶叶公司的买办，长年奔走于日本和中国之间。他的母亲是一个日本女子，是他父亲的第四个妾的妹妹。

因为他的特殊身世，苏曼殊在家族中备受歧视，于是他十二岁时就早早看破红尘，出家当了和尚。但他凡心未断，三年后，因偷食鸽子肉而被逐出山门。于是他启程东渡日本，并在母亲的老家结识了菊子。

苏曼殊和菊子双双陷入爱河，并且开始谈婚论嫁。就在苏曼殊本人犹豫不决的时候，苏家的主母陈氏却坚决反对，并且亲自带人去了菊子家，指责菊子曾在京都做过艺妓，嫁给苏家会败坏苏家的门风。菊子的父亲本是老实巴交的日本农民，被这个中国贵妇人喝斥得晕头转向，于是他便命令自己的女儿向陈氏磕头道歉。菊子拒绝时，他狠狠地抽了她一个耳光。

菊子逃出家门，跳下了望夫崖。把她推向死亡的不仅仅是当众蒙受的耻辱，更是对爱情的绝望。陈氏的凶蛮，乡人的冷眼，父亲的威严，都不似爱人的犹疑那样令人肝肠寸断，万念俱灰。

失去爱人的苏曼殊回到广州，重入佛门。同样是失爱，苏曼殊毕竟还有琴棋书画、青灯古佛相伴，并且还参与了同盟会的活动。身为佛门弟子的他依旧纵情声色，出入青楼酒肆。在菊子死去十年之后，他为一个日本青楼女子百助题下了这首诗：

乌舍凌波肌似雪，亲持红叶索题诗。
还卿一钵无情泪，恨不相逢未剃时。

而失爱的菊子，青春和爱情就那么匆匆地结束了。贾宝玉说，女儿是水做的骨肉。当菊子对爱情绝望时，唯一能做的，也就是重新回到水中。

婚姻与背叛：D．H．劳伦斯的《菊花的气味》

菊花似乎是一种东方的意象，是中国人和日本人情有独钟的花朵和象征。没想到，美国作家约翰·斯坦贝克写过一篇著名的短篇小说《菊花》；英国小说家，《儿子和情人》《查特莱夫人的情人》的作者 D．H．劳伦斯，也在他的作品中用到了菊花这一意象。

在矿工的家中，疲惫不堪的妻子一边准备着晚餐，一边照料着孩子，一边等待丈夫回家。有好多次，丈夫回来都很晚，而且是被别人抬进来。他是个酒鬼。今天，他又没有回来。她想，大约他又是去哪里喝得个酩酊大醉了。

这个故事带有很强的自传色彩。劳伦斯本人的父亲就是一个煤矿工，一个酒鬼。从小目睹家庭的贫穷和父母的争吵，"我生来就恨我的父亲。他一碰我，我就全身发抖。"

这一天，丈夫却没有回来。矿上出了事故，矿工受伤身亡。奇怪的是，作家笔下的女主人公除了悲痛，还有一种解脱的感觉。从此以后，她再也不用等待。夫妻感情消失之后，从肉体上失去另一方，便不再令人痛不欲生。

矿工的妻子对孩子说："我嫁给他的时候是菊花，你出生的时候也是菊花，他头一次喝醉了被人扛回来的时候，他的纽扣眼里正好也插着棕色的菊花。"

于是，作家很贴切地把小说的名字叫作"The Odor of Chrysanthemums"，是菊花的"气味"(odor)，中性或贬义，而不是菊花的

"芬芳"(scent, fragrance),褒义。那种对生活的冷峻观察和对婚姻的悲观描写,令人不寒而栗。

于是我想起前一阵子的新闻里躲都躲不开的杀妻凶手斯科特·彼得森（Scott Peterson）,尤其是他那双毫无表情的眼睛。他的妻子和他们未出世的孩子惨遭杀害,据说,陪审团就是因为他在整个审判过程中无动于衷,来判定他就是杀人凶手的。

菊花的气味,在劳伦斯的小说里,暗讽着婚姻中的隔阂、冷漠和怨恨。

爱情和家庭：女人的全部世界

书读得多了,感觉渐趋麻木,有时也不免自嘲,笑自己是"听戏文流泪,替古人担忧"。然而,那么多人的故事,有古人认真地把它们写了下来,我们读时,唏嘘感叹一番,也或许于作者和他们的主人公是一种安慰；或者我们心中本来有一些无法排解的块垒,读别人的故事时,我们会有一种如释重负的感觉,知道自己在这个世界上不是一个特异的怪物,自己的喜怒哀乐,也有异时异地的某一个人曾经一样地经受过,于是,我们的苦痛,似乎也在无形中得到一种解脱。

千百年来,女子生活在家庭——包括父亲的家庭和丈夫的家庭——的荫庇下,这种荫庇有时候又变成牢笼；大部分时候,她们的男人,是他们与周遭世界唯一的联系。她们爱自己的男人,也希望得到他们的爱，因为男人在他们的生活中是那么举足轻重。于是，爱情和家庭的幸福就成了他们生活的全部内容。不幸的是，她们改变命运和选择人生的途径又是那样少，于是才有世世代代的女子难言的委屈，无望的祈祷，漫长的等待，和绝望中的自杀。

而在女人的心中，男人的保护和爱，便显得如此弥足珍贵。

记不得在哪里看过，一个叱咤风云的著名年轻女律师说，她最渴望的，就是凌晨三点钟的时候，有一个男人唤她"宝贝"。

为了取悦女人，男人征服世界；而女人则是为了征服世界而取悦男人。因为男人就是女人的全部世界。

即便我们走出家门，走上硝烟弥漫的商场、职场，我们还是渴望男人呵护我们，怜惜我们。

如此，世界才生生不息，人生才丰富多彩。

飞车听书

最近令人沮丧的新闻实在太多,听了就憋气,于是戒了新闻,躲进小说成一统。上高速时略微留意一下左右,趁车少时蹭到中间道上,然后就可以信马由缰,自在听书了。近四十分钟的路程,不经意地就到了。

一天扛活下来,严肃的经典是不愿意去碰的,专挑通俗作品来听。

这么一补,阿加莎·克里斯蒂算是补完了。同时也舒了一口气:怪不得从前没有多花时间读她的书,也不全是虚荣啊,还真是口味问题。好看归好看,毕竟,审美价值有限,而在唯美的青春时代,略微有些阅读洁癖,也算是一大幸事。

车中听书,大约是认真不得的,老老实实,从畅销书开始。阿加莎·克里斯蒂以前读过很多中文翻译本,随读随忘,最后一页都看完了还不知道案子是怎么破的,但克里斯蒂的书却容易读也容易听,因为每一本都不长,开始听了就欲罢不能,偶尔有不耐烦就劝自己,善始善终吧,用不了两天就又破案了。

周末把《白马酒店》(*The Pale Horse*)翻完了,上周把《遗产风波》(*Taken at the Flood*)听完了,昨天又把《复仇者》(*Nemesis*)听完了,再加上前面读的克里斯蒂以女作家名义写的三个故事,我已经完全"克里斯蒂疲劳"了。听完她的小说,满头满脑都是英国口音。

就这样除了波洛系列,连马普尔女士(Ms. Marple)也听了几本,顺带着还看了一本克里斯蒂写的罗曼司,原来她骨子里也还是女性作家得很,居然还让我想起了去年刚比较过的写战时恋情的张爱玲和杜拉斯。

另一个畅销而又有很多录音的是约翰·格里希姆(John Grisham),读过他好几本书,也看过几部电影,听的时候好办,聪明能干一点的女律师就都是大口姐姐茱莉亚·罗伯茨的模样。缺点是南方口音,看小说还好,听起来就不太受用。另外他的小说只有涉及法律的才好看,其他的,有一个去意大利玩橄榄球的《打球为披萨》(*Playing for Pizza*),有一个去亚马逊河的,好像还有一个南方棉花种植园的,泯然众人矣,都不好看。《打球为披萨》,还算是在我对橄榄球的兴趣雷达之内,却还是只能勉勉强强听下去。

其实我这开车水平,飞也飞不到哪里的,在镇上小路上总是老乌龟,偶尔还吃后面人喇叭,上了高速,再牛也就是个八十迈。读也不是真的读啊,是听。

我晕车大王,连坐火车、飞机都不能看书,更别说汽车里看了。火车里往往有好事者,看了《法制天地》《知音》等上面的奇闻轶事,忍不住要分享,凑过脑袋说:你看你看,这儿呢,肯定是他老婆干的。我只能瞳孔发散地茫然点头。

以前上班近,车里的电台往往是轻古典音乐台 WCRB 99.5,早上慢慢悠悠地爬起来，慌里慌张地催人出门，等我上车时，往往能够听到八点半基思·洛克哈特（Keith Lockhart）的节目。他往往选一些著名作曲家的非著名曲目，或者是非著名作曲家的著名曲目，作一些介绍，然后让大家听这一段曲子。往往是曲子还没有结束，我就到了，于是开始忙忙碌碌赶死线或者慢慢悠悠磨洋工的一天，视项目进展而定。

偶尔也听新闻，或是体育节目，新闻往往令人沮丧，体育节目又太群情激昂红脖子，一大帮贫困线上挣扎的听众为百万富翁球员、亿万富翁球队老板担忧，听一听，鼻子里哼一声，就还是转回古典音乐。

换了远在西伯利亚的工作以后就不行了。高速一上，小车奔跑如飞，外面风速呼啸，里面再听基思·洛克哈特，便觉得吃力，加大音量吧，又觉得像是逼着林黛玉表演《穆桂英》，横竖不对劲。

新闻也还是不能听。这一年依然是世事纷纭，各路神仙都有深察洞见，我这个狭隘的心胸里，装不下那么大的世界。

幸好可以听闲书。

听闲书，当然是听小说了。从小爱看小说，大概一是真喜欢，二是因为小时候看什么书大人都不管，还吃表扬：这孩子爱看书，书迷、书呆、书虫（均含褒义）；唯一的例外就是这个看小说，大概也是看小说着迷耽误了正事——所谓正事，也无非是吃饭上学睡觉之类。总之，读小说倒因此成了唯一的禁忌，禁忌又演化成图腾，成了现在为数不多、硕果仅存的业余爱好之一，算是我自我认同的一部分了吧。

"严肃"书偶尔也啃啃,实在看不完大致翻翻,也还多少有点收获。但听书却不同,不能快翻,也不能跳着看,好听就好听,不好听就拉倒了。去年这一年半途而废的书还不少,计有菲利普·罗斯(Philip Roth),托尼·莫里森(Tony Morrison),最后是玛格丽特·阿特伍德(Margaret Atwood)。

菲利普·罗斯写的人物比较熟悉,犹太知识男性,尤其是人近老年者,读起来就像是读八卦。读多了却开始厌烦:世界上受苦受难的人多着呢,就算你过得不一定比同年龄的老太太更舒心,起码你年轻的时候得意过吧。很多人推荐《凡人》(Everyman),硬着头皮听了两天,实在懒得分享主人公对死的迷恋,罢听。

玛格丽特·阿特伍德的小说老长,冬天乏味时却也把四五百页的《双面格蕾丝》读完了,听《洪荒之年》(The Year of the Flood)也听了四五盘,结果新英格兰大秋天里来了场暴风雪,吹断了我的玉兰,四周哀鸿遍野,人人心中凄苦,于是我也无心关注小说中人虚构的世界末日了,气鼓鼓地去图书馆还了磁带,以示抗议。

这几部的情节和氛围都有些太阴郁,我们打工兼家居民族,总是要"高高兴兴上班来,平平安安回家去"的,没工夫忧郁,陪他们哭哭啼啼、念天地之悠悠啊?陪不起。

还有一个勉强听完的是普鲁斯特的《追忆似水年华》。普鲁斯特太精致了些,差不多算小说里的肖邦,本不适合在美国大老粗的高速公路上听。普鲁斯特宜焚香沐浴、烛光美酒相伴而读,读时不妨随手放些肖邦做伴。不过听完了还是很高兴,情节倒不太记得,只是想起来那段时光就觉得非常温柔,普鲁斯特的叙事很温柔,翻译出来的英语很温柔,朗读者的声音也很温柔,那段时间在大公司里打拼的忙碌和紧张都不大记得了,想起来的是奥黛特的名字,玲珑而纤细。

太精致了不行,太恐怖了也不行。借了斯蒂文·金,还不是他最恐怖的呢,就吓得魂飞魄散,差点把车折到沟里去。赶紧按了电钮换台,那天的新闻,和斯蒂文·金比起来,简直是天籁,天使的歌唱。

倒是听完了《包法利夫人》。从前看过从法文翻译过来的中文版,现在听从法文翻译过来的英文版,倒也感受不同。加之自己长大了,不似少年时代那样幻想浪漫、鄙视庸人,听完了,倒是把很多同情给了那个无能、无趣的丈夫查尔斯。刚刚还看到一点介绍,查尔斯其实很大程度上是福楼拜自己的写照,他的祖父、父亲都是很著名的医生,偏偏到他这里时,跟不上医学的发展,又加之天生口吃,于是成为家中最大的失败者,loser。很悲哀地想到,从少年时鄙视庸人到现在同情失败者,吾老矣。

我对成功学油盐不进,成功学、成功人士如何成功的书从来不看,听书却算是听了一部——奥巴马的传记《桥》(*The Bridge*)。可惜的是,传记写的是他如何成功当选,等我听到的时候,他是否一个成功的总统,他有没有机会连任,都已经成了大问题。美国政治终于突破了种族界限这个历史性的、象征性的进步,在现实的经济问题面前,显得空泛和虚幻,不知道是造化弄人,还是有人阴谋作怪。

传记，尤其是政治传记，也就是听这么一部了。连孙中山、圣雄甘地这样的人也出来许多八卦，我是不会再在政治人物传记上浪费我宝贵的飞车时间了。

还是听小说吧，听了厄普代克的《跑，兔子，跑》（*Run, Rabbit, Run*），据说是作者与凯鲁亚克的《在路上》针锋相对而写的；凯鲁亚克写的是人不断地往外跑，厄普代克写的是人跑了以后给留下的人带来的悲哀。文学史上，打破传统的自然比维护传统的更有创新性，厄普代克的兔子系列，是不想再听下去了。

听得最高兴的是亨利·詹姆斯的《华盛顿广场》（*Washington Square*）和伊迪丝·沃顿（Edith Wharton）的《欢乐之家》（*The House of Mirth*）。以前是读过的，他们的文字不能说不精致，但篇幅都不太长，听起来也不考验人的耐心，两本书还像是姊妹篇，珠联璧合，听完了，还把根据小说改编的电影找来看，看着看着，也还是有许多感动。

忙碌了一年，完成了很多任务，赶上了许多死线，往家里拿回了工资奖金，究竟为人类作出了什么可以衡量或者不可衡量的贡献，难说。只有上面读的这些书，倒算是实实在在的收获。哦，对了，还学会了一边开车一边换带，知道一盘快到头了，开车之前就把新盘准备好（以后再飞跃飞跃，可能都不用提前准备了），待老盘结束时，取出，放下，拿起新盘，插入，一系列动作顺利完成，故事也顺利往下进展，自己也觉得像007里面飞车驰骋、骁勇善战的人物，兀自潇洒了起来。

汉家女儿没有梦

朋友的女儿们送给儿子一本艳粉色的"Princess Collections",还解释说,故事都挺好的,只是有点女孩子气。可不,西方童话故事都是给女孩子看的,都是女孩子梦想着一个白马王子来拯救她们,然后他们 lived happily ever after(从此幸福地生活)。

想给儿子讲点中国童话故事,突然发现中国没有童话。妹妹寄来一箱儿童读物,也有叫童话故事的,但那些故事大多是少数民族的,汉字的所谓童话故事,更确切地讲都应该叫民间传说。再一品味,发现这些民间传说都是男孩子琢磨出来的,寄托的都是男孩子的梦想。

最明显的就是七仙女下凡的故事。七仙女在天堂里过得好好儿的,老爸宠爱,六个姐姐都不如她聪明伶俐,乖巧可人,偏偏她就要思凡,而且思凡的对象偏偏就是董永。董永多没用啊,穷得叮当响还不说,还臭孝顺,为了埋老爹把自己都给卖了,人间的父母,就算是欣赏他的孝心吧,会把女儿嫁给他吗?人间的女孩儿,知道他全心孝父,自己都不要了,不知留下多少心给她,会嫁给他吗?于是只好让天上的仙女来嫁他了,嫁了不说,先给他怀儿子,还要连夜给他织布赶活儿赎身,我就不知道董永凭什么有这么好的福气,人家七仙女忙着织布的时候,他就那么心安理得地等着当"全职父亲"吗。大约是怕七仙女后悔吵闹，民间故事便安排让王母娘娘把七仙女抢走，王母娘娘担了恶名，也省得败坏了七仙女贤淑的名声。其实王母娘娘就算是不插手，这对鸳鸯也不知能撑多久。所以七仙女在变成怨妇之前回天上去了，还答应明年"槐荫树下把子交"，董永什么事不做，老婆给他赎了身还给他一儿子，让他能传宗接代尽孝子之责，你说天下还有比这更美的美事儿吗。黄梅戏《天仙配》里七仙女严凤英水灵可爱，董永是王少舫，那大嘴肉乎乎的也不帅气，更让人憋气。七仙女下凡整个儿一个窝囊爷儿们的梦想。

另一个人人皆知，故事与七仙女大体雷同的就是牛郎织女的故事，也是织女在天上玩得不耐烦了要思凡，最后也是王母娘娘棒打鸳鸯。牛郎好像可爱一点，让人想象着还有点朴实的英气，另外他还算恋着织女，还挑着俩孩子去追她，只不过越不过银河，追不上她罢了。如今沧海桑田，许多年没见过银河了，没准银河早干了，人家早全家团圆了也说不定。总比董永强一点，没听说他去追七仙女。牛郎的故事是兄弟多的男孩儿琢磨出来的，家里穷，父母为了给哥哥娶亲，用尽了家中钱财，不然没人愿意嫁到兄弟多的人家来。嫂子进门后就要分家，分完家父母和剩下的兄弟们就更加一贫如洗了，于是只好盼着仙女下凡。

更绝的是田螺姑娘。穷小伙子白天出门，也说不定是下地干活还是四处闲逛，反正回家后有人把饭做好了，衣服洗了，房子收拾好了，不仅不要报酬，连一声谢谢你都不用道，晚上人家乖乖地缩回田螺中睡觉去。那时含蓄，不敢明目张胆追求肌肤之欢，但天仙们反正貌美，田螺姑娘也漂亮，言下之意就不用点破了，小子自知。男孩儿的美梦，绝对的。

不光是民间传说，那些登上了大雅之堂的古典名著也都是男人写给男人看的：《三国演义》，《水浒传》，《西游记》，全是刀枪棍棒英雄好汉，我虽也都看了，但都是十二三岁性别不分自己都觉得自己七分像男孩儿时看的，不能算数；就算《红楼梦》吧，写的女孩子虽多，但梦却是贾宝玉的梦：他自己生在富贵之家，又是大老婆王夫人生的，又长得珠圆玉润聪明伶俐，诗才虽不是最佳，却也比薛蟠、贾环之流都登得上大雅之堂一些，于是天下便都是他的了。试想一想，大观园的女孩子气质各异，群星灿烂，照着他一个人，不都是应了他的梦想？

林黛玉多情多才，又有一种病态的忧郁美，还知趣地在宝玉的新婚之夜静悄悄地死去，免得给宝玉添麻烦，宝玉哭哭灵还传成世代佳话；薛宝钗温柔贤淑知大理识大体又会生儿子，明知道宝玉心里想的是黛玉人家好像就一点儿也不嫉妒，自己忍气吞声委曲求全还让读者评论家骂成虚伪；晴雯酷似黛玉，也是自知命贱最后知趣地自了残生；秦可卿性感迷人教了宝玉为人之道却又不留任何罪赃，也不回头纠缠等他的电话，反正她早死了；还有袭人，随叫随到宝玉有兴致了和他游戏一番她还感激涕零，末了被遗弃了还乖乖地找别人嫁去。大观园里的女孩子他玩够了还不算，还要玩男孩子（秦钟，柳湘莲），还要玩尼姑（妙玉），末了还得了便宜卖乖，感慨人生空虚要当和尚去。

如果那些民间故事是穷小子们的梦，《红楼梦》就是富家公子的梦。梦来梦去，都不是女孩子的梦。

《花木兰》倒像是女孩子的梦想吧，至少是女孩子的父亲们的梦想吧，只是花木兰是应"可汗大点兵"的号令去当兵的：她不是汉族。而且她最大的长处也就是总算和男孩子一样有用了：她能去是因为"阿爷无大儿，木兰无长兄"。汉家女英雄最了不起的就是像王昭君那样冒充公主去嫁匈奴王呼韩邪单于，匈奴王死了还得嫁他儿子。曹禺的剧本说她"淡淡妆，天然样，就是这样一个汉家姑娘"，漂亮又怎么着，说穿了不就是卖身匈奴为皇上求安宁，有什么可光彩的；文成公主倒是正牌公主，那就更可怜了，嫁到陌生的西藏，关山阻隔习俗迥异连夫君的面都没见过就得与他白头偕老，一辈子不能回娘家省亲，一不小心得罪了松赞干布还要落个破坏和平的罪名。谁都夸王昭君、文成公主拯救国家和平，不是有你们那么多男子汉保家卫国保护妇孺吗，有种的谁会拿自己的女儿求苟安？

不知道这几千年中国的女孩子都在做着什么样的梦。我其实并不喜欢西方这些童话，什么白雪公主啊，睡美人啊，灰姑娘啊，漂亮也罢，丑也罢，穷也罢，富也罢，都是一群傻丫头在那里做着白日梦，就等着那么一个白马王子来拯救她们，嫁出去就是人生的最高理想。浪漫电影也是女孩子爱得不行了，就等着男孩子单跪一条腿求婚就感激涕零，也不想想他也应该感谢上苍得到了她才是，凭什么就总是女孩子觉得喜出望外。

不过人家西方女孩子毕竟有过梦想，而且梦想的都是王子。若是让中国男孩来安排，白雪公主说不定就只好嫁个小矮人了。中国女孩子就算有梦想，也是"长在闺中人未识"，或者没传到我们这一代来。好在自己生逢其时，像男孩子一般长大，那时的世道也不像如今这般要女孩子温柔，所以蒙混过关。更省心的是，大约自己身上女性气质太少，连女儿都生不出来，生了半天只生了俩儿子，不然真该发愁了：女儿要听故事的时候，给她讲中国民间传说呢，还是讲西方童话？

阿弥陀佛。

卡通的智慧

兔八哥糟蹋斯文

我车里的电台，一般是固定在 99.5 上的，一个比较轻松的古典音乐台。这个台平时放得最多的是波士顿轻音乐团（Boston Pops），在铁杆古典音乐爱好者眼里算不得正宗。听古典音乐台倒不是本人附庸风雅，实在是图那份清静。我这样的大忙人，里里外外的责任不小，没有一样是要紧的，靠着天性懒惰，能推脱的都尽量推脱了，剩下的，都是人命关天的小事了。一来二去，一天里唯一独处的时间，就只剩下这上下班各十来分钟。这珍贵的二十多分钟，是我每天"念天地之悠悠，独怆然而泣下"的神圣时刻，哪怕是前有慢吞吞开二十来迈的古人，后有急吼吼拼命按喇叭闪大蓝灯的来者，只要有轻松的音乐播放着，我都能保持心如止水，清朗平和。

瓦格纳却不在我定义的轻松古典音乐之列。那天听到他的音乐一响，我马上揿电钮换台。忘了车里不光我一个人。音乐一换，后面的小人儿叫开了："你怎么换了？换回去，换回去！我们要听99.5！"

我倒是有些吃惊。两个小人儿虽然都在学钢琴，却是三天打鱼、两天晒网，纯粹弹着玩儿那种，想练了敲两下，不想练了钢琴在那里吃灰好几天，要上课了才想起来连老师布置的作业都不知道放哪儿去了。练习的曲子，都是简化过的少儿版本，没想到小家伙们会对瓦格纳感兴趣。

心里却是暗暗得意：要么是自己遗传有方，要么是小子们后来居上，总之，小人儿们天生丽质难自弃啊。上一次他们俩都上台演奏，穿着小白衬衣打着黑蝴蝶结，虽然二毛弹的不过是只用一只指头的"彼得彼得南瓜食客"(Peter Peter Pumpkin Eater)，我还是觉得他们英俊潇洒、才华横溢得不行。正在美滋滋地回味呢，后排传来了拼命压抑着的吃吃的笑声。

瓦格纳的音乐再不懂，我也知道它不该让人发笑。什么地方不对。

"怎么回事？你们笑什么？"忍了半天，心里还是好奇，忍不住问他们。

这下子完了，两个人干脆也不憋着了，哈哈哈地狂笑起来，若不是安全带系得紧，只怕他们就会在车里打滚。

还是大毛好心，一边大笑一边告诉我："这是兔儿爷"(It's Bugs Bunny！)

我还是没明白。明明是瓦格纳的《尼伯龙根的指环》嘛。"兔八哥在哪儿？哪一段？你们带他来了？"

二毛急了，收住笑脸，很严肃地说："What did you expect in an opera, a happy ending（看歌剧你还能指望什么啊，难道还想要个大团圆结局）？"

总算明白了,他们说的是《兔八哥》里的一个段落,兔八哥男扮女装演布仑希尔德,把小猪猪埃尔默福德演的齐格弗里德骗得春心萌动、温情脉脉。光是这样就不够好玩了,兔八哥关键时刻帽子掉下来,让齐格弗里德恼羞成怒,狂吼着呼唤飓风、龙卷风、地震来摧毁这个讨厌的兔儿爷。等兔儿爷真被打翻了,他又悔恨交加:我这是怎么了,我把那个可怜的兔儿爷给杀了,我可怜的兔儿爷啊……然后是瓦格纳深情澎湃的音乐响彻四壁,把全剧推向悲愤的高潮。

真要是悲愤,那又不是兔八哥了。悲愤中,兔儿爷从悲怆的爱人怀抱中醒来,顽皮地冲着观众说道:"看歌剧你还能指望什么啊,难道还想要个大团圆结局?"

这短短的六分钟,高潮迭起,戏剧环生,借用了瓦格纳歌剧里的音乐,整个故事却是轻松顽皮,怪不得小人儿们津津乐道,百看不厌。看得多了,他们对里面的音乐也是烂熟于胸,于是,正襟危坐的瓦格纳,居然成了调皮捣蛋的兔八哥的陪衬。

小人儿们是看着卡通长大的。大毛最小的时候看的是《天线宝宝》(*Teletubbies*)。那玩意儿实在是傻,我也跟着看,什么也没记住,只记得那里的插曲,还有那小毛毛偶分四个颜色。后来又看《芝麻街》(*Sesame Street*),再加维尼熊(*Winnie the Pooh*)。这两部还好,如今看见两三岁的小男孩小女孩手里抱着一只大红色的埃尔莫(Elmo),或是橘红色的维尼熊,或是粉红色的小猪猪,我就想起大毛婴幼儿时期甜蜜乖巧的小模样儿。

可惜好景不长，兔八哥一来，乖小孩儿的甜蜜时代就结束了。兔八哥大大的坏。坏在哪里？兔八哥狡猾机警，逞强好胜。唱歌剧的男高音，被他的破琴声骚扰得痛不欲生，最后又以为他是名指挥利奥波德，脖子唱红了，裤子唱崩了，剧院唱塌了；比他笨的，他更是毫不留情，什么埃尔默福德、达菲鸭、威利狼，都被他欺负得捉襟见肘、狼狈不堪。你还不能怪这个兔子太坏，他坏的时候，好像还总是占着理儿。

猫鼠蒙太奇

《汤姆和杰瑞》中，本来应该汤姆是猎手，杰瑞是猎物，谁输谁赢本来应当一目了然。然而，卡通片要幽默，必当反逻辑而行之，《汤姆和杰瑞》的主要笑点就是猎物捉弄猎手，杰瑞欺负汤姆。每次汤姆猫和杰瑞老鼠斗智斗勇斗刁蛮，一般都是杰瑞占上风。加菲猫比汤姆神气多了，智力和气派都可以和杰瑞媲美，我就给他们出过难题，要是把加菲猫和杰瑞老鼠放在一起，这个故事可怎么编。小家伙们想了想，加菲猫和杰瑞都是常胜将军，都不能输，他们实在想不出什么好办法，于是宣布我出的是馊主意，还是回头去看那些没头没脑、没心没肺的动画片去了。

当然汤姆也有出风头的时候，就是弹钢琴。小人儿们乡下长大，带他们去正规的音乐厅他们肯定不干，我们于是退而求其次，每年春天波士顿交响音乐厅有一次古典卡通节，节上除了有乐团演奏、乐器知识普及以外，最主要的内容就是放穿插着古典音乐的经典卡通片。这回可轮着汤姆出风头了。杰瑞当然还是捣乱了，但小捣乱大帮忙，两个人配合得真是珠联璧合。我的音乐素养有限，看着钢琴琴键上下起伏，还在纳闷那些起伏到底是不是合辙押韵呢。计算机时代做到这一点并不难，可这些卡通都是在计算机普及之前出台的啊。

汤姆弹钢琴的时候太帅了，燕尾服，雪白笔挺的衬衫，短胖却灵活的四根猫指头，再加上他总是挺着胸脯抬着头，表情庄重傲慢，真是个优雅自得的古典钢琴家。钢琴上出足了风头，平时遭杰瑞那些恶作剧作弄，都算不上什么了。

我们最喜欢的，是汤姆弹李斯特的《匈牙利狂想曲》一段。

《大闹天宫》和中文卡通片

说来惭愧，小人儿们中文不好，给他们灌输的一点中国传统，还是趁帮他们学校庆祝中国新年时夹带一点，而且夹带的东西并不是纯中国的东西，大多有点中餐馆里的幸运点心一类华裔美国人式的不伦不类。

不过，中文卡通看得少，却不全是因为语言障碍。很简单，国内扛来的 DVD 也不少，大部分连我都看不下去。价值观念就不说了，反正小孩子看得似懂非懂，倒不怕他们中毒，关键是小孩子都是一副大人腔，大人和小孩儿说话的语气也不自然，嗓子要么压着要么提着,听得人难受。连我都这么不耐烦,小人儿们就更不爱看了。

唯一的例外是《大闹天宫》。齐天大圣的花果山,曾经是我少年时憧憬过的理想国度;有多少个夜晚,半梦半醒之间,幻想着孙大圣带回了乾坤袋,然后从里面拿出从蟠桃会上偷来的奇珍异果;王母娘娘家的七个仙女漂亮婀娜,也是我上课走神时在书边上瞎涂鸦的"缪斯"。

这么多年过去,这部动画片还是耐看。画面精美之外,更关键的是故事要有童趣和幽默。《大闹天宫》里,从齐天大圣到小猴子们都有一份童心。小孩子别看傻乎乎,要骗他们还真是不容易,唯一吸引他们的,便是那一份天真无邪的童心。

小人儿爱看小人儿书

托马斯小火车

一天,大毛从幼儿园回来,刺溜一下从车座上溜下来,就揪着我的衣襟,念念叨叨地跟我要一样东西。什么?chug chug choo choo. 什么?chug chug choo choo.

要得我一头雾水。我不明白,他却锲而不舍,嘟嘟囔囔地一直要,要得我开始冒汗。拿出他爱吃的东西,no。拿出他爱看的小人儿书,no。小人书翻了一会儿,以为他忘了,一会儿他又抬起头来,朝我伸出小胖手:chug chug choo choo.

人都说"不养儿不知父母恩",不养儿,还不知自己英语臭呢。

大毛说话迟,急得我们到处看专家。专家说,你就知足吧,享受两天清静,等他一会说话,你又该回来找我,怎么能让他闭嘴呢。果然,小家伙一会说话,就小机关枪放个不停,而且马上就成了我的英语老师。

玩具垃圾堆里总算浮出一本火车说明书,大毛兴奋地指着上面的火车叫:chug chug choo choo!chug chug choo choo train!搞了半天,chug chug choo choo 原来就是火车!中文的火车嘟嘟嘟,英文的火车嘛,口音自然不同啦!

找到了说明书，难受的还在后头。小家伙指着说明书，非要我给他读。他毕竟说话迟，"你""我"一时还分不清，一手拿着说明书，一手扯我的衣襟："妈妈给你读，妈妈给你读。"

我跟他说，那是说明书啊，有什么好读的。他才不理，一径："妈妈给你读，妈妈给你读。"读就读吧，照着说明书，一半照本宣科，一半胡编乱造，给他"读"一段，听得他心满意足，满脸陶醉。趁他陶醉时，我赶紧逃开，心里祈祷他注意力转移。一会儿小手又揪过来了："妈妈给你读，妈妈给你读。"

我是在女孩子堆里长大的，对于机械等等毫无感觉，加上天生晕车晕船，对于汽车火车各类交通工具总是敬而远之。有了男娃娃后，才从男娃娃的眼里，看到了一个全新的、美妙的、轮子上滚动着的世界。

自然而然，大毛介绍我们认识了火车头托马斯。就是它，就是它，我们最爱的小火车！托马斯小火车！（He is the one, he is the one, he is the little tiny engine that we adore！Thomas the Tank Engine！）

小娃娃懵里懵懂的时候好说，我们喜欢什么就买什么，心里还得意，可以抵制商业主义的诱惑。小东西一会说话就完了。圣诞节前夕，灵机一动去旁边新开的商店，给他买了一小套托马斯。接他回家的路上，教他唱"这是快乐的季节，啦啦啦啦啦 啦啦啦啦"（It's the season to be jolly, lalalalala lalala）。唱了没几遍，就被人家唱成了："这是玩火车的季节，啦啦啦啦啦 啦啦啦啦"（It's the season playing train, lalalalala lalala）。

火车歌算是大毛的第一首歌吧，他的第一本书也是火车：《停车，火车，停车！》(Stop，Train Stop！)。这本书我读了不止千次万次，还能够脱口而出："戈登很大，戈登很快。我和你比赛，快快快！"(Gordon is big，Gordon is fast. I'll race you，go go go！)

翻来覆去读多了，小家伙拿起来自己也能读，摇头晃脑一口气读到尾。老辈人稀罕，觉得两岁多的孩子就能读书，这不比他那聪明的爹妈还强，将来还不知道能有什么样的出息。我心里明白，却也不忍心打破他们的幻想。

说实在的，我到现在也不喜欢托马斯火车头。托马斯的故事毕竟是一个英国教士编的，情节大多生硬勉强，里面的主要人物帽顶先生古板乏味，实在搞不清为什么小朋友这么喜欢。

托马斯火车头里，每只火车头都有名字，不同的颜色、不同的大小、不同的功能，小家伙都记得清清楚楚，像国内的小男孩记水浒一百零八将。我偶尔张冠李戴，大毛都替我觉得很没面子："不对！小飞机叫哈罗德！"

没有办法，人家喜欢我就跟着买跟着读吧。大约因为是英国制造，托马斯火车头系列很贵，一只小火车头就要十几美元。现在想起来还内疚：有一次去商店，有一套火车玩具正好摆在地上，大毛说要，我一看价钱，没有同意。拉着他的小手转到别的地方去了。我正在看货架的当儿，小家伙居然一寸一寸地推着那一只箱子往前挪，累得吭哧吭哧、满脸通红。而我居然就狠心拉着他的手走开了。

我的头脑告诉我，金钱并不能买来幸福，小孩子的物质需求用不着样样满足。我的心却告诉我,那一天,我让一个真心热爱火车的男孩子失望伤心了,那一套火车玩具虽然很贵,我却完全能够买得起。

转眼之间,大毛有了小弟弟。到儿童游乐园的时候,哥哥带着弟弟,坐在火车头里,小哥哥一脸的得意,小弟弟新奇而略带一些害怕的表情,灌满了我的相机……

托马斯火车头的故乡是索多岛,本是乌有之乡,托马斯却确有其车,每年还定期开到波士顿附近的伊达维尔来和小朋友见面。去伊达维尔和托马斯见面,成了我们每年的保留节目。

镇里通火车,为了满足小火车迷们的要求,我还专门带着他们坐火车进城。列车员从前也曾经是热爱小火车的小男孩,见到同类惺惺相惜,给了他们一摞没用了的废票。很长一段时间,那一摞废票成了兄弟俩最珍贵的收藏。

带小朋友去中国,弟弟只有三岁,什么都不记得。给他看照片,他才想起来:他在火车上去过餐车,在餐车里用过筷子,吃的是"蚂蚁上树"。

小火车转啊转,小朋友们就这样一天一天长大了。忽然有一天,到了商场的小火车圈前,本来已经排上了队,二毛却宣布:"我不能去坐小火车了。哥哥不坐,我也不坐。我要当大男孩儿(I want to be a big boy)。"

小朋友热爱火车的时候,我颇有些不以为然;等他们慢慢长大、不再玩儿小火车玩具的时候,我却又对火车恋恋不舍起来。

Mamluk 裤衩船长

有了哥哥，二毛干脆就跳过了甜蜜的婴儿期，一懂事就视埃尔莫、维尼熊甚至托马斯等为人生奇耻大辱。看的卡通和小人儿书，和哥哥一样，均以调皮捣蛋的小男孩儿为主。

最令我难以忍受的是《裤衩船长》(*Captain Underpants*) 系列。某一天，大家都在安安静静地各看各的东西呢，突然从哪个角落里传来了哗哗哗的纸张扇动的声音。哗哗哗，哗哗哗，停一下，然后又是哗哗哗。再响一次，我就要暴跳如雷了。

又响了。还伴随着咯咯咯的笑声。我怒气冲冲地起身，刚要责问，眼前却是一张乐滋滋幸福到了极致的笑脸："妈妈看呀！土耳其武士！"他说"妈妈看呀"(Mom Look) 听起来就像 Mamluk，Mamluk 是奥斯曼帝国时代的奴隶武士。自从小人儿会说话，想给我看什么稀罕东西的时候，他们就大叫"妈妈看呀"，我就成了土耳其奴隶武士了。

到现在我也没法理解，一个以穿尿裤的小屁孩和一只会说话的马桶为主角的系列，会在美国小孩子们中这么流行。我还看见过十几岁的大孩子，捧着一本《裤衩船长》认真地读，脸上一样是傻乎乎、呆兮兮、幸福到了极致的笑容。我觉得，《裤衩船长》是美国教育彻底失败的典型象征。

好在别的卡通没有这么糟糕。被人 Mamluk 多了，最后也慢慢被小人儿潜移默化了，这几年，我读得最多的书，不是科技的，不是生意的，也不是文学艺术的，而是卡通。

卡通片里，经典的有加菲猫（Garfield）、加尔文与霍布斯（Calvin and Hobbes）、查理·布朗（Charlie Brown），新一点的则是狐步舞（Fox Trot）。每一期的《纽约客》一来，大家都抢着看里面的漫画插图，吃吃笑得还不够，一定要 Mamluk 让我也看也陪他们笑。每次去图书馆，一定是先冲向卡通书架，哪怕没有新的，架上的几本都是以前借过不止一次的，也还是要兴高采烈地扛了回来。捧着书，人还没走出来，就听得见咯咯咯的笑声。

英雄主义的电影我们也看的，超人、蝙蝠人、蜘蛛人都在不同的时期有人崇拜过，不过细细想来，英雄崇拜的结果，不过是多买些相关的 T 恤和玩具。宠物小精灵（Pokemon）有一阵子也迷，还买了无数盒价格不菲的卡片，小朋友之间势利眼，其基准就是自己所占有的小精灵卡片的数量和稀有度。

大概是小人儿们缺乏英雄基因，这些英雄崇拜过一阵子就腻味了，昨天还宝贝得要命的 T 恤，今天突然就不能忍受了，早上故意逗他们，递给一件已经被他们淘汰了的 T 恤，就会换来一阵激烈的抗议。

查理·布朗和花生帮

假如说兔八哥是常胜将军，查理·布朗就是常败将军了。查理·布朗的球队永远在输，他热爱棒球，可是球员们都不听他的，而且他们比赛的时候总是在下雨；玩橄榄球，露西永远是在他踢球前最后半秒钟及时把球拿开，让他每次都踢个空球，摔个大跟头；查理·布朗的圣诞节树最小最可怜，而莱纳斯倾心渴盼的大南瓜神，永远也不会降临，我们都知道，而他却总是痴情地坚信不疑。

不光是查理，花生帮的那些小朋友也各有各的窝囊，他们人小鬼大，一个个都情窦初开了，可是他们又一概情场不得意，连维基百科都举他们作例子，来解释什么叫单相思（unrequited love）。

单相思可以是暗恋，也可以是明恋，关键是无望、没有回应，或者是恋者压根儿就没有胆量、没有勇气去表达爱情：查理·布朗爱红头发小姑娘，薄荷派蒂爱查理·布朗，莎莉·布朗爱莱纳斯，莱纳斯爱他的老师（后来又移情别恋，爱班上的女同学莉迪亚）。就连天不怕地不怕、成天挖空心思欺负查理·布朗和弟弟的露西，也有她的软肋：她爱的是施罗德，唉，太没指望了，施罗德金发碧眼，斯文儒雅，成天在钢琴上叮叮当当地敲着贝多芬、巴赫、舒伯特，虽然也在一群脏兮兮的小孩子堆里混，可他总是一副衣冠楚楚、鹤立鸡群的书香人家小少爷模样，露西这样刁蛮顽劣的江湖女子，哪里会入他的小法眼。

大毛打棒球，头一回轮到他投球，偏偏就像小人书里一样，下起了瓢泼大雨。我希望教练能够取消或者暂停比赛，教练却蛮干，一直让孩子们继续比赛。大毛发挥得很不好，却还是倔强地坚持投球，一直投到对方最后一个球员也上垒、跑垒、得分，才悲壮地下了球场。这时候，他才允许自己的眼泪掉下来。我小心翼翼地安慰他，他低着头看着草地，抽抽嗒嗒地说："Charlie Brown loves baseball more than anybody else！"（查理·布朗比任何人都更喜欢棒球！）查理·布朗帮我做了我不知道怎么做的事情：帮助小朋友应付失败。

和他的小主人相反，史努比倒是有些像兔八哥、加菲猫，永远精神胜利，永远自我感觉良好。很多乖乖的小动物都被他们移情别恋了，只有我还在恋恋不舍，忠心耿耿地收藏着那些玩具，舍不得扔掉，也舍不得送人；好在史努比还幸存在"酷"之列，带有史努比图案的玩具、衬衣，偶尔还能得到小人儿们的垂青。而史努比那群朋友，那些弱小天真的孩子，却总是牵系着我们心中最软弱最温柔的角落。

真正滋养他们的精神生活的，还是加菲猫、查理·布朗、汤姆和杰瑞这些小人书和卡通片。家里的几处书堆重灾区，里面总是掺和着几本加菲猫，看过无数次，每次重新看，还是有无数个亮点笑点，值得 Mamluk 好几趟，令我烦不胜烦。

加菲猫就像我们家的老成员。大家都熟悉得很，并不觉得他神秘，也不用崇拜他，自家人嘛。加菲猫是得过且过、凡事将就的懒人的好朋友。星期一不想出门上班上学，二月份冰天雪地心绪阴霾，要减肥却偏偏看着垃圾食品嘴馋，这时候，想想加菲猫就有知遇之感。此外，加菲猫虽胖虽懒，脑子却是好使，和他相比，他的主人笨拙，赖狗奥迪呆傻，喜欢加菲猫的人一定是猫人（Cat Person），而不是狗人（Dog Person）。

卡尔文和霍布斯

我有一次去纽约,看街边有卖卡尔文和霍布斯的T恤,顺便给哥儿俩一人买了一件。心中得意,我知道他们多么喜欢卡尔文和霍布斯。

卡尔文有个十分书呆却又十分努力假装不书呆的爸爸,他知其不可为而为之,明明是个室内圈养动物,却总是想方设法硬着头皮带着卡尔文去野营。室内动物在野外不免遭逢生存挑战乃至危机,闹出各种尴尬。卡尔文爸爸倒也哲学,将这些麻烦尴尬之事一律称为"磨练性格"(build up character)。直到今天,凡是我们需要干什么没人爱干、但又不得不干的事情时,我们都会借用卡尔文爸爸的口头禅:这是"磨练性格"。

口头禅可以借,但借用也到此为止。收到我从纽约带回的T恤,两人不领情,却也不好意思当面说出,只是说:谢谢妈妈,我们不会穿这件T恤。再三询问,他们才说,卡尔文和霍布斯作者比尔·沃特森(Bill Watterson)反对消费主义,没有将使用卡尔文和霍布斯的权利出让给任何一家商业机构,所以,拿卡尔文和霍布斯形象做出来的衬衣必为走私盗版之物,他们是不会穿的。

狐步舞——福克斯家族

除了经典漫画系列以外,小人儿们刚刚喜欢上《狐步舞》(*Fox Trot*)。这个系列不是讲跳狐步舞的,而是一家姓狐狸(Fox)的人家。《狐步舞》很写实，写的是网络时代一个典型的美国郊区中产阶级、中等收入、中等教育程度的人家。父亲是公司的下层职员，母亲是郊区小报的自由撰稿人，小主人公们年龄大一些，最大的彼得已经是高中生了，他最热爱的是吃，中间的女孩叫佩吉，她最热爱的是逛商店买衣服，而最小的杰森十岁，绝顶聪明，精灵古怪，热爱数学，热心科研发明。杰森的恶作剧也都是高科技的，哥哥姐姐根本就不是他的对手。美国青少年文化里视书呆子为世界末日，看过的很多美国少男少女电影，都把聪明孩子描绘成动作笨拙、不通人情世故、总在丢脸出丑的形象，搞得很多书呆子出身的中国父母都物极必反，心下惶惶，害怕自己的孩子爱读书爱动脑子。我倒不是有什么雄心培养成功人士，但有时候暗喜，幸亏有了《狐步舞》，有了杰森这个又聪明又酷的形象，等孩子们长大了，进入可怕的青少年时期时，万一他们真是书呆子类型的，也可以理直气壮地做自己，而不必为自己的聪明好学道歉了。

成天被人叫 Mamluk 土耳其武士叫得不胜其烦，心下却暗暗担心，哪一天他们看到了好玩的东西不再和我分享了，或者是干脆不看小人书了，我的苦日子就开头了。

苦日子可怎么过？大概只能看卡通、翻小人书了。再苦的日子，有了卡通和小人书，我们也可以哈哈哈乐它个不知天南地北，今夕何年。

图书馆花样赔钱

旧社会人落后，说女孩子是赔钱货。新社会了，妇女解放，女权运动，男女都一样，男孩子也是赔钱货。

好长时间了，每次去图书馆，我都灰头土脸地、讪讪地、悻悻地，不敢和图书管理员对眼神。欠了人家债，便抬不起头来。

是镇上的公立图书馆。除了少量私人捐款和特殊档案，是人民自己的图书馆，每年缴的那些财产税，大部分去养了学校，小部分也养着这个图书馆。有募捐时，我们都是慷慨捐钱捐力的。我一边尴尬，一边安慰自己。

图书管理员是一贯的微笑、耐心：你有一笔罚款，你想现在就付吗？如果没带现金，下次也可以的。

她总是笑眯眯的，语气很温和，倒好像我们欠钱是她的过错。

老太太其实是志愿者，光干活不拿钱的；她从前是康科德博物馆的解说员，保罗·纽曼刚去世的时候，她还跟我八卦，说她有一天正上班呢，一个人进来了，眼睛那么蓝啊那么蓝。来人就是保罗·纽曼。

老太太越和善，我就越尴尬，于是又重复一遍：嗯，这次罚款是因为我们有一本书找不到了，她告诉我们先别交钱，接着找，找不到，就交书的成本费，找到了，就不用交了。她是好心，不想让我们交双倍的罚款。

然后我就觉得自己像林冲。不是英雄气概的八十万禁军教头，也不是卫护妻子的热血男儿。就是脑门儿上那个刺字。想一想，我到底还是没搞清，林冲脸上到底刺的是什么字。

其实，这钱并不是"罚款"，也就是个"赔款"。书丢了，实在找不到了，就赔个书的原价，并没有惩罚；书忘了续了，或者是被别人预订了自己却没有按时归还，就会有小笔的罚款，譬如说，DVD一天一块钱，大人书一天四毛钱，小朋友书一天一毛钱。每次交这类"赔款"，我都自我安慰：孔老先生窃书不算偷，我们借书被罚款，也不能算犯罪。交的钱给图书馆增加收入，还算是造福镇上人民呢，应当减税才对。

问题是，我们也太屡教不改，拖欠、丢失是基本常态，平日里忙得晕头转向，几天没有查自己的借阅记录，等想起来，嘿，赫然几道红红的条目：过期了，忘了续了，已经续过两次不能再续了，被别人预订了。

钱并不多，只是账上一差钱，我们一下子就被划入了另册：别人家活得从容，这家人活得邋遢。大家都排着队借书呢，人家都是叮叮叮三下两下借完走人，轮到我们，总是拖拖拉拉一大堆，还要在众目睽睽之下交罚款，颜面扫地，无地自容。

小朋友们脏乱差的本事，真是登峰造极。叶公好龙，到处雕龙写龙，他的龙有多少藏身之处，我们家的书，就可以有多少丢失之处。

书架上自不必说，每次找书，自然从书架上开始，要么是老牛耕地——来来回回，密密地篦过，要么是鬼子进村——挖地三尺，不见不散，每次都懊恼，为什么不把图书馆的书和自己的书分开，为什么不把大人的书和小朋友的书分开。

情急之时，便悬赏捉拿。一出赏金，小财迷们便撅着屁股到处搜寻，床底下、书桌上、沙发背后、垃圾桶里、厨房、厕所、地下室，无孔不入。他们是行家，什么破书，都能够形容出是什么样的封皮，作者是谁，甚至还记得里面那些无聊笑话，一色的低级趣味。

说是出赏金，其实他们也很少挣到。小财迷们起先还是兴致勃勃地帮着找，大约还是赏金不足，也或者是他们高风亮节，不为五斗米折腰，一会儿就忘了，偶尔发现另一本趣书，又兴致勃勃地趴在地上看起来，一边还笑得咯咯响。

只有我的无名火在继续焚烧。几排书架都翻完了，早已是大汗淋漓，却还是一无所获。

从去年什么时候开始，图书馆允许从网上付款。多少个夜晚，趁着月黑风高的时候，我登录了账户，看看左右没人，便悄没声地，麻利地把罚款付清。还真灵，一按"上交"，那些红条警告和惊叹号们都旋即消失，令人如释重负，心生快意。下次再去图书馆，想想自己账上干净，没来由地就昂首挺胸、扬眉吐气着，觉得自己就像中华民族，从此站起来了。

问题是，罚款一付，书却又自己冒出来了。图书馆规定，交付罚款九十天内，还可以把书还回去。书总是约好了，要再冒头就在第九十一天冒，再去还时，图书馆也不要了，于是我们书架上便多了许多丧权辱国的不平等条约，记录着我们割地赔款、丢书罚款的不光荣历史。

想一想也是命中注定。小偷的儿子出生，顺手撸下了护士的戒指；大毛出生，就带着一笔图书馆的罚款。

我当时正在忙论文，从图书馆里借出一百多本书。小朋友提前到达，白天黑夜的界限从此模糊，也彻底打乱了借书、续书、还书的自然次序。晕头转向一阵子，具体多少天早已分不清了，看看一地狼藉的书，打电话去图书馆。接电话的是个学生。我说，对不起，书还晚了，原因是"不以人的意志为转移的"。她却没有说：既然如此，那我就给你免了吧。

我知道，如果我让她去叫来一个图书管理员，解释一下情况，我应当是不必交这笔罚款的。我早已给信用卡公司打过电话，他们掩盖着金钱至上的本来面目，跟我着实人道主义了一回，罚款和月息都免掉了。对图书馆，我却没有说什么，老老实实给他们寄了一张支票。按当时的穷学生标准，那可是一笔巨款。

然后，然后，我就毕业了。那是大毛生平第一张罚款单，也是我作为学生的最后一张罚款单。

美国的公共图书馆：儿童的乐园

阿根廷作家博尔赫斯有一句名言：我一直想象，天堂就应该是图书馆的模样（I have always imagined that Paradise will be a kind of library）。我一向以钻图书馆为人生乐事，家里有了儿童之后，突然发现，原来，对图书馆的热爱也是可以遗传的。

推着小朋友出门散步时，目标往往是镇中心广场，单程半个小时，路上经过新英格兰城镇最标准的建筑：教堂、邮局、图书馆、市政厅、餐馆、银行，等等。

大毛当时一岁左右，刚刚会走路，还不会说话。小推车推着他走了几回，他就开始表达意见了：他伸出小手，指着前边某个方向。我走错了方向，他急得满脸通红，拼命摇头；等我改换方向，走向他想去的方向时，他才如释重负，心满意足地放松下来。

他想去的地方，就是图书馆。

大毛不是神童，我没有记录过他两岁时认识多少单词，也没有教过他背诵唐诗。他爱去图书馆，是因为图书馆的一楼有婴儿室，婴儿室里有五彩缤纷的色块和玩具。

我们居住的马萨诸塞州，除了各家大学的图书馆以外，每个镇都有自己的公立图书馆。这些公立图书馆都同属一个系统 MLN（Minuteman Library Network，民兵图书馆系统）。这个系统中共有四十三家图书馆，其中三十六家公立图书馆，七家大学图书馆。各镇各校的图书馆本来是独立的，后来于1983年成立了这个图书馆系统，所有图书馆一起注册为一家非营利机构，成员馆间共享资源，互通有无。这个系统既有统一的检索目录，各个图书馆又有自己特定的收藏，读者可以就近使用离家最近的一家，也可以随意访问其他任何一家，如果发现一本书不在本地图书馆而在另外一家图书馆，还可以在网上预订，过几天，图书馆会把这本书转运过来，等到了你指定的图书馆后，会给你发个通知，让你去取。

凭我的驾照和镇上的居住证明，我免费申请到了一张图书卡，平时可以随时来阅览、借阅。后来搬到马州另外一个镇居住，同一张卡也依旧有效。

和大学图书馆不同的是，这些公共图书馆的一楼，照例都是儿童部。儿童小的时候，就把他放在地上爬，地上是彩色的泡沫垫子、彩色的积木和各种各样的玩具动物。毛绒动物难免有些脏，但也都是定期清洗的，很多都已经洗得褪色了；周围的椅子、桌子、书架都是小人国的规模，正好适合小人们玩耍。筋疲力尽的大人们，正好在这里缓口气，或者和其他同样筋疲力尽、疲于奔命的新爸新妈们闲谈交流。

小儿童爬着爬着，慢慢地长大了，会站起来了，于是发现周围的小书架上，有厚纸板书，有声像书，小手一按，动物会发声，小朋友会唱歌，汽车会嘟嘟叫。再往后，最爱看的录像带可以借回家去，翻来覆去地看；儿童部还有故事会，一个星期有几次，按年龄分组，有图书管理员领着孩子们读故事、做手工；等上小学了以后，老师布置的作业，除了学校的图书室以外，还要专门去镇里的公共图书馆里学习查阅书籍、做研究课题，儿童阅读部的图书管理员会耐心地教孩子们查目录、检书架，然后把书扛回家。

图书馆里有几张小桌子，上面常年摆放着纸张和彩笔，孩子们可以随意涂鸦、填彩色。每年暑假之前，图书馆都会按照年级，发放夏季阅读书单。

总借书台那里，为了方便小朋友，还摆放了一道小梯子，每次见到妈妈们带着孩子来借书，都会看到几个小兄弟姐妹，争着抢着爬上那道小梯子，大家都想看见自己挑中的心爱的书，在柜台上要经过什么样的魔法。一拨小朋友抢着抢着长大了，他们走了以后，又换上一拨新的；新搬来的邻居们怯生生地询问如何办借书卡，新出生的小朋友们，嘴里含着奶嘴，张着大大的眼睛，等着哪天也能登上这道小梯子，等待着这个图书馆给他们提供探索世界奥秘的书籍和音像资料。

这些年过去，图书馆很多技术升级，从检索、借书、还书，从实体书到电子书到音像租借，等等，都与时俱进了不少。只有我，还是忍不住惊叹，我何德何能，上辈子积了多大的德，这辈子做了多少好人好事，能够摊上这样的好运气。

美国图书馆设立儿童部，开始于十九世纪的最后二十年。最初的公共图书馆有年龄限制，专门面向成年人，但美国早期的图书专家们越来越意识到儿童阅读的重要性，于是，在纽约、波士顿、费城和其他城市的图书馆中，儿童部纷纷建立。波士顿的布鲁克兰图书馆，于1890年将地下室的一间空屋子专门用作儿童阅览室，由清洁工管理，这应当是最早的图书馆儿童阅览室。到1890年，儿童们证明了自己的阅读需要，卡内基基金会又提供了资金，从此以后，图书馆的儿童阅览室在全国纷纷建立，尽管预算有限、图书有限，却在美国儿童的成长中，起到了重要的作用。

我们这些移民，一来就享受这些社会财富，自觉受益匪浅。这张公共图书馆的借书卡，对于镇上居民是免费的。我们缴过镇里的地方税、州里的州税，这些税收直接或间接地维持着图书馆这样的公共服务，居民无须另外为使用图书馆付费。

除了政府部门拨款、私人捐赠以外，图书馆偶尔有一些小型集资活动，比如旧书出售。对书虫来说，每年的旧书出售，都像一个小节日。图书馆将收藏过量、流通很少的旧书下架出售，另外还有读者捐赠的已经读过的旧书。书的内容五花八门，有精装的莎士比亚全套经典，也有超市出口卖的四五美元一本的廉价通俗爱情小说。一般是周末举办，周六时销售开始时精装本两美元，简装本一美元，周日下午临关门时，一律一美元甚至五十美分。每去一次，都是大包小包地往家里扛，满满一包，也不过二三十美元。唯一的问题是没有时间阅读。

图书馆和书店都受到了网络的挑战，人们贪图网络和社交网站交流的快捷便利，读书的人越来越少。但图书馆也在与时俱进，除了提供录像以外，还提供有声书，办理借阅手续以后，就可以听书。我喜欢听书,有了书的陪伴,开车、跑步这些单调乏味的活动就有了内容,书听到有趣处,连堵车也毫不介意。

博尔赫斯也担任过阿根廷国家公共图书馆的馆长,他说得对,图书馆,果然就是人间天堂。

在哈佛听余华和李娟们如何"书写当代中国"

几年前还追星呢,忙里偷闲去听个名人讲座,心里还跟女大学生那样兴奋。如今是老瓷实了,装都装不出来了。

朋友徐林好心,帮我从国内扛来几本书,一直没有时间接头转交。忽而听说余华、李娟等一行要来哈佛做讲座,那好,趁听讲座之机顺便接头,一箭双雕也。若是光为了听讲座,我是懒得去的。

很惭愧,余华的文字,我还从来没有认真读过。《活着》只看了电影,而且看的时候就不断地和《霸王别姬》比。《霸王别姬》是荡气回肠的好戏,《活着》也还好,但相形之下,更像是报告文学。《兄弟》有人大力举荐,一看砖头一般厚,掂掂就放下了。图书馆里也有英文的CD,也是掂了几掂就放下了。

活动是哈佛安排的,主题叫"书写当代中国",几位写作者,有余华这样写小说的,有李娟这样写纪实的,还有欧阳江河这样写诗的。另外有一位人大人类学教授,以纪实方式记录自己家乡的打工人口。还有颜歌,以自己的故乡郫县为背景写了很多四川风味的当代中国故事。据说名气很大,我却是从来没有听说过。

对了,哈金是主宾,就是接待方请来陪贵宾的。哈金的书我是读过几本的,算是对得起他在美国以英文写作而成名的名望。不过他果然如坊间所说,口才一般。不过也就是口才一般而已,没有什么振聋发聩的宣言，也没有令人捧腹大笑或者会心一笑的俏皮笑话，人倒是大大方方在那里坐着，没有羞涩难堪的猥琐之气。

我真心想见的却是李娟。李娟最初是马慧元推荐的。李娟是住在新疆哈萨克地区的汉人，家里开个小卖部。她的文字很好，好在哪里也说不清，总之就是干干净净、简简单单的文字，用个俗不可耐的比喻，就像雪山上的泉水一样纯净。她的文字也不惊天动地、荡气回肠，从不让你觉得需要感动得涕泗横流才对得起作者。不过，也正因为如此，虽然我是去看李娟的，对她的文字，我能明确记得的，却也并不是很多。

欧阳江河第一个发言。他说了些写诗的感受，强调汉语写作和中文写作是不同的，中文写作诗歌和汉语写作诗歌也是不同的。他也谈到了一些英语/外来语翻译，以及行话、媒体语言、手机、微信、微博等新的语言形式对中文诗歌写作的影响。他又说了些纯写诗的话题，譬如原诗歌的出发点、长诗写作、以文本呈现复杂性、发生意义上的写作，等等，听起来就全是希腊语了。倒是听懂了一样意思，他说写诗就要反对华丽的文字，反对它成为小资"美文"。

欧阳江河强调，能够理解阅读和理解上的原创性，这才是真正的读者。写作需要这样的少数性，否则语言会退化。以前听别人这样讲，觉得有些傲慢，今天倒是觉得心领神会。

下面轮到李娟了。果然，如马慧元所说，李娟是超级紧张人士，她倒是老实，自己承认：我就是紧张嘛，所以准备了稿子，不好意思啊，今天我就要照稿子念。

从她的发言里，我听出了，原来组织者给他们发了命题作文，就是谈谈他们写作某一部作品的过程。李娟说的是她写《冬牧场》的感受。这个我在豆瓣上也看过的，她成名是靠自己随手写下的文字，而《冬牧场》却倒过来了，是她成名之后，有人找上她，给她预付一笔稿费，然后让她去哈萨克牧区里和牧民一起生活半年，然后写和他们相关的纪实文字。

从李娟的话里可以听出，她自己对此不是很自在，她"采访"的对象对她来这里"采访"也有戒心。对一个自我意识很强的人，这确实很不容易，所以李娟的文字里写了，讲座的时候也讲到了。她讲了人们如何对她心存戒备，后来因为她很认真地干活，慢慢地赢得了他们的信任。她说，人家问她究竟来这里干什么，这个地方这么偏远，环境很艰难，人们甚至住在地下，到任何一个地方都需要至少一个星期，她就干脆说：我来这儿是为了钱，人家赞助我一万块钱让我来这儿写你们呢，这下你们明白了吧？总之，一个写非虚构的作家，需要解释自己的动机，尽管她成功地完成了使命，我心中还是暗生同情。

李娟坦诚地承认自己有"性格缺陷"，访谈困难，感觉自己像骗子，很尴尬，而且访谈的时候是在强调她和这些被采访对象之间的不同，觉得他们很反感，而其中也有她自己的责任，因为她"就是很糟糕的性格"。

而她内心深处，还是希望能和他们平等相处，尽量淡化自己的工作，不撒谎，说自己是来挣钱的，拿着相机采访的时候，甚至诉诸被采访人的同情心，希望他们同情她来这里挣钱不容易。

另外，她有时也尽量克制，不该拍照的时候不拍照，人处在艰难境地时，旁人拍照片是一种不尊重，而且人在镜头面前也会自然地进行表演，增加不真实的成分。她说，有人拍她外婆照片，她外婆看起来很悲哀，而这些人寻找的就是外婆悲哀的形象，但她自己给外婆拍的都是快乐的照片，所以这些人拍的就并不是真实的外婆形象。

她又接着说，写作中，要处理采访和被采访、观察和被观察的关系，自己要被人接受，还要展示劳动能力。不是为了迎合，而是强调和他们共同的一部分。帮他们赶牛，铲雪，负重三十斤，绣花毡子，三个小时不停地绣，累得手指都不能弯曲，最后赢得了家庭的尊重。

她说，有些人的文字透露着自信和坦然，这样的东西很多人都能写，但她的文字是不可替代的，她对她现在的状态很满意。

我却依旧对她的现状略有同情：让她写一本书，她已经经历过一番挣扎，她的一部分粉丝也经历过一番挣扎；总算能从偏远的哈萨克地区到哈佛的讲堂中谈谈自己的创作经历，她却依旧在用这个机会证明自己的决定是对的。

主持人，大约和请她前往冬牧场的东家一样，强调她写作的价值是因为"如实展现了哈萨克穆斯林少数民族的生活"。我想这对李娟的文字是一种偶然；她只是如实记录下她眼前的生活，只不过因为时空的巧合，她眼前的人是哈萨克穆斯林。

而且，主持人，大约也和请她前往冬牧场的东家一样，注目的也是她和她的采访对象的不同，派她去，是一种猎奇心理。而她，也可能是有意为之，也可能是善良天性使然，发现了她和她的采访对象之间的共同之处。对李娟而言，不过是觉得写作有趣，于是越写越多。而对哈萨克人，人们都觉得神秘，但所有写及他们的文字都在强调差异，而李娟却和他们不同，她想写出相同的快乐和痛苦。这样，她就是一个人文主义的作家，为此，我对她多了一份钦佩。

听众提问时，有人问李娟，她的文字是否很刻意，她说是，她的文字很刻意，她是一个不自然的人，自己一直希望能够改变，现在她都快四十了，她觉得自己有希望改变。其实她看着一点都不像快四十的人，只像一个高年级大学生，顶多是个研究生。

我对颜歌略有保留，老实说，主要是和李娟的收敛、谦逊、羞涩相比，颜歌太张扬、自信，也因为我对她的文字一无所知，她却一上来就将自己和远离故土的詹姆斯·乔伊斯和贝克特相提并论，令人多少有些戒备。

颜歌大约也有足够的理由自信爆棚，原来她是少年作家，十七岁就出了第一本书。大学上了川大，后又出国，在杜克大学待过两年后，现在定居爱尔兰。写作的主题就是郫县，就是出郫县豆瓣的那个郫县。具体写作内容，据她自己讲述和回答听众问题时提及，大约就是虚构了郫县的平乐镇，然后以虚构的方式记录着当代中国人的生活；她相信，她笔下的中国—四川—郫县，也会像乔伊斯笔下的都柏林一样，比真实的中国—四川—郫县，更加不朽。

听众里有她的铁杆粉丝，她所有的文字都读过。铁粉问：你将来会像哈金那样用英文写作吗？这儿颜歌倒是说了点有意思的事，就是她自己很怕生病，总觉得自己有这样那样的病，于是她总是在医院里做这样那样的检查，而她小说中的地名人名，等等，往往是很随意出现的，就是她在医院等检查结果时从电脑屏幕上看到的某个词。至于是否会用英文写作，她也会听从自身的荷尔蒙指导，以前不想结婚生孩子，现在荷尔蒙在改变，她又想结婚生孩子了，写作的荷尔蒙也可能改变，荷尔蒙想写英文的时候，她也就写英文了。

余华是这几位作家里的"大哥大"，大家对他的作品也最熟悉，他反倒不必事先准备书面发言稿，也不必拉名作家来作虎皮。他只是提及，书写当代社会最难，很多语言细节，知情的人就知道你写得不对，比如说哪一年喝可乐，人们却知道那一年可乐还没有引进中国。听众问他最喜欢自己哪一部作品，他说，他最喜欢的作品是《兄弟》，父母最偏心弱小的孩子，作家最喜欢被欺负的作品。听众会心。

听众问及网络文学对纸媒的冲击，哈金倒是说了一句让我记住了的话：文学总是要死不活的，但肯定是死不了的。对了，还有一句话，他说听年轻作家发言，他注意到年轻作家不把国家当作参照物，超越国家之上。

第五位作者是人大的梁鸿，我要查会议记录才想得起她的名字，抱歉抱歉！她算是学术人士转而记录乡村演化的过程，其价值亦在学术和文学之间。

讲座完毕，陈红领导才姗姗来迟，于是寻找剑桥的上海餐馆十八香。偏偏餐馆周二关门，于是转而去小羊火锅店。徐林大款买单。出得店来，浑身羊肉膻味，如哈密虫一般。到得家来，换下所有衣物，淋浴数遭，依旧膻腥之气不散。忙至今日，膻腥之气被五月寒风吹散，方抽空整理出听讲座笔记，居然也啰里啰嗦有了几千字。这么认真记录、敲字，恍惚间，还是有了一点追星的意味了。

新奇与共鸣之间：读书的缘分

这阵子忙碌，感恩节一下子四天假放下来，倒反而浑身不自在起来。我这个天生的劳碌命，四天下来，有些虚度年华的感觉，唯一的收获，大约是吃得多了些，再加上过节前就已经开始增长的秋膘，起码给过节后留下个减肥的任务。

这个感恩节，按计划是应该忙碌的，《瓦尔登湖》校对，答应编辑年底前完成，《新英格兰人文之旅》初稿和图片整理，也是答应编辑年底前完成。当时心中忐忑，有些类似于孝子贤夫，被母亲和妻子同时咄咄逼人地问落水时先救谁的问题时那种矛盾、紧张的心情。结果两本书都提前交稿，顺便还帮助从前的导师伯纳德·沃瑟斯坦校对了他的《上海秘密战》的中文译稿。我原来上学时就是这本书的研究助理，在图书馆里每个星期对着吱吱嘎嘎的幻灯机看老师从国会图书馆借来的、美军缴获的日本前外交部文件影印件缩微胶卷。书出来后也买了，却还是不大读得进去，如今中文版要出来了，自己没有翻译，却又觉得多少有些遗憾。

遗憾也就是个几秒钟的问题。翻译这么辛苦，真让我去做，是要有一番说服的。这一年多来，工作上多了一些趣味，每天乐颠颠去，或乐颠颠回，或气鼓鼓回，乐颠颠、气鼓鼓以外，剩下的时间、精力和兴奋点不多，偶尔上微信读几段大家你转来我转去的心灵鸡汤、内部新闻，与读书、翻译、写字，竟然几乎无缘。

纸版书基本没有读，马慧元妹妹给我寄来了她的《宁静乐园》，好看是好看，人家本来就是写的乐评、书评，乐评我不会写，书评么，我总不能巴巴地再给她的书评写书评。我已经习惯了国内出书加腰封的习惯，《宁静乐园》里面的行文之间又在段落之间加虚线，不知是作者原来就有，还是编辑排版加的，我读书多少有点强迫症，就觉得这些虚线有些别扭。

剩下的，唯一和书沾得上一点儿边的，就是开车时听书了。

听书最上瘾的还是上班最远的 2010 年，多少年撑着读普鲁斯特没读下去，这次居然把《在斯万家那边》(*Swann's Way*) 听完了。现在上班近了些，听书的瘾大约也随之下降，总结一下收获，能够想起来的有全部的丹·布朗，还有从西班牙语翻译过来的略萨（两三本吧，书名都记不住了），从日语翻译过来的村上春树（《1Q84》），本来就是英语的艾丽丝·门罗的《太多幸福》(*Too Much Happiness*) 和《城堡岩上的风景》(*View from Castle Rock*)。

一边写，一边心里检讨，本来给自己定了一条规矩，此生有涯，喜欢的书就写点读书心得，不喜欢的书，读都不要读，更不要花费时间去写什么"这本书很烂"的书评。更何况这都是得了诺贝尔奖（或差一点儿得诺贝尔奖）的文字，人家本不缺你这么一个读者。

这几天正在听印度女作家 Lahiri 的 The Namesake（《同名者》）。

我还是不得不承认，这些书都是勉勉强强听下来的。就说丹·布朗吧，情节还是挺曲折，选题也挺时髦，除了宗教以外，还有人口爆炸（《地狱》），国家安全（《数字城堡》），美国空间开发（《骗局》），甚至和《达·芬奇密码》很接近的符号学（《失落的秘符》），听来听去，还是觉得《达·芬奇密码》最好看，最好听。

能够得诺贝尔奖的，就算不是真正的世界第一，就算其中确实掺杂了一些政治成分，起码，总还是值得我这个嗜读垃圾书的人来读的。但真读起来还是觉得不过瘾。

其实我的要求并不高，拍拍脑袋，也无非就是两个标准。

一是新奇。新奇，就是看书名、简介，能够让人产生一种好奇之心，想知道作者究竟讲了个什么样的故事。莫言也得了诺贝尔奖，却是没想去读他的书，一是记得自己以前读他的文字，觉得粗砺不堪，再就是毫无好奇心。

二就是共鸣。这个共鸣很难说得清楚。不是说我们学生腔、伪小资、海外居留，就只能看懂或者喜欢学生腔、伪小资、海外居留的文字。说穿了，哪怕书的内容、背景和读者毫无共通之处，文字中却还是必须有某种能够打动人心中最柔软之处的东西，让你感觉到和作者或者书中的主人公发生了某种交流。没有这样一种交流，阅读就失败了。

原本想的只是读小说，细一想，专业书又何尝不是如此，只不过大约要把这一对词改成"新颖与理解之间"而已。也就是说，这本书的理论要足够新颖，让你能够改变或加深你对某一论题的理解，但又要足够浅显，能够让你理解其中一些内容，不然这本书就成了天书,哪怕别人把它吹得天花乱坠,你也还是如隔靴搔痒,顶多只能充满敬畏地感慨一下"不明觉厉"。

读书,什么时候读,读什么书,书怎么读,其中,都是需要一些缘分的。

说了半天,无非是为自己找借口:没有读书,是因为无书可读。其实我读不读书,无关国家社稷,亦无关柴米油盐,拉拉杂杂竟也扯出这么长一段,也算是这四天赋闲,闲出毛病来了。

| 文学·影视 |

少女的成年礼——《戴珍珠耳环的少女》

画室与人世

葛利叶（Griet）十七岁了，要离开家，去给画家约翰内斯·维米尔（Johannes Vermeer）当清扫画室的女佣。葛利叶的父亲是烧瓷砖的艺人，因为事故伤了眼睛，养活全家的任务，将由葛利叶承担起来。她提着小包裹，背朝着父母的家，走向她的雇主，走向未知。

我是两年前看这部电影的，看完以后，一直心有戚戚，于是便将原小说借来看。书的封皮是柔和的暖棕色，上部就是那幅《戴珍珠耳环的少女》，下部是维米尔的一幅河岸风景。今年这个暖和的冬天里，我阅读的几本闲书，何兆武的《上学记》，马慧元的《北方人的巴赫》，碰巧都是这样的暖棕色。

小说细细地描写着十七世纪的荷兰小城德尔夫特（Delft）。河道，街坊，店铺，行人，河中的撑船人。小城中心有一个石子码成的图案，分成八瓣，其中一瓣指向她父母的家，一瓣指向画家的家。电影的开头和结尾，都有葛利叶站在这个米字路口的镜头。女孩子要成年了，她必须选择其中一个方向，然后沿着那个方向一直走下去。

父亲提起过画家的名字，为她作了简单的介绍，从此以后，在葛利叶的叙述中,画家就成了"他"——她不再提及他的名字,因为在葛利叶小小的世界里,他已经无所不在。豆蔻年华的少女离开家,碰上了除她父亲兄弟之外的第一个男人,于是,他就是她的宿命;她睁开眼后看见的这第一个男人,从此便永远留存在她的感情记忆中。

葛利叶面对的是极度的贫困和窘迫,画家也面对着世俗家庭生活的繁杂混乱。然而,在这片困窘和繁乱中,是一个干净、家具稀少到近乎空白的画室,连画家的妻子都无权涉足。这个画室是伟大艺术作品的诞生地,也是一个少女情窦初开的花坛,一个世外桃源。爱情和艺术,原本就是人们逃脱世俗烦扰的途径。

绘画成了她感情上进入他的世界的媒介。画家教会她如何观察光、影、云彩的颜色,而她,也在刺激着他的创作灵感。葛利叶是新教徒,画家是天主教徒,画家家里硕大的耶稣受难像令她感到恐惧。意大利的拉斐尔、米开朗琪罗、波提切利们的画大多是宗教画,而荷兰的鲁本斯、伦勃朗和维米尔们却着重俗世生活小景。维米尔解释说,不管信仰哪一种宗教,其实,画家们描绘的东西,都是一样的。"对于天主教徒来说,绘画可能是为属灵服务的,但你别忘了,新教徒也能在所有地方、所有物事中看见上帝。描绘日常物体,桌子和椅子、碗和水罐、士兵和女佣的时候——难道他们不也是在庆祝上帝的创造?"

这个故事发生在 1667 年,与帕慕克《我的名字是红》的年代大致相当,但书中对宗教和绘画的讨论比较简略,不似曾是专业画家帕慕克的分析那样复杂深刻。更吸引我的，还是人的故事：葛利叶帮助他清扫画室，研磨颜料，整理道具，像海绵一样一点一点地浸入他的创作，最后成为他的画作的主题。艺术家和少女的感情，与画作的进展同时生长。因为他的妻子不在场，她为他做的每一桩小事，都带有偷情的味道。

葛利叶摘下了头上永远戴着的小白帽，终于让他看见了她平日里紧裹着的头发；他又用一枚针刺穿了她的耳垂，为她戴上了一副耳坠，他的妻子的珍珠耳坠，那幅画的眼。那是葛利叶的成年礼，她的婚礼，她的初夜。

少女的青春，在一个艺术家、一个成熟男人的注目下，如花朵一般绽放。少女的初恋，就像是出麻疹，出过以后，她就可以开始柴米油盐，过寻常百姓的生活了。

爱情故事和艺术创作的故事背后，是普通人在真实世界的生活，女孩子们长大后，都必须面对它。与葛利叶和画家的故事平行的，是葛利叶和肉铺小老板彼得的恋爱故事。

两个家庭，两个世界，两个男人。一个男人手里总是有血，另一个总是很干净。在听着彼得说话的时候，她的心里却在想着"他"。电影中有一个小说里没有的细节：葛利叶站在窗前，看着天上的云，想着维米尔给她讲过，云有许多颜色，一时间神思恍惚。女管家打趣她："在想你那个肉铺小老板呢。"一句话就将她从幻想的云彩中拉回现实，她脸上梦幻般的光亮也骤然暗淡了。

画家不断地创作，画家的妻子不断地怀孕生孩子，也是世俗生活与艺术的一种对比和竞争。正在发育期间的女孩子，就近观察着生命的创造以及与之有关的一切。书中没有直露的色情描写，字里行间却弥漫着情色的气息。因为压抑、朦胧、微妙，繁杂的家庭中众目睽睽，嫉妒的妻子无时不在虎视眈眈，更重要的是，女孩子又未历情事，一切都暗含着文字无法描述的张力，这样的情色显得更加诱人。怪不得男人有处女情结：将混沌未开的少女领入人世，开启她懵懂的心扉、唤醒她沉睡的肉体，开辟鸿蒙、曲径通幽、柳暗花明，其中必定有种种难以言说的新奇和快乐。而少女胆怯的归降，是失魂落魄后的千依百顺，曲意逢迎，还有无尽的缠绵和怅惘，与生俱来，挥之不去。

看这样的书，太舒服，太柔情，太觉得罪过。今天是今年的最后一天了，也是头一次下雪，下完很快就化了，家里暖暖和和的，都是等着明天过年的气氛；小说又是写得这样的温柔体贴，葛利叶讲着故事，明明知道等待着自己的命运是什么，却还是那样逆来顺受，没有大声抗议、痛哭流涕，我们也就很难"看戏文流泪，替古人担忧"了。

电影与小说

小说作者叫特蕊茜·夏维里埃（Tracy Chevalier），出生于美国华盛顿，现在和丈夫儿子一起定居在英国。封皮上有介绍，夏维里埃著作不多，名不见经传。能够邂逅这本小书，纯粹是因为电影。

书是1999—2000年出版的，电影是2003年拍成的，主要演员是斯嘉丽·约翰逊（Scarlett Johansson）和柯伦·费斯（Colin Firth）。

我对荷兰艺术史所知不多，听说过一些大名鼎鼎的画家的名字，零零星星地看过一些人所共知的名画。作者虽然看过有关维米尔的历史资料，这部小说却只是作者对历史人物和作品的解释和演绎，不是历史。不过，看完小说和电影后，也让人想顺藤摸瓜，找一些荷兰艺术史的书来慢慢地看。

我更喜欢的，是小说中所讲的那个温婉动人的故事。在色情作品充斥着各种媒体、无时无刻不在对感官进行着狂轰滥炸的时代，人们的禁忌越来越少，感情和感官也都变得麻木迟钝。而三个多世纪以前的这个故事，以其纯真、舒缓和克制，触动着我们心灵深处某个尘封已久的柔软的角落，让我们想起自己的纯真年代，让我们对红尘中的痴男怨女，兀自生出温柔的怜悯。

杜拉斯一遍又一遍地写着自己初恋的中国情人，以七十多岁老妇的心，反复搜寻着那个十五岁少女的记忆，让她回忆、甚或有些自欺欺人地证明，就算她贫困、窘迫，他却也曾经为她的必然离去而黯然神伤，于是，她这一生的苦涩和挣扎，记忆和忘却，便不再那么难以忍受。

葛利叶只看着画家的眼睛，希望在那里找到一丝遗憾和悔恨。看这部电影之前，我还没看过柯伦·费斯别的电影，看过一些剧照，只觉他脸部轮廓模糊了些，五官也略显平淡。然而，在这部电影中，大约是因为留长发的缘故，他的脸显得比较清瘦，那一双眼睛如同带着柔软的钩子，十足的性感，那双修长的手，也总是欲擒故纵，欲揽还休，反而令人遐想不已，回味无穷。不费一兵一卒，自能攻城略地，纵没有海誓山盟，也令人柔软了心肠。他的眼和手，随便哪一样，就足以与《情人》中梁家辉的臀部媲美。

演葛利叶的斯嘉丽·约翰逊，演这部电影的时候只有十九岁，有年轻女星们少见的风致，既性感又不张扬，带着一种欧洲式的隽永韵味。这部电影，似乎就已经显示她不久就会如日中天。整部电影中，她的台词只有五六十句，一切都靠她的眼神和动作来表现；她的脸如冰雪般纯净、天真，于羞涩和收敛中杏眼含春、眉目传情，很好地诠释了原画中的气韵。

男女之间闪闪烁烁、若即若离、半推半就的温情，在电影中也表现得更加细微动人。书中细细描述的日常琐碎和钩心斗角都被淡化成了背景，于是故事便凝练在一个男人和一个女人、一个艺术家和他画笔下的美丽少女的情感上；葛利叶不用承担讲故事的任务，不必向我们交待那些琐碎，她也因此有机会洗脱许多人间烟火气，更加超凡脱俗，温柔可爱。

电影还有一个小说所没有的优势，就是光、影和声。这部电影的摄影，色彩柔和，镜头舒缓，和故事的叙事风格正好吻合。片中所有的镜头都简洁干净，让人觉得，随时将镜头定格，都会是荷兰那些名画家笔下的一幅民俗画；电影中反复出现的音乐主题是葛利叶，悠长而忧郁的旋律，如同生命的长河，无情地缓缓流淌，倾诉着花季少女说不尽的期盼和遗憾，喜悦和忧伤。

小说最后一章，交待葛利叶十年后的生活，在我看，便有些画蛇添足。电影因为时间限制，有些地方反而处理得更干脆利落。我们不一定需要知道"后来呢"，因为无论主人公们后来怎样生活，最要紧的，还是当初的故事，是她的纯真美丽给了他创作灵感，而他的沉默寡言和画家的眼睛，又将她从一个少女变成了女人，留下的，便是这一幅色泽柔和鲜艳、表情亦喜亦悲的《戴珍珠耳环的少女》，荷兰的蒙娜·丽莎，在时空中凝固了的，永恒的一刻。

朝拜济慈：罗马的西班牙台阶

罗马的西班牙台阶，游人如织，中国人也不少，大约都是循着《罗马假日》里安妮公主的行踪而来。《罗马假日》是我最喜爱的电影之一，我喜欢奥黛丽·赫本扮演的安妮公主，也喜欢那个穷得捉襟见肘、一心想写出惊人故事的记者乔·布莱德利，因为扮演他的是我的偶像——格利高里·派克。抵达罗马的中国游客，大多为此而来到西班牙台阶——公主坐在西班牙台阶上吃冰激凌，记者假装和她邂逅，几番曲折之后，导演给他们安排了一个轻松浪漫的美丽结局。

然而，公主与记者的浪漫故事毕竟只是虚构，我这番特来此地，却是为了朝拜和祭奠一位英年早逝的英国浪漫派诗人约翰·济慈。西班牙台阶，是济慈最后的居所，他在最后的日子里，听着窗外丑船喷泉（Fontanadella Barcaccia）的水声呜咽和行人的喧哗，等待着终将到来的死神。

济慈—雪莱纪念馆的地址是西班牙广场（Piazza di Spagna）26号，正好在西班牙台阶的底端。我们抵达时将近正午，西班牙台阶上挤满游人，注意到这家纪念馆的人却不多。我们兴奋地登上台阶顶，参观了上面的圣三一教堂之后，又下得台阶，这才得知济慈—雪莱纪念馆中午一点到两点之间关门。我们只得快快离开，再次登上西班牙台阶，前往离此处不远的美第奇家族庄园。

等到再折回台阶底端时，济慈—雪莱纪念馆就到开门的时间了。我看见一位女士进门，想随她而入，她却告诉我，她是这里的房客，博物馆只是这个门洞的一部分。随后，博物馆的工作人员就出来开门请我们进去。在我停留的近两个小时里，来访的人不到十位，有几位肤色白皙的青年男女，说话带英国口音，大约都是来自济慈和雪莱的故国的崇拜者。

1818年到1820年是济慈诗歌创作的鼎盛时期，他先后完成了《伊莎贝拉》《圣艾格尼丝之夜》《海伯利安》等著名长诗，最脍炙人口的《夜莺颂》《希腊古瓮颂》和《秋颂》等名篇也是在这一时期写成的。济慈给恋人芬妮·布朗（Fanny Brawne）写的很多情书，死后被公诸于世，曾经引起很多争议，热爱济慈文字的"高尚人士"曾经怀疑过芬妮的动机。然而，随着时间的推移和更多资料的佐证，研究济慈的学者们基本公认了芬妮故事的真实性——芬妮是济慈创作最旺盛时期的爱人和缪斯。

1820年9月，济慈和他的画家朋友约瑟夫·塞文（Joseph Severn）一起离开英国，启程前往意大利。其时，济慈的肺结核已经非常严重，按照当时英国社会的习惯，他们希望意大利的温暖气候会帮助他恢复健康。不幸的是，济慈以病弱之身，沿途舟车劳顿一个多月，兼之他们离开伦敦时，英国正暴发霍乱，他们的船只又在港口被迫隔离十天，济慈上岸时已经身心疲惫，无法会客交友，更无从写作。塞文照料着他，并且记下了他生命最后一段时光的点点滴滴。

几个小房间，一间是济慈最后的卧室，其他几间，摆放着几千本他和雪莱、拜伦等人的作品和传记。书架的颜色深暗，书本多数都是有年头的精装本，显示着岁月的痕迹。于是，书架旁边的架子上摆放着一本现代软皮装《明亮的星》，就显得有些突兀。这本书选录了济慈的诗歌和信件，封面是电影《明亮的星》的男女主角。单独来看，这部电影并不是很差，男孩遇见女孩，男孩给女孩写诗，女孩的妈妈嫌男孩家境不好、不会挣钱，只会不务正业地写诗，男孩生病、夭折，女孩悲愤欲绝……问题是，这个男孩不是一般的清秀柔弱的男孩，而是济慈。我们都读过他的诗，脑子里心里已经有了我们想象中的济慈，于是，在电影里，他说话太柴米油盐也不好，太文绉绉也不对劲，一部电影，总不能让他一直念诗。总之，这部电影看得很难受，不光是因为痛惜诗人的早夭，也是因为电影处理得太过，台词过分生硬，表演过分吃力，尤其干扰我的是配乐，人声伴唱和音乐伴奏都显得过于夸张、喧宾夺主。

电影中最珍贵的片段，就是演员本·卫肖朗诵济慈诗篇的那些段落，尤其是《无情的妖女》和《夜莺颂》。遗憾的是，听他朗诵的同时，还要忍受过分嘈杂的背景音乐和过分戏剧化的画面，从音响到画面，都带有现代MTV的轻浮，令人心中暗暗为济慈不平。

平心而论，演员本·卫肖其实不如济慈英俊，从画像上看，济慈长得颀长俊朗，栗色头发，而本·卫肖个子不高，留着黑发和胡须，不过，他略带忧郁的气质，和我们想象中的诗人倒是很一致，因为从一开始,我们就已经知道,济慈将不久于人世。

听到《夜莺颂》中的"Tender is the Night",心中一动,原来菲茨杰拉德的《夜色温柔》的书名就出自这里。济慈、菲茨杰拉德、《夜色温柔》中的男主人公迪克·戴弗,似乎都重叠在一起,向我们讲述着他们年轻生命中的爱恨情仇。

电影《明亮的星》是根据安德鲁·莫辛(Andrew Motion)的济慈传记改编而来。和电影中过于夸张的表演相比,我更喜欢慢慢阅读莫辛的传记。济慈的忠实朋友塞文的信件,详细记录了济慈在意大利度过的生命中最后的时刻。1821年2月23日天色将晚时,济慈突然动了一下,抓住塞文的手请求:"扶我起来——我要死了——我会走得很轻松——不要怕——感谢上帝,死神终于来了。"塞文握着他的手,直到天完全黑尽,屋子里点上了蜡烛。塞文打了个盹,十一点钟时突然惊醒,再看时,济慈已经停止了呼吸。这些文字,若是全都转换成电影语言来表达,则未免过于唐突。

济慈去世的消息传到芬妮那里之后,镜头闪过,她在雪地中漫步,朗诵济慈写给她的诗,也就是与电影同名的《明亮的星》。

莫辛也记录了济慈去世之后的经过,年轻诗人英年早逝,本已经令人心碎,而在纪念馆实地看来,更加触目惊心。济慈卧床时,他生病的消息已经传到警察那里,他们随时在等候着他的死讯,因为肺结核高度传染,而且是不治之症,按照规定,他一咽气,他们就必须把他用过的所有用具和家具全部焚烧;而且,塞文还必须向房东支付所有烧掉的家具用品的费用。

塞文心力交瘁，济慈的另外一位朋友、一直照顾他的克拉克医生为他处理后事。克拉克为济慈做了一副死亡面具。而且，按照当时的规定，因为济慈不是天主教徒，他只能在夜间埋葬在城外的非天主教墓地。克拉克争取了一下，得到许可让济慈可以白天安葬，于是，1821年2月26日，济慈的棺椁穿过黎明前的罗马街道，于日出之前就到达了罗马城外的新教墓地。上午九点，安葬仪式结束。克拉克请掘墓人在济慈坟上种上雏菊，因为他知道济慈一定会喜欢。

济慈死后，雪莱为他写了悼亡诗《阿多尼》，从此，浪漫天才诗人英年早逝，就成为济慈生命的故事。同样不幸的是，雪莱本人也于1822年7月在意大利海滨遭遇海难去世，死时年仅二十九岁。三位浪漫主义诗人中，只有拜伦活得最长，而他于1824年4月19日去世时，也不过三十六岁。三位诗人加起来，只活了九十岁。

1906年，英国、美国和意大利一些文人作家得到了各国政府和私人机构的支持，募集了足够的资金，宣布成立济慈—雪莱纪念馆，将这座朴素的公寓变成了英语文学的一个圣地。

《战争》：杜拉斯与张爱玲

张爱玲冰冷、疏远，是故事里的旁观者。杜拉斯热烈、投入，是故事里的主人公。

在看杜拉斯的《战争》(*The War*)。和《情人》一样，杜拉斯用的是第一人称。《战争》里有三个故事，第一个就是《战争》，是她的丈夫被德国人逮捕后，她在法国等待他回来。

不管故事情节是否真实，她能让人产生感情上的共鸣。她屡次对"自由法国"的领袖戴高乐冷嘲热讽，因为他的激昂和高调，和她每日每夜所经历的迟钝的折磨毫无关系；关于战争，比如说"二战"，我们听说的，除了纳粹的残酷，就是盟军和抵抗组织的机智勇敢，除了日本人的残暴，就是人民抗战的艰苦卓绝。而杜拉斯写出了一个女人在面临战争、等候亲人回返时的真实感受。而且，她并不是一个手无缚鸡之力的弱女子；她还参加了密特朗领导的地下抵抗组织，可是，在战争和屠杀面前她一样无能为力。

杜拉斯的超人之处，就在于她着眼写的虽然是个人感情，却既折射了时代，又超越了时代，触及了关系人类基本生存的根本性问题，比如战争和平、道义公正、男人女人。这么说好像又是在糟蹋她，因为她的文字流畅而平易，就是很简单平实的叙事，短句子，不断地重复，就像女子的低吟浅唱。

第一个故事张爱玲绝对写不出来。想象不出张爱玲会让她的主人公这样剜心割肺地等候谁，因为她太骄傲，太含蓄，就算是心里那样地想念过胡兰成，她也永远不会把它形诸笔端。

第二个故事是《X先生，此处名皮埃尔·拉比耶》(*Monsieur X, Here Called Pierre Rabier*)。这个故事一定要和《色·戒》对着看。《色·戒》最大的问题就是没有心，电影多少借助银幕动作和眼神传递了一些，小说基本上是一个梗概，更是无情无义。《X先生，此处名皮埃尔·拉比耶》则不同，是从"我"的角度去写的，于是我们知道了，这个和德国警察朝夕相处的法国女郎究竟是怎么想、怎么说，更重要的是，怎么感觉。读到结尾，能够理解她的行为，也能够体谅她的复杂感受。

这篇小说如果拍成电影，肯定比《色·戒》好看。但是，李安不会拍这部电影，因为得不到中国观众。好莱坞不会拍这部电影，因为美国观众对纳粹恨之入骨，电影也一定要对纳粹切齿痛恨、义愤填膺，不允许将他们当作人看，连一点暗示和犹疑都不行，否则肯定要挨骂。

法国呢？不知道，看的法国电影不够多，以散文式抒情电影居多，不知道法国是不是也像美国这样，大家无形中遵循着一些"政治正确"的原则。

杜拉斯的过人之处，就在于表达了一个普通人，一个女人，在时代和重大的历史事件面前所目睹的矛盾和价值观的模糊。美与丑，生与死，敌与友，正义和非正义，并不总是黑白鲜明。这也是文学高于政论和历史教科书之处吧。

作家与情人——乔治·桑

少年时代，跟着当时读书界西风东渐的风头，读过文学青年中时髦的两大忏悔：缪塞的《一个世纪儿的忏悔》和卢梭的《忏悔录》。《一个世纪儿的忏悔》内容不太记得，只觉得很喜欢里面的感情纠葛、颓废和忧伤。大约是少年时中毒太深，向来对叱咤风云的英雄人物敬而远之，对趾高气扬的成功人士暗暗不屑，对一干眉头紧锁、无甚出息的惨绿少年，却往往情有独钟，私下里，对他们总藏有一些温柔的怜悯。

《世纪儿》和《即兴曲》：电影中的乔治·桑

前些时看了法国电影《世纪儿》(*Les Enfants du siècle*)，乔治·桑（George Sand）和缪塞（Alfred de Musset）的爱情故事。扮演乔治·桑的朱丽叶·比诺什（Juliet Binoche）说，她喜欢演这个角色，因为乔治·桑是刚强和柔弱的结合。电影里的乔治·桑，却是柔弱有余，刚强不足。乔治·桑是非常男性化的，传记作者说她并不漂亮，但是，由于她的个性、自信和胆识，周围的男人在和她交往一阵子后，才"渐渐地相信她是美丽的"。

乔治·桑却也和阿尔玛·马勒一样，任劳任怨地充当着男人们的保姆和护士。她最重要的病人,便是缪塞和肖邦。

朱丽叶·比诺什却太漂亮,太柔弱,太女性,没有演出乔治·桑应有的气概和支配力。实际上,乔治·桑的魅力是文学的,而不是女性的;她向缪塞示爱的时候,缪塞推却说:我爱你,但不是那种爱法。和她交往以后,他才思枯竭,从此再也没有写出像样的作品;她在忙于自己的创作的时候,他只好去妓院里寻花问柳。也许,他更需要阿尔玛一类的尤物。

扮演缪塞的博诺依·迈吉梅(Benoit Megimel),扮演过《钢琴教师》里那位黑发黑眼的年轻男学生。他在《世纪儿》里是金发,反而显得黯然失色,不够迷人。《钢琴教师》里,大概是因为女教师更老更孤僻,所以才更衬托得男学生风流无羁,英气逼人,狂傲的青春和含蓄的音乐与更有音乐素养的教师的权威互相对峙,才有了那么鲜明的较量和冲突。

另外,比诺什和迈吉梅两个演员毕竟是真实世界的情人——他们之间还有一个孩子,演不出才子才女势均力敌、相互较量时的那种混乱和躁狂。实际上,从这一点看,《世纪儿》和《钢琴教师》是有些类似的:乔治·桑的创作处于上升时期,并且另有情人;缪塞的才思开始枯竭,自尊心受到来自本该柔顺服从的女性的威胁。和她的性关系使他感到屈辱逢迎,要满足自己的男性尊严,还是需要没有头脑的传统女性,于是他便从乔治·桑身边逃开。

以乔治·桑为主题的英语电影有1991年的《即兴曲》(*Impromptu*),

写的是她和肖邦的故事。演乔治·桑的是澳大利亚演员朱迪·戴维斯（Judy Davis），形象还不错，很强势、很男性，很潇洒也很漂亮，不管像不像，总是很可爱的角色。糟糕的是，演肖邦的偏偏是休·格兰特（Hugh Grant），于是整个电影就无端地带上了喜剧色彩。休·格兰特眼睛忽闪忽闪、眨巴眨巴的，东张张西望望地作可爱柔弱状，还装模作样地弹钢琴呐，我就总想拍拍他的肩膀说：兄弟，你不像肖邦，咱们玩儿别的去吧。甚至背景中播放的肖邦钢琴曲，都显得俗不可耐。

《即兴曲》一点法国味道都没有，整个是一部英国轻喜剧。法国电影还是要法国人来拍，要带法国口音，尤其要多说带"耶、雄、松"这些尾音的词，还要爱，爱得严肃认真、死去活来的那种，不能嘻嘻哈哈。

爱玛·汤普森扮演一个法国外省贵妇，也不"像"，戏份还莫名其妙地重。李斯特和情妇的戏也过重，一看就是为了迎合当代观众的趣味胡编乱造。休·格兰特和爱玛·汤普森都是我喜爱的英国演员，不过这一对宝贝，还是演简·奥斯汀小说中的英国人物更加得心应手。

更重要的是，没有人能够演肖邦。甚至他自己也演不好自己：镜头前，他会担心自己的衣服不够时髦，手套不够雪白，衣领和袖口不够蓬松，举手投足之间不够倜傥（dandy），众目睽睽之下，就更不用指望他弹即兴曲了。

鱼目混珠：朋友们

手头正好有一本乔治·桑的传记，萨缪尔·爱德华兹的《乔治·桑：第一位解放了的现代女性的传记》(George Sand: A Biography of the First Modern, Liberated Woman)，就势读起来。乔治·桑先是在平静的乡村当着伯爵夫人，胆小、谦恭，物质生活方面养尊处优。突然有一天，她腻烦了这种平静舒适而又乏味的家庭主妇生活，拖着一双儿女到了巴黎。以前她从来没有喜欢过写作，也没有表现出写作的才能，突然一下失去生活来源以后，就开始写作，目的并不是要写出什么不朽的传世之作，而是为了赚钱。

这本传记写得很一般，作者也就是四处搜集一些材料和信件，然后平铺直叙地拼接起来。书是1972年出的，"老"了一些，难得的是，经历了六十年代的性革命和女性运动之后，作者已经能够很明确地看到乔治·桑在历史坐标上的独特地位。大约因为作者是男的，写起来能够比较冷静；要是一个大学里学过"女性研究"的女作者来写，那种咄咄逼人的女权主义，则难免流于激愤煽情。

一般小报喜欢捕风捉影、夸大其词，无中生有地制造"绯闻"，这部传记的作者正好相反，开宗明义，明确地说，乔治·桑当时那些著名的文学艺术界人士只是一般朋友，并非如坊间流传的那样，和每个人都有染。

李斯特（Franz Liszt）帅得要命，听他的音乐会时，女人会激动得昏过去。他是乔治·桑所喜欢的风流帅哥类型，不过他却不可能爱上乔治·桑,除了她不够漂亮、不够女人味道、不合李斯特口味以外,更重要的是,他认识乔治·桑的时候,正好狂恋着一位大美人,据说是整个十九世纪最超群出众、最漂亮的女人:德·阿谷尔特伯爵夫人(Comtesse Marie d'Agoult),她丢开自己的丈夫和孩子,和李斯特私奔,还和他一起生了三个孩子。她也算是有头脑的女人,喜欢哲学,和乔治·桑类似,也用了个男人笔名(Daniel Stern)写作。后来她与乔治·桑成为陌路,互相说了不少难听话,却不是为了李帅哥争风吃醋。

巴尔扎克(Honore Balzac)是乔治·桑的好朋友,她家沙龙的常客。老巴吹牛说,乔治·桑向他坦白过,她迄那时为止,已经有过二十六个男人;她还主动向他献身,被他拒绝。传记作者对此表示怀疑:老巴又矮又胖又粗鲁贪吃,不是她钟爱的纤弱公子哥类型。不过他们确实是好朋友,因为他们智力相当,在一起可以平等对话;巴尔扎克对乔治·桑进入文坛功莫大焉,一是手把手教给她写作的窍门,二是亲手将她引入出版界。他对她的评价很有意思:"我和乔治在一起的时候,压根儿就忘了我是和一个女人在一起:我还以为我是在和一个男人对话呢。"

维克多·雨果(Victor Hugo)是个老风流,据他自己吹牛,他在五十多年间睡过两千多个女人。他对乔治·桑却也是敬而远之:"乔治·桑自己都吃不准自己是男人还是女人。我对我所有的同僚们都持有崇高的敬意,但我没有资格断定:她到底是我的姐妹,还是我的兄弟。"

福楼拜（Gustave Flaubert）比乔治·桑要年轻得多，是个铁杆光棍。《包法利夫人》奠定了他的文学地位，也把他送到了令人不胜寒的高处。福楼拜加入乔治·桑在诺安城堡（Nohant）的沙龙时，乔治·桑已届暮年，也有声名和财富带来的孤独。尽管有年龄、性别的差异，他们之间却有平等的对话，而且，恰恰因为他们从来没有过浪漫感情和性关系，他们的友谊才反而能够持久。他在乔治·桑生活中，和巴尔扎克以前扮演的角色有些类似：一个能够推心置腹的铁哥儿们。

庸常之作：读过的作品

乔治·桑和阿尔玛·马勒相映成趣。两个人都搜集了很多男人，乔治·桑搜集比自己柔弱的情人，阿尔玛搜集比自己强势的丈夫；最大的区别是，阿尔玛除了她的男人以外，一无所有，乔治·桑则靠自己的笔，将自己写入了文学史。

以前看过一些乔治·桑小说，记得比较清楚的有《小法岱特》和《安吉堡的磨工》。她的小说，大部分是罗曼司，读起来却味同嚼蜡，远不如她自己的风流韵事有趣。她的文字大抵有四类：

第一类是田园小说（Pastorals）。这应当是乔治·桑真正有纯文学价值的东西。起初，乔治·桑为了练习拉丁文而阅读维吉尔，一边阅读一边写笔记，后来这些笔记慢慢变成了她自己写的故事。这些田园小说，描绘着树林、山谷、山坡、河流、田野和湖泊，温暖而简朴，抒写着她对法国乡村的挚爱。虽然背景是乡村（外省），她却很注意都市人的欣赏趣味，并没有因为小说的乡村背景，而失去巴黎大都会的读者。

第二类是以劳动人民的生活为题材的作品。以她的贵族身份，关注工人的工作和生计，应当是很独特的，不知是否与她母亲出身卑微有关，总之，法国的贵族文学中还真没有先例，于是她抢了一份头台。

第三类是政论。乔治·桑对政治很感兴趣，虽然她的立场很不明确，明明是共和派，却又和波拿巴三世过从甚密。1848年革命时，她还成天忙不迭地跑到临时政府里给人家起草文件、宣言，差不多等于没有头衔、没有薪水的宣传部长。她的政治观点互相矛盾，相信民主、自由等观念，却又反对议会政治；主张女子应当争取法律上和性关系中与男子平等的权利和地位，却又反对女子投票。

不过，乔治·桑最"成功"的创作，还是第四类，自传体小说。她的故事都有她本人生活的影子：一个贵族妇人，财富地位都不缺，婚姻却不幸福。她用自己的故事，质问传统的婚姻和男权统治的社会秩序，令整个法国社会，从贵族上流到市井小资，顿时瞠目结舌，一时间，洛阳纸贵。

直到今天，我还是不觉得乔治·桑有什么了不起的大作；她在文学艺术史上的地位，主要是因为题材新颖、角度独特，一是满足了法国公众的猎奇心理，二是她的身份和经历，也起了推波助澜的广告作用；她的名声也还要归功于她的时代和她的朋友们——她所生活的艺术繁荣时期和那些天才作者。时过境迁之后，如今，我们也能和男人一样乱爱了，我们也能和男人一样发财致富了，她这些小说就没什么看头了。

担心这是自己的偏见，我还专门回去补看了她的一篇小说《马利安》。一位女性主义作家，认为英语世界太清教主义，对乔治·桑的生活方式一向持谴责态度，并进而低估了她的文学造诣；为了纠正这个偏见，她专门将《马利安》译成了英文。老实说，小说读起来实在平淡无奇，俗套至极，从结构到情节到人物，都没有任何惊人之处。

金钱的复仇：丈夫杜德望

乔治·桑的功劳除了文学，还有她的生活：她以自己的行为，向传统的男权挑战，挑战的方式无非是在两个领域，一个是钱，一个是性。

钱嘛，说起来干巴一些，铜臭一些，但在这里还是很要紧的。小说和自传连载的成功，为乔治·桑赢得了大笔的金钱，这样她才能不为五斗米折腰，不仅不用向男人低头，还能养活投奔自己的小男人们。可以说，没有钱，乔治·桑就不成其为乔治·桑了。

钱在乔治·桑的生活中是占有很大比例的，她所争取的妇女独立也很具体，除了性的平等，就是财产权。乔治·桑继承了诺安的祖产，结婚后，如何管理，却只有倒插门的丈夫才有决定权。后来她只好找最好的律师帮她打官司，并且将自己在巴黎的所有房产都送给老公，才哄得他放弃本来属于她娘家的祖产。

乔治·桑的丈夫卡西米尔·杜德望（Casimir Dudevant）是一个伯爵的私生子，要等着老爸死掉才能继承爵位，要等着继母死掉才能继承财产，娶乔治·桑的时候，他既没有爵位又没有财产。他最大的问题却是不读书，平生的爱好除了打猎就是灌黄汤。刚结婚时还硬着头皮陪老婆读书，读了几天，打了几天瞌睡，就怏怏作罢。

杜德望和乔治·桑正式分居之前，虽然同居一所房子，中间却有孩子们的房间隔开，有时候很多天都互不见面。老杜德望还算是个好父亲，尤其是对他们的女儿，很多人都觉得她根本就不是他的亲生女儿，他却对她视同己出，呵护有加。

杜德望终于继承了自己老爹的财产和爵位后，又和一个女仆生了一个私生女。乔治·桑竟然请了律师找他打官司，逼着他将财产留给她自己的儿女。她这样如日中天的人物，又在小说里把自己写成了嫁错了郎、委委屈屈的受气包小媳妇，公众自然同情她。杜德望晚年时，等了半辈子才从老爹和继母那里继承来的城堡，却被乔治·桑逼着放弃了，自己只好带着情妇女儿，在旁边找个小破房子住。

乔治·桑对朋友慷慨有加，对情人恩爱无边，对自己的丈夫，却真正可以说是心狠手辣。

爱情的复仇：情人们

钱和性中，性自然更吸引人的眼球，更何况乔治·桑的性，牵涉到十九世纪法国文坛上几乎所有人物。不过，众多八卦中，很多人其实是子虚乌有，真正是她的情人的，多是比她年轻、英俊、病歪歪的忧郁王子：

朱尔·桑多（Jules Sandeau，乔治·桑的笔名是从他的名字演化而来）、缪塞、肖邦、雕刻家芒索（Manceau），都是同一个类型的：比乔治·桑要小几岁，容貌出众、精致脆弱的俊美男儿，喜欢穿着打扮、追逐时尚，苍白纤瘦、多愁多病，而且都有些孤芳自赏、顾影自怜。

乔治·桑本人并不漂亮，也比较害羞，连在自己的沙龙中都只是坐在一旁静听。但她却很有自律，不肯为了一时行乐耽误了自己的写作。从这一点上看，她又和阿尔玛一样了，是一个天生的管教别人的好母亲。这些漂亮、自恋、脆弱的大男孩，碰上个乔治·桑对他们无微不至地关怀，自然巴不得揪着她的裙子撒娇。在这些英俊男孩面前，乔治·桑扮演着一个成年人、母亲的角色。

唯一的例外是梅里美（Prosper Mérimée）。乔治·桑的情人除了漂亮，还必须柔弱，接受她的"管教"。男性自尊强一些的、侵略性强一点的，要么像巴尔扎克、雨果那样根本就不来电，要么就像梅里美那样长不了。乔治·桑其实并没有看上硬汉子梅里美，不过，因为她名声在外，梅里美于是和友人打赌，声称一定能把她搞掂。乔治·桑半推半就，勉强就范，结果两个人一来电，就电闪雷鸣、风雨交加，好了一个星期，就打了一个星期，以后再见面时，也是像两只好斗的公鸡，目眦俱裂，剑拔弩张，谁也不服谁。这一段看得我哈哈大笑。巴黎的女主人们都学乖了，请客时绝对不能同时请他们两个：

"梅里美和我相互喊叫、咒骂，简直跟市井鱼肆的泼妇差不多，只不过我们的词汇更丰富、更有想象力。我们全心全意地专门羞辱和伤害对方，这整整一个星期，我们之间，谁都没有说过一句客气话。"

另一个例外，大概要算玛丽·多瓦尔（Marie Dorval），因为她是女性，一个漂亮而优雅的女演员。乔治·桑和她非常亲密，许多传记作者倾向于认为她们有同性恋关系。阅读两个人之间的通信，乔治·桑像个甜言蜜语吹捧心上人的男人，多瓦尔则像是一个矜持优雅、半推半就的大家闺秀。多瓦尔养了个不肖之子，人老珠黄了还不得不再次出山，加入二流剧团巡回演出，终于积劳成疾，撒手尘寰。去世后，是乔治·桑抚养了她的两个孩子。

乔治·桑还有别的情人，或情人兼生意伙伴，比如说她的出版顾问、律师，真真假假、琳琅满目，不过我对这些人实在不感兴趣，总觉得他们干巴乏味，乔治·桑和他们的情事，也一定干巴乏味。名字也懒得记住。

看来还真是一山不能容二虎，乔治·桑这样的强悍女流，在男女关系中只能充当传统男性的支配角色，她的情人们只好屈尊当个低眉顺眼的小老婆。也有人推测，其实她本质上是性冷淡，早年的修道院生活和不和谐的婚姻，造就了一个性冷的女人。不管她有多少伙伴，她从男人那里还是根本得不到肉体的满足，所以作为一个性关系中的女人,她总是很愤怒,很不平和。

照这样说,她那些年轻情人不过是银样蜡枪头,中看,不中吃,养眼,不养身。怪不得即便有她陪伴,缪塞还总是寻花问柳。意大利之行,差不多相当于两个人的蜜月旅行了,结果缪塞下车伊始,就匆匆出门,挨门遍访威尼斯的烟花女子。

乔治·桑和缪塞那一段故事最戏剧化,和肖邦的那一段故事又最长——乔治·桑和肖邦在一起大约九年,这几乎就是肖邦的整个成年了。他们终于分手了,分手以后,他们只见过一次面,是在别人家的门厅,乔治·桑刚要进去,肖邦刚要出来,然后肖邦告诉她:知道么,你女儿昨天刚刚给你生了一个外孙女。……乔治·桑居然还不知道。这便是他们的永别了。

爱情消逝了,不食人间烟火的肖邦,纠缠进了乔治·桑的家务事,除了分手,似乎也没有别的选择。看到这里的时候,音箱里正放着傅聪弹的肖邦,纤细的音乐从遥远的地方流泻出来,蓦然间,竟令人心中大恸,放了书,不忍卒读。……

乔治·桑老了以后,在法国有四处房产,她自己就在四处房产间流浪,情人们虽然都比她年轻漂亮,却一个个先她而去,最后陪伴看顾她的,还是亲生儿子莫里斯,还有孙辈们。

晚年的乔治·桑,经历了风风雨雨之后,也就是一个温和慈祥、和蔼可亲的老祖母。即便她年轻的时候,她的女性,也只是更强烈地表现在她的母性中;在写作、恋爱、政治、金钱中周旋得精疲力尽之余,她乐此不疲的业余爱好,居然是烹调和缝纫。

马友友·莫里康内·电影

冬去春来之际，人心也似乎变得飘忽不定。诗人们伤秋，我这个普通老百姓，从少年时开始，却是每到春天便心下惶惶——眼看大自然即将带来新一轮的灿烂生机，我却总是更加强烈地感受到，那一去不回头的岁月和时光，还有那一去不回头的、永远也无法再次踏入的河流。

这几天翻来覆去循环聆听的，是马友友演奏的埃尼奥·莫里康内（Ennio Morricone）的电影音乐。春天即将来临的时候，在细雨飘洒的早晨，在春风沉醉的夜晚，莫里康内的音乐，像和煦的春风，不再冰凉刺骨，而是突然间温柔起来，轻轻地抚慰着人的心灵。

这一盘CD上有十几首曲子，分别是十多部电影中的插曲。我只看过其中的《天堂电影院》和《玛琳娜》。于是，一边听着音乐，一边也便将电影找了来看。

《战火浮生》(*The Mission*)

瀑布。从天而下，遮天蔽日的大瀑布。几个小小的人形，从树木繁茂、青苔丛生的山涧中走过。刚刚重新看完《故园风雨后》

(*Brideshead Revisited*)，杰瑞米·艾恩斯穿着军装，回忆起从前的自己和塞巴斯蒂安，两个身长玉立的英俊少年，各自一身剪裁考究的学生装束，在牛津的校园里，在贵族的大庄园里，儿女情长，缠绵不绝的风花雪月。瞬息间，同一个瘦骨嶙峋的杰瑞米·艾恩斯，身着褴褛的长袍，背着小小的行囊，在瀑布的激流中徒手攀爬，为的是寻找一个印第安部落。

恢弘的瀑布，小小的杰瑞米·艾恩斯，悬崖上奋力上爬的小小人影，莫里康内的音乐在山谷间飘起，不像是人间的声音，而像是来自天外。这广袤的山谷中宏伟的瀑布，令人心中油然产生出对大自然的敬畏。

杰瑞米·艾恩斯在电影里叫加布里埃尔。加布里埃尔在茂密的雨林中坐下，开始吹他的双簧管。瘦长脸的，天生自带忧郁、失恋和苦难的杰瑞米·艾恩斯，在丛林中兀自吹着双簧管。和马友友从大提琴上拉出的流畅的《加布里埃尔的双簧管》不同，他的笛声中带着犹疑和惶惑。周围是一群手持武器、充满戒备的印第安瓜拉尼丛林土著。

一名武士夺过了他的双簧管，一把折断，愤怒地扬长而去。但另一名武士拿起折断的乐器还给加布里埃尔，然后一群瓜拉尼武士友好地簇拥着他们而去。音乐传递了某种信息，让他们相信了这个陌生的吹着双簧管的异乡人。

罗伯特·德尼罗扮演的罗德里戈·门多萨，从前是雇佣军，奴隶贩子，因为嫉妒杀了人。这一切并不犯法，包括杀人——决斗在当时依然合法。但他知道，自己是十恶不赦的罪人。

门多萨跟随加布里埃尔来到瀑布上面的印第安部落以后，随身拖着一包重物，作为对自己的惩罚。

这部电影是一部史诗，题材上和《走出非洲》《阿拉伯的劳伦斯》类似，但名气却似乎不如前两部大，大约还是因为南美洲，和非洲、中东比起来，离我们心理上的距离更远，若不是循着莫里康内，我就不会看到这部电影。

然而这是一部同样伟大的电影。前一阵子刚刚看过电影《天伦之旅》(Everybody is Fine)，进入暮年的罗伯特·德尼罗，妻子去世后无所依托，拖着一只行李箱四处看望自己的孩子，而孩子们却各有各的生活，似乎让他成为了多余的人。罗伯特·德尼罗在那里表演出的温情，深深地触动了我，更强烈地让我回想起他年轻时扮演过的凶狠的黑帮头目、黑手党教父。这张CD里也收录了《铁面无私》(The Untouchables)，罗伯特·德尼罗在里面扮演黑帮头目阿尔·卡彭。而在《战火浮生》里，他扮演的是一个更为复杂的人物，暴力、凶狠和温情、人性在他身上同时存在。

奇妙的是，我一向偏爱客厅书房中衣冠楚楚、气定神闲的绅士书生，从这部电影，却发现这一群胡子拉碴、浑身泥泞、在亚热带的暴雨中跟跄前行的修士、杀手、暴徒和瓜拉尼武士们，都充满了粗犷隽永的男性美。杰瑞米·艾恩斯自不必说，就是本来不算英俊的罗伯特·德尼罗，在接受命运的惩罚之后，脸上自然而然地散发出一种安详平和的光彩，他长发垂耳，黑发黑须，越发衬得他的脸周正停匀，天庭饱满；随着故事的发展，他脸上又带上了一种超越此生此世的光芒，让他在邪恶面前升华成了一个伟大的悲剧英雄。

除了杰瑞米·艾恩斯、罗伯特·德尼罗，比较面熟的男星还有连姆·尼森（Liam Neeson）和艾丹·奎因（Aidan Quinn）。这部电影中唯一有些室内英俊小生味道的是艾丹·奎因，1986年的艾丹·奎因只有二十七岁，正值青年男子风华正茂之美的巅峰，而他的年少英俊，恰恰又是这部电影中的悲剧的一个部分。他的戏份不多，几分钟内就演绎出了复杂的感情纠葛和兄弟阋于墙的惨烈，然后就像一颗彗星，灿烂地闪过之后骤然熄灭，恰如青春的美丽转瞬即逝。

和《走出非洲》《阿拉伯的劳伦斯》类似，我知道，这只是一部电影，其中的历史，哪怕是百分之百真实，也必须置入历史的大背景中进行批判性的考量。然而它又毕竟只是一部电影，我既不期望它完全再现历史，也不期望它解决人类在现实世界不曾解决的冲突和恩怨。我只是呆呆地看着这些勇敢的人，面对着残酷的征服者的蛮横和枪炮，在一片陌生的天地里，相濡以沫地挣扎着走完他们辉煌的人生。陪伴他们的，祭奠他们的，是莫里康内那超越时空的天籁之音，飘渺空灵，有些段落几近圣歌，伴随着瀑布的喧哗，在热带的山谷中旋绕。

马友友如泣如诉的大提琴声，一丝一丝地抽出人心中郁积的层层块垒，某一个音符轻微一颤，突然就打开了泪水的闸门，泪眼婆娑之后，又忽觉云开月朗，千种离愁，万般恩怨，都烟消云散。

《海上钢琴师》(*The Legend of 1900*)

不经意间,我看见了你,发现了你的美丽,我心中对你充满了感激。

这部电影,片名本意《1900的传说》,故事的主人公的名字叫1900,一位从来不曾涉足陆地的海上音乐家。电影开头,却更像是一首散文诗。浓雾中,旁白说,不管哪一艘船,总会有一个人,会首先看见她。美丽的自由女神。女神身后,是纽约的地平线。浓雾之中,灰色的地平线,是纽约的剪影,就像我从小就频频梦见过的远方的城堡,一个人人向往的地方,一个梦想总会有完满结局的地方,这美丽如梦幻,完美如传说,这凝集着人们最热烈的希冀,最患得患失的惶恐,最难以忘怀的记忆,最难以抹去的遗憾,离人心最柔软的角落最近的地方。

那第一双看见纽约的眼睛,从童年开始,命中注定,就会看见纽约。"总是有那么一个人。只有一个人是第一个看见她的人。说不定他正好坐在那里吃东西,或者在甲板上漫步。说不定他正好在那里整理自己的裤子。他抬头看了一眼。往海里匆匆看了一眼,就看见她了。然后他就愣在那个地方,他的心跳也加快了。每次都这样,我发誓,真的每次都是这样。然后他转向我们,朝着船,朝着所有人大喊起来:美利坚!!!"

马克斯·图尼,一名小号手,钢琴师的朋友,向我们讲述这位钢琴师传奇的一生。

《海上钢琴师》，与《天堂电影院》和《西西里的美丽传说》是三部曲，是意大利导演朱塞佩·托纳托雷的代表作。莫里康内谱写了电影主题曲、插曲和钢琴家即兴弹奏的所有乐曲，其中很多曲子模仿的是二十世纪初的早期爵士乐风格。收入马友友演奏的这盘CD的是《Playing Love》。

　　一名在船上干苦力活的黑人丹尼，晚宴之后，在凌乱的酒桌间爬行，希望找到富有的乘客们丢下的贵重物品。贵重物品没有，他找到的最值钱的东西只是一支雪茄。然后是一个美丽的婴儿。乘客们都下船了，没有人知道这个孩子的来历。丹尼相信这个孩子命中注定要来找他，于是他尽心尽意地把他收留下来。

　　《Playing Love》的音乐舒缓，轻柔，不想惊扰了舷窗后面那个美丽的女子。

　　马克斯·图尼第一次与成年钢琴师会面，一个胖，一个瘦，马克斯被风浪折磨得死去活来，而在船上长大的钢琴师则依旧沉着安稳，风度翩翩。他让马克斯打开钢琴腿上的开关，就这样在上下左右不停颠簸的船舱里，随着船身的晃动，钢琴在大厅里四处滑动，而钢琴师的手则一直潇洒地弹奏着，音乐像行云流水一样舒畅优雅地倾泻出来。

　　渐渐地，他们适应了风浪的节奏，于是钢琴带着两个人，一胖，一瘦，与颠簸的游轮和喧嚣的大海跳起了华尔兹。

　　"为什么，为什么，为什么，为什么，为什么？我觉得陆地上的人浪费太多的时间问为什么。冬天来了，你巴不得是在夏天。夏天来了,你又对冬天充满恐惧。就是因为这个原因,我们孜孜不倦地旅行。"

人们不只是向往美国,人们也眷恋他们遗留下的故土和过去。

钢琴打擂的时候,挑战者杰利·罗尔·莫尔顿身着洁白西装,黑色背心,高昂着头,缓缓地走进大厅。此时的音乐充满了喜剧色彩,恰似一只骄傲的大公鸡在打谷场上神气活现地向别的公鸡挑战,向母鸡们逞强示威。杰利是爵士钢琴家,声名如日中天,江湖人称他发明了爵士乐。

1900 戏谑地重弹了杰利刚刚弹过的爵士曲子,最后一轮,认真弹起来,快速的弹奏,令人眼花缭乱,恍然觉得那是两个人在合奏。掌声响起,他在钢琴决斗中击败了杰利。

海上钢琴家名声在外,录音公司带来了他们的设备,要为他录音。就在他漫无目的地弹着几个音符的时候,他侧脸往舷窗看去,看见了那个美丽的年轻女子。于是他的手舒缓下来,万般温柔地弹出了《Playing Love》。

他记得她的父亲,几年前在这艘船上和他一起吹奏过。她请他来访问他们。在岸上。

为了她,他第一次下船。他甚至不知道怎样下船。走到舷梯中间,他审视着纽约的摩天大楼。蓦然间,他将自己的礼帽抛入大海,返身回到了船上。

游轮即将被炸毁时,马克斯带来了留声机,在一层一层的废墟中,一遍又一遍地播放着动人的《Playing Love》。这是海上钢琴家给这个世界留下的唯一一首曲子。

马克斯胖胖的身材，虚胖的脸，总是带着焦灼或者急切，电影中有很多他的镜头，而且都是头部大特写，镜头对着他的时候，他的眼睛还总是像有什么问题，眼珠会失去控制，颤抖着游移几圈，然后再重新聚焦。

平时看电影时对这样的镜头很敏感，可能会因此无法看下去，这次却毫无抵触，大约一是因为他脸上的真挚，更重要的是，这或许是导演有意所为，马克斯充满人间烟火气的脸，就是为了衬托1900脸上的纯净和超然。

扮演海上钢琴家的是英国演员提姆·罗斯（Tim Roth），每看一部电影，我似乎又能发现一名出色的英国男演员。提姆·罗斯的眼睛很有特色，看起来互相之间距离有些近。因为有马克斯的衬托，他的气质显得十分超凡脱俗，尤其是他的眼睛，形状有些细长，有点单眼皮，却不是亚洲人的那种单眼皮；他儒雅的风度和恬淡的神情，时时让我想起拉斐尔的画——拉斐尔的几幅自画像都是这样的神情，还有他的圣母像，也都是这样的神情，不食人间烟火、悲天悯人的神情。

故事结束了，我们想不出它的意味，不知道钢琴家为什么做出这样的选择，也和马克斯一样，不知道自己在那样的场景下应当如何应对，于是，又有音乐声柔曼地响起，告诉我们，没有关系，一切发生的，都是最好的。

"让我无法前行的，不是我看到的东西，马克斯——而是我没有看见的东西。

"就拿钢琴来说：琴键开始，琴键结束。你知道总共有八十八只琴键。谁也不会告诉你一个不同的数字。它们不是无限的。你是无限的……在这些琴键上，你能弹奏出来的音乐……是无限的。我喜欢这样。这一点我能受得了。

"可是，如果你把一只有一百万只琴键的键盘放在我面前，一百万只，一亿万只无穷无尽的琴键。这是真的，马克斯，无穷无尽。键盘是无穷无尽的……如果键盘无穷无尽，那么，在这只键盘上，你就没法弹奏出音乐。你坐错了琴凳……那是上帝的琴凳。

"老天爷，你看见那些街道没有，光就是那街道？成千上万条街道！然后，你在那儿怎么办，你怎么能只选择一个……一个女人，一所房子，一块可以称作你自己的土地，一个供你观赏的风景，一种死去的方式？

"陆地？陆地，对我来说，是一艘太大的船，过于美丽的女人，过于漫长的旅程，过于浓烈的香水……它是我无法演奏的音乐。我不能离开这艘船。"

《美国往事》(*Once Upon a Time in America*)

自觉看过的电影不少，《美国往事》却是从来没有听说过，马友友的 CD 收入了四首《美国往事》的插曲和主题曲，听得熟悉以后找电影，原来这是又一部被我错过的美国经典。

主角又是罗伯特·德尼罗，在电影里叫大卫·阿伦森（David Aaronson），外号"面条"（Noodles）。忽然想到，莫里康内为之作曲的电影很多都有罗伯特·德尼罗，大约这和罗伯特·德尼罗是意大利后裔不无关联，只不过，他在这部电影中的角色不是意大利人，而是犹太人。

电影一开始，就是一个年轻女子被近距离枪杀，另一个人被人狠揍，满头鲜血，满脸恐惧。第三幕是一家鸦片烟馆，里面横七竖八地躺着坐着一群瘾君子，包括几位年轻貌美的白人女子，墙上则是露骨的春宫画。若不是顺藤摸瓜看莫里康内电影，这样的电影我不会看下去。

莫里康内的音乐早早地响起来，不知道为什么，无形之中，给这些人物增添了人性的血肉，让我们相信，这些人，这些小偷小摸、手脚不干净、满嘴脏话的孩子，这些不务正业、一心通过歪门邪道发财的青年人，还有这些动刀动枪、随时准备以暴力达到自己目的的黑帮分子，都是和你我一样，有血有肉、有情有义、有爱有恨的人，他们的挣扎，就是我们的挣扎，他们的堕落，也是我们的堕落。

在一场黑帮火并中，罗伯特·德尼罗扮演的"面条"失去了朋友。他买了一张单程汽车票，站在进站的门前，墙上的招贴是各式各样的男女。镜头再闪回时，"面条"已经垂垂老矣，头发灰白，老态龙钟，墙上的招贴是一只红色大苹果，和一个大大的"爱"字。他回来了。

亚马逊 Prime 上是二百二十九分钟那个版本，故事的精华悉数保留。罗伯特·德尼罗要复仇，要找到真相。毕竟，他扮演过《教父》中年轻时的唐·科莱昂。

年轻的"面条"，躲在洞口后面偷窥着美丽的德波拉，德波拉其实心知肚明，故意向他显露了她正在发育中的少女那精美绝伦的后背和臀部。"面条"是他们这个小团体的小头目，但他也是个书虫，关上厕所门躲着看闲书的时候，手里捧着的是杰克·伦敦的《马丁·伊登》。

这部电影是由黑帮人物哈利·格雷写的半自传体小说《贫民区》(*The Hoods*)改编而来，哈利·格雷从两部美国文学经典中吸取了灵感，一部就是《马丁·伊登》，另一部则是 F.司各特·菲茨杰拉德的《了不起的盖茨比》。

"面条"想像马丁·伊登和盖茨比一样，盼望着发财、成功，然后赢得骄傲的公主德波拉。

逾越节那一天，所有的犹太人都前往犹太会堂祈祷，只有德波拉留下来一边看店一边练习芭蕾。"面条"尾随着她，而她也无师自通地懂得诱惑，为他将门半开半掩。又是在那个杂物间，"面条"上次偷窥她跳舞的那间储藏室里，他们并肩坐下，背后是一片摆放整齐而随意的各样水果。

水果看似随意，其实却大有深意。两张年轻的脸，纯净而充满期待。德波拉手里捧着《圣经》，念起其中最动人的情诗：《雅歌》。人类的少年时代，如同中国的《诗经》时代，我们的祖先依然天真烂漫，毫不掩饰地对异性大胆倾吐着自然的爱慕和骄傲："我的良人、白而且红、超乎万人之上。他的肤色像是至精的金子。他的头发厚密累垂、黑如乌鸦。"恃宠而骄的小女子还顽皮地加上自己的调侃："尽管他从去年十二月以来一次都没有洗过头。""他的眼如溪水旁的鸽子眼。他的身体如同雕刻的象牙。他的腿好像白玉石柱。（他穿的裤子那么脏，脏得裤子自己都能站立起来。说起来他还是很可爱的。但他总会是一个没用的小无赖，所以他永远不会成为我的良人。太可惜了。）"

小儿女情窦初开，这是电影中最动人的的初恋场景。天真无辜的水果，原来是最淳朴奔放的男欢女爱的象征。扮演少女德波拉的詹妮弗·康纳利（Jennifer Connelly）1970年出生，拍摄这部电影时才十三四岁，她完美的椭圆形脸上没有一丝瑕疵，未涉世事的眼中，也是一片天然的纯净。

在漫长的岁月里，这个杂物间的记忆成了"面条"唯一的救命稻草，帮助他度过漫长的艰难时光，初时充满希望，最后是完全绝望。

青梅竹马的少男少女刚刚开始初吻，却受到干扰，戛然而止。外面有了纷争，"面条"必须离开。德波拉的表情告诉我们，她已经知道，这个少年永远不会真正属于她。等"面条"打得头破血流之后匆匆赶回，德波拉的门已经关上。

就像盖茨比永远无法企及对岸绿光中黛西的豪宅，德波拉的神情也告诉我们，"面条"永远无法企及她将要到达的世界。

于是，暮年"面条"那苍老忧伤的眼睛，从调皮少年当年偷窥的墙洞里,越过时空,看见了杂物间跳舞的美丽少女,主人公心目中一切美好梦想的象征:德波拉。《德波拉的主题曲》在电影中反复出现,倾诉的就是这无尽的爱恋,绝望的期盼,刻骨铭心的悔恨,和难以释怀的无奈。

小团伙里最小的小兄弟叫多米尼克,多米尼克没有来得及长大就横尸街头,他死去的时候,陪伴他的是马友友演奏的第二首曲子,《斜眼之歌》(*Cockeye's Song*)。"面条"身陷囹圄,离德波拉的世界越来越远,悲怆的音乐,似乎也像墓地墙上的铭言一样,告诉我们:"你的男丁必倒在刀下,你的勇士必死在阵上。"

"面条"来拜望他三个朋友的墓。墓园的门上,是一位妙龄女子背影的浮雕,裸露到臀部下方,正好是少女德波拉给少年"面条"偷窥过的背影。

"面条"出狱时已是青年。青年"面条"再见到青年德波拉时是在四兄弟合开的酒吧里,酒吧里出售禁酒令下的天价威士忌,演奏着拉格泰姆,德波拉巧笑倩兮:"你不跟我打个招呼啊?"这时的一曲《禁酒挽歌》(*Prohibition Dirge*),节奏欢快诙谐,但是,禁酒亦意味着"面条"的团伙必须另寻生路,更重要的是,嫉妒和阴谋将侵蚀他们的友情,那一大块棺材形状的蛋糕,本意是祭奠禁酒,实际上祭奠的是爱情、青春、友谊和一切美好。

这个年龄段的德波拉和"面条"爱情的高潮,是他们在海滨的约会。夏季已经结束,"面条"却费尽心机让餐厅为他们单独开放。窗外是德波拉向往的美丽的大海,室内是彬彬有礼的侍者们和盛装的乐队,德波拉熟练地用法语点菜,轮到"面条"点酒时,他却只会说:"你帮我点吧。"

他们在宽敞的大厅中翩翩起舞,伴奏的,是在电影中出现了四次的《罂粟花》(*Amapola*)。最初"面条"偷窥德波拉跳舞的时候,为她伴奏的舞曲就是这首《罂粟花》。它不是莫里康尼的创作,而是西班牙作曲家约瑟夫·拉卡尔(Joseph La Calle)在 1924 年创作的一首歌曲。"面条"说,在身陷囹圄时,他一直想着她朗诵过的《雅歌》:"王女啊,你的脚在鞋中何其美好。"他每天晚上读着《圣经》,想念着她。"你的肚脐如圆杯、不缺调和的酒。你的腰如一堆麦子、周围有百合花。……你的两乳好像葡萄累累下垂、你鼻子的气味香如苹果。谁也不会像我这么爱你。"

这个场面,就像夏季结束后却勉强把季节拉回,显得过于刻意、努力。美丽而带毒的《罂粟花》,似乎就是"面条"那无望的爱情。"'面条',我要走了,我明天就要去好莱坞。我见你,就是为了告诉你。"

第二天,渐行渐远的火车带走了德波拉,带她去了"面条"永远也无法企及的德波拉的世界。此时《德波拉的主题曲》再次响起,是离别、告别、诀别、永别,连挥手都没有,最美好、最期盼的梦想,都已经被他在绝望中亲手毁灭。

"面条"的主要伙伴,詹姆斯·伍德扮演的麦克斯,其实比"面条"要帅一些,"面条"入狱以后,他成了这个小团体的当然领袖。他更加雄心勃勃,手段也更加强硬。但他执着的就是钱,更多的钱，为了兄弟们不惜当众羞辱对他有些情分的女子，和"面条"比起来，他更加刻薄、凶残、无所顾忌。

将近四个小时的电影，情节一层一层剥开，故事一段一段讲明，本来想说，说不定《上海滩》借鉴了这里的故事，仔细一看，原来《上海滩》是1980年出来的，而这部电影则晚了四年，于1984年上映。

故事演绎到最后，所有的话都已经说完，爱恨情仇，都已经被岁月冲走，死去的人变成了墓碑上的名字，而活着的人，始终带着沉重的愧疚和遗憾。被愧疚和遗憾折磨三十五年之后，回头一看，原来这其中另有因由，还有别人承担着比自己更加深重的愧疚和遗憾。

年华虚度，心思枉费。

语言是人类表达情感的最佳工具，是人之于动物的最大优越之处，然而，情到浓时，恨到深处，悔到极致，语言却远远不足以表达这一切之万一，没有人愿意或者能够说出这些故事背后的千层瓜葛。于是，语言苍白无力的时候，就只有电影特有的工具——人物的表情，凝滞的镜头，再加上沉缓的音乐，继续讲述身在红尘之中的人无法讲述的故事，倾吐他们无法倾吐的情感。

影片最后一个镜头，是青年时的"面条"，误以为三个朋友都被警察悉数枪杀，自己要为他们的生命负责，于是深深地吸入一口鸦片，对着镜头发出酸甜苦辣五味俱全的无奈笑容。镜头骤然定格，那张脸上，深深地镌刻着荒诞的岁月、逝去的爱情和江湖恩怨写下的痕迹。

《质数的孤独》

《质数的孤独》。The Solitude of Prime Numbers。"质数"听起来像是科普，一个"solitude"，就让它充满了诗意。

Solitude 翻译成"孤独"是不够的，孤独首先让人想起孤单（loneliness），或者独自一人（being alone）。Loneliness 是孤，solitude 是独；前者消极，后者积极，相比较而言，solitude 比 loneliness 要宽泛得多，也深邃得多。翻译成"慎独"也不准确，因为慎独有道德意味，就是说一个人的时候也不干坏事。在 solitude 这样抽象的词面前，中文不够用了。

如果是女作家写，大约会用 loneliness 一类的词汇，但 solitude 是一个很男性的词。孤独是一种生存状态，是主观和客观的结合，而慎独，在很大程度上又是一种自我选择，是人对自己的一种自我放逐。

猜出来了吧，作者是男的，而且是一个懂科学的理科男，而且是一个敏感又诗意的懂科学的理科男。

作者叫保罗·乔尔达诺（Paolo Giordano），82 年生人。小说一出马上成为意大利畅销书，而且已经被翻译成了三十多种语言。故事肯定有自传性……扉页上的赠言是：

To Eleonora

because in silence

I promised to you

致　埃莉诺

因为在沉默中

我对你许下了承诺

质数命中注定是孤独的，因为它只能被1和它自己整除。但是，问题是，每一个质数附近，又命中注定有另一个质数，如影随形。于是在《质数的孤独》之外，又有质数的吸引；饶有兴味的是，小说封面上是一只豌豆荚，豌豆荚里有两颗豌豆粒，形状不同，却又相依相偎。

小说是从意大利语翻译过来的，其实，原文的 solitudine 是不是有我猜的这种微妙（subtle）意义，还在未定之中；但其实也无所谓了，这种微妙（subtlety）是超越语言的，这种未定之中的模糊（ambiguity），也是超越语言的。

对了，微妙和模糊。这就是为什么我们还要看小说。各种艺术形式都有它的长处，小说作为一种描述人类生存状态，尤其是细微感情的艺术表现形式，还远远没有过时。

只有一个受过伤害的灵魂，才能这么温柔、细致、优雅地写出人的感情和灵魂的挣扎。把它粗放一百倍，突然就想起很多年前看过的东北电影《过年》，就是"大家都不容易"。这个"不容易"里，是人性，是 humanity。

二百七十一页，上午老爹从图书馆把书带回来，晚上就看完了，中间洗衣、买菜、打扫，稍微打了些折扣，却也没有耽误什么事情。周末坚决不连 VPN。

小说要看，从这本小说改编成的电影也还是要看的。

再看电影时，几年光阴已经倏忽闪过。正是三月中旬难得的暖和天气，打开亚马逊的 Prime 录像，上面明明显示已经看过，内容却不太记得，恍惚记得电影有些平淡。

及至打开录像，看见小男孩、小女孩，少年、少女，然后又长成了青年男子、青年女子，镜头就在这两个人的三个年龄段不断闪回。场景不同，人物不同，不变的是两个人脸上落寞的神情——破碎的身体，破碎的心灵，缓缓的蹒跚的步子，内心承载着无法与人诉说的重负。突然就想起来了，为什么当初读小说时有那样的触动。

乍暖还寒时候，最难将息。

仔细看时，才知道为什么第一次看时没有特别喜欢。电影的镜头非常缓慢、凝滞，而且，和美颜镜头正好相反，电影画面不仅丝毫没有美化镜头下的人物，大部分时候还十分写实，甚至偏于丑化。穿着生日戏装的八岁男孩子马提亚，长成了笨拙的天才少年和自闭的青年，最后，成了一个胡子拉碴、身材粗笨的中年人；童年的爱丽丝玲珑可爱，但在父亲的淫威和母亲的无助中，失去了她的美丽,残破的少女爱丽丝,承受着同龄人无情的残酷折磨,渴望得到马提亚的安慰和陪伴,而就在两条平行线终于艰难靠近的时候,他向她敞开心扉,坦白了自己的秘密,同时也将其中的重负转交给了她。

伊萨贝拉·罗塞里尼扮演马提亚的母亲。只有几个镜头,让人能够依稀辨认出她那来自母亲英格丽·褒曼的惊世美丽。而大部分时候,她只是一个焦虑、悲伤、失败的母亲。"我为什么要孩子?我这一辈子最大的悲哀,都是孩子们带来的。"

青年马提亚和青年爱丽丝的故事并没有结束,原来三个年龄段不断闪回,七年以后,电影总算可以简简单单地讲故事了。马提亚在德国治学七年,获得成功。此时,两个人都已经步入中年。她瘦骨嶙峋,显然是有厌食症,婚姻也已经无从维系;但她似乎终于从他的秘密以及随之伴随的道德重负中苏醒过来,从他的母亲处要到了他的电话:"你什么时候回来?"

电影最后的镜头,爱丽丝总算要得到从少女时代就渴望的那个亲吻,他们一起坐在那条长凳上,长凳里埋藏着一直折磨着他们的秘密,使他们都成了无法与别人水乳交融、互相之间也若即若离的质数。然而,感谢导演,给了我们一个光明的尾巴,让我们相信,豆荚中的这两颗豆粒,无论它们本身多么不完美,也不管它们之间在时空中相隔着多长多远的距离,它们总是在心心相印,互相陪伴。

不适何来：读拉希莉的《不适之地》

《同名之人》

印裔女作家裘帕·拉希莉（Jhumpa Lahiri）因为小说集《冬日暖阳》（*The Interpreter of Maladies*）而获得 2000 年的普利策奖，一般读者和观众最熟悉的，大约还是她的《同名之人》。小说写的是美国的印度移民的故事，后来被改编成电影。电影里有一个相亲场面，女子进屋时，在门口看到男子的鞋，她开心地把脚伸进他的大鞋，脸上浮出顽皮的笑容。这样温情地描写包办婚姻，符合整部小说和电影的基调。我们从小读五四青年如何逃脱包办婚姻的故事读多了，觉得这样的场面多少有点粉饰太平的味道。《同名之人》中这对男女虽然相濡以沫，他们在美国出生的儿子，即使回印度寻根，最后仍然是爱上了一个外族的白人女性。

拉希莉的作品读多了，便大致熟悉了她的定位和文字风格。她出生在英国，父母最初都来自印度，后随父母移居美国罗得岛州，在纽约和波士顿上大学，博士学位是文艺复兴研究。因为这个缘故，她的故事、她的主人公大抵都是印度移民，尤其是第一代和第二代移民，场所有印度，但大部分在美国，尤其是我非常熟悉的波士顿附近的地标。

我在一家大公司工作，公司总部在硅谷，总裁就是印裔，公司在印度还有分部。认识的印度同事多了，发现他们和中国人相比起来要传统得多，尤其是在男女关系和女性地位方面。其实，至少在美国，印度女性是相当成功的，竞争比较厉害的行业里，譬如公司高管、医生、律师以及政界，印度女性都不少。美国前驻联合国大使妮基·黑利就是第二代印度裔，担任大使之前已经当过南卡罗来纳州的州长。尽管如此，印度人的婚姻和夫妻关系还是比较传统。

我们部门这几年招的新人中，以印度人居多。只觉得隔三岔五地有人回印度。有一次跟一个小伙子开玩笑，说他会不会带着新娘回来。他笑而不答。等他回来时，果然，手上多了一枚戒指。他订婚了。

后来发现一个规律：这几个小伙子一趟一趟地往印度跑，就是去见新娘。一次看不中，再跑一次；看中以后，又再跑一次，一切进展顺利，就可以举行婚礼了。婚礼都讲排场，热闹得很，有连续三天的，有连续七天的。有个女孩回印度结婚时，还让另外一位同事在一间会议室里摆好大屏幕，现场直播她的婚礼。

这些人中，即使已经到了美国，大部分人结婚却依然是通过包办婚姻（Arranged Marriage）。父母之间互相挑选，其他方面都合适了，就安排年轻人互相见面，一个不成，再另外安排一个，直到双方满意为止。相比之下，男女两情相悦、自己爱上的婚姻反而是例外，要专门强调一下是"爱情婚姻"（Love Marriage）。有个女孩自己选上了如意郎君，但为了不忤逆父母，就想了个小心思，七拐八弯地让自己男朋友的名字出现在爸爸妈妈提供的候选人名单上，绕了几圈以后再假装"选"上他，于是父母、女儿、毛脚女婿皆大欢喜。

　　印度总理莫迪和妻子贾苏达本就是包办婚姻。他们才几岁的时候，父母就给他们订了婚，1968年，莫迪十八岁、贾苏达本十六岁的时候，他们结婚了，但莫迪不久就离开她，先是灵修、做生意，后来进入公职；贾苏达本也继续读书，后来当了教师。直到2014年，莫迪才在选举过程中承认自己有妻子，但他们并不在一起生活。莫迪当选总理以后，贾苏达本作为总理夫人，受到警察保护，但他们并没有见面，她也没有真正的"妻子"或"夫人"名分。

　　和印度同事有了这些接触以后，回头再看《同名之人》，就不再觉得拉希莉是在粉饰太平了——这一代印度人依然觉得"包办婚姻"是再自然不过的事情，小说中的上一辈，就更是觉得父母之命、媒妁之言顺理成章了。

《不适之地》上篇

　　最近刚刚在上下班开车途中听了拉希莉的《不适之地》(*Unaccustomed Earth*)。书名显然是经过一番考究的，un-accustomed，说明已经包括了一个试图适应、却发现无法适应的过程。用earth（土壤）而不用land（国土），比较起来，"土壤"包含的内容，比抽象的"国土"要具体得多。

小说集中共收有八篇小说，第一篇就是《不适之地》。女主人公鲁玛嫁了一个白人，生了一个儿子；母亲刚刚去世，父亲卖掉了他们的房子，独自住在公寓里。故事开头，父亲来鲁玛居住的西海岸访问，很快和鲁玛的儿子建立了亲热的关系，并且带着他，在门口的花园里种植花果蔬菜。

小说题目是"不适"，故事中并无太大不适之处，尤其是渲染祖孙辈相处融洽，又让我觉得有点粉饰太平的味道。唯一令人想起印度的保守传统的，是父亲在丧偶以后与另外一位女性交往时，显得有点鬼鬼祟祟、偷偷摸摸——他们没有打算正式结婚，只是每年约定参加同一家旅行团。父亲没有将这种关系变得正常和长久的计划，也没有告诉女儿的打算。但这种"不适"，似乎并不是来自土壤——父亲的女朋友是非常独立的女性，并不是期待男人照顾与指挥的传统印度女性。

《地狱-天堂》(Hell-Heaven) 是移民故事，尤其是刚开始移民老乡们互相帮衬的情景，当初中国留学生初到美国时，大抵就是这样的情形。叙事人童年时，随着母亲在外玩耍时，遇到了一位同样也是来自印度西孟加拉邦的叔叔。叔叔从此成为他们家晚餐桌上的常客，偶尔不来，"我"和母亲都若有所失。

然而，那一天终于来到，叔叔和一个本地白人戴比约会，结婚生子，并且离印度社区越来越远；叔叔把印度朋友们请到家里时，大家却更深地体会到了他们的距离和隔阂。再后来，戴比却告诉他们，叔叔和她离婚了，他究竟还是爱上了一个和他一样也是来自印度的孟加拉人。

《住宿安排》(*A Choice of Accommodation*)，是可能发生在任何一对夫妇之间的事情。这对夫妇在这个故事里的变量是：他是印度人，她是白人；他来自富裕的印度家庭，她来自家境不好、子女众多的家庭；他受到了良好的私立学校教育，而她勉强靠着助学金读书。但是，她凭着自己的毅力，即将完成医学博士课程，而他却从医学院退出来，在一本杂志当个普通编辑，并且成为承担照顾两个女儿的主要责任的"家庭妇男"。这对传统的印度婚姻和家庭关系已经是一种颠覆；但这并不是故事的重点，故事的重点是，他在那所昂贵的私立学校里度过的日子并不快乐，在那些富家子弟面前他是一个异类，而校长感恩节时请他到家里吃火鸡，校长的女儿帕姆有礼貌地对着他微笑，也对着所有来家里的男生微笑……今天，恍惚间，在婚礼上这些成功优越、白人为主的人群中，他又感受到了中学时代那种彻底的孤独，在那样的孤独里，帕姆的微笑是唯一的温暖。

《报喜不报忧》(*Only Goodness*) 在拉希莉小说中相对来说比较严肃、严峻，甚至残酷。一个典型的"模范亚洲人"姐姐，看着自己颇有天赋的弟弟从人人艳羡的名校康奈尔退学，整天在家无所事事，最后和一个比自己年龄更大、带着孩子的单身母亲结婚同居。姐姐按照模范亚洲人的固定轨道结婚成家，虽然不再企图弟弟回到从前选定的"光宗耀祖"的医学前途，却也希望他起码能够安居乐业，享受普通人柴米油盐的幸福。弟弟也在尽力，青年反叛时期结束后,虽然和一直希望望子成龙的父母依然无法和解,却希望恢复和姐姐的关系。姐姐一边为弟弟的进步感到欣慰,一边也感到内疚,因为正是她自己,在满足父母那种传统的亚洲父母的最高期望时,却把美国社会及时行乐的文化和生活态度介绍给了弟弟,因而,弟弟的一切行为,她越是失望,内疚就越是深重。

《别管闲事》(*Nobody's Business*)恰恰是管闲事的故事。保罗是个老实憨厚的博士学生,论文答辩失败了一次,现在正在继续整理论文,准备再次答辩。他有两位女性同屋,其中一位是印度裔姑娘桑。桑的印度原名很长,缩短为桑;他们共用一条电话线,保罗常常接到桑的家庭为她安排的相亲对象的电话,桑很傲慢,对他们一概置之不理,因为她已经有了一个埃及男朋友法鲁克。

在桑和法鲁克的故事中,保罗扮演了《了不起的盖茨比》中尼克的角色,但又比尼克参与的更多,因为与桑同居一套公寓,独身的他起初是对她抱有一丝幻想的,虽然这种幻想随着他对桑生活内容的了解而有所抑制,却也因为这点无伤大雅的情愫,在桑自己受到感情困扰的时候,成为她揶揄讽刺他的把柄。

不幸的是,法鲁克并非桑的真命天子,他的种种恶行,最终真相大白,桑逃往伦敦,保罗则继续啃着论文,终于顺利通过答辩。

小说家拉希莉没明白说出来,我却总是疑心,在这篇小说,或者是她整本书中,都躲着一个恪守印度传统的奶奶或者阿姨,以媒婆的心态,随时准备将七大姑八大姨中年龄身份种姓般配的男女拉到一起；你若不听，然后不小心把年龄拖大了，或者是碰上了法鲁克那样的渣男，她们就会大声地说：瞧瞧，早让你听我们的安排，你和谁谁，早就安居乐业，孩子都该有几个了。

《不适之地》下篇：希玛和卡希克

这本书第二部分有三个故事，第一个故事《一生一次》(Once in a Lifetime) 是她的故事，第二个故事是《岁末》(Year's End) 是他的故事，第三个故事叫做《上岸》(Going Ashore)，听了很长一段，我才意识到，原来这三个故事是松散地连接在一起的，里面讲的是同两个人：希玛和卡希克。

他们都是来自印度西孟加拉邦的移民，希玛随着父母住在马萨诸塞州，每年最长的旅行就是前往印度，逢年过节时，来往的都是讲孟加拉语的老乡。她在这种环境里长大，在和一个有夫之妇维持了十年不尴不尬的关系之后，终于决定"回归"，准备嫁给一个同样来自印度的门当户对、地位身份职业都比较般配的男人，安定下来了。

和希玛相比，卡希克的生活似乎更加"漂泊"：他在美国长到九岁，父亲为了发展事业，决定全家迁回印度，将他连根拔起；他的母亲在印度却罹患重病，为了不让家族亲人目睹她最后的虚弱，决定回到美国来静静地走完人生最后一程。刚回美国时，他们在希玛家中临时借住了一段时间。

此时卡希克已经是一个少年，再次被连根拔起，心中十分愤怒。也正因为如此,他对希玛置之不理,不知道这个女孩子情窦初开,偷偷地把他当作了意中人。母亲去世以后,他艰难地接受了继母和两位继妹,职业却选择了摄影记者,常年在南美、中东和非洲的战火之地,用相机记录下正在进行时的人间苦难。

到了第三个故事,两个人在罗马重逢。他们一边寻访意大利的文化古迹,一边也在追寻着自己的足迹,对于未来,彼此却是十分谨慎,毕竟他们的过去太少,不曾有过承诺,这一场邂逅,也不一定能够带出未来。

拉希莉的其他故事都显得有些调侃、幽默,叙事也显得更加轻松,甚至美化,譬如前面讲的《同名之人》对包办婚姻的美化。而这里的三部曲却带着一些沉郁——拉希莉在着意渲染一种漂泊感。

这种漂泊感也是双重的,一重是物理上的,另一重是精神的。物理的漂泊,是移民的漂泊:移民,移民后代,在不熟悉的环境和人群中生活,每年坐上长途航班飞越到地球另一面的故土,为的是减轻第一代对抛下自己父母而心存的内疚,第二代却无法理解这种内疚,只是无奈地一趟一趟地随着父母飞来飞去。

精神的漂泊,却是现代人所共有的。希玛和卡希克重逢时已经三十多岁,他们成功地逃脱了传统印度青年一俟成年便通过父母之命、媒妁之言成家生子的义务,却并没有找到更有意义的寄托,于是,希玛结束了和一位已婚男人拖拉了十年的婚外情,准备嫁给一个门当户对、职业地位相当的印度男人,而他甚至都愿意为了她而迁徙到她居住的麻省,连地理上的差距也消除了,只不过在她的心中，却仍然是到底意难平。

而卡希克则比她还要迷茫。他在漂泊多年之后，选择的暂时安定之处，不在美国，也不在印度，甚至都不在他曾经采访过的那些地方，而是在香港，这一个在地理和政治身份上都有些模糊、暧昧的地方。

我觉得，写出了这种精神的漂泊感，对作家拉希莉来说，倒是一种超越：正因为这种漂泊感，拉希莉才可以既是一名印度移民作家，又是一名现代作家。我稍稍心有不满的，是她在叙事中过于借重死亡和意外。生老病死，毕竟是人生的几大主题，讲人的故事总是难免涉及，但拉希莉的故事本来是以平缓的叙事为胜，本不需要借重死亡、疾病或者意外来赚人眼泪或者叹息。

尽管有现代作家的成分，在英语读者里，拉希莉的定位，我觉得主要还是因为她在讲印度人的故事，她的吸引力，在很大程度上，还是因为异国他乡、异国情调。对我这个同样来自非英美背景的英语读者来说，她的吸引力，也同样是因为她讲的是印度人的故事。中国作家如哈金、李翊云的作品，因为我对他们讲的故事的背景多少有些了解，读起来往往缺乏好奇心；轮到读拉希莉时，有一点了解却又不是过分熟悉，因而还能够有足够的好奇心读下去。如果我根本不认识印度人，只将她的作品当作纯文学作品来读，我会觉得有些故事过于平淡；而我知道一些故事，譬如一位女同事是违背父母之命"逃婚"的，另一位印度教男同事娶了穆斯林妻子，但我认识的人毕竟有限，于是，我们就期待拉希莉来讲更多的故事。

艺术与生命之歌：读奥罕·帕慕克的《我的名字是红》

细密画：从远处看更清晰

《我的名字叫红》中的主人公，是一群生活在十六世纪的奥斯曼帝国的细密画家（Miniaturists）。小说的作者奥罕·帕慕克获得2006年的诺贝尔文学奖，根据瑞典文学院的颁奖公告中说，授予诺贝尔文学奖的理由是因为他"在追求他故乡忧郁的灵魂时发现了文明之间的冲突和交错的新象征"。

今天的土耳其，皮影戏依旧是一种十分流行的民间娱乐艺术。土耳其皮影戏的前身，据说就是中国的皮影戏，最早由成吉思汗的蒙古军队带到土耳其，在奥斯曼帝国风行一时。《我的名字是红》的结构安排和写作风格，让我想起皮影戏。

皮影戏中，每一个角色单独出场，是这一场戏中当之无愧的主角。于是，我们有机会听见角色的内心独白。一个皮影戏演员表演多个角色，根据不同角色更换着自己的声音，夸张地表现出每个角色的性格和感情特色；于是，作者帕慕克的声音，让这些四个世纪之前的人物，栩栩如生地向我们走来，甚至连狗、树、金币、马、尸体、抽象的死亡、魔鬼和红颜色等，都有了声音，成为故事中的角色。小说第一章就是被谋杀的画家"我是一具尸体"的独白。死人平心静气地描述自己被人谋杀的经过和死后被扔到井底里时的情景，有些荒诞，却并不恐怖。

像皮影戏一样，小说的写作风格也很抽象，色彩浓烈，情节跳跃，读者需要像看油画那样，与画面保持一定的距离，跳出细节，才能看见全部画面。

皮影戏中，我们能够看见戏中的角色，也能看见介乎角色和我们之间的演员：演员既在故事中，又在故事外。本书中，我们也可以将作者看成书中的一个角色，并且猜测他的创作意图。帕慕克出生于伊斯坦布尔一个富有的实业家家庭，深受西方艺术和文学的影响；然而他的灵魂依旧是土耳其的，在他的作品中，他的声音，穿过时空的阻隔，低沉缓慢地传递着他笔下的古人们灵魂的挣扎，感情的困顿，和精神的索求，同时又传递着一个当代土耳其作家面对东方和西方、传统和现代时充满诗意的困惑和思考。

帕慕克年轻的时候是画家，这本书里的主人公黑年轻的时候也是画家，黑的形象最接近作者本人。书中的一群画家长篇大论地讨论着艺术的主旨、画法和技巧，有些章节读起来令人感到十分艰涩、吃力。加之我向来对猜测"谁是凶手"不感兴趣，读到中间几乎失去了跟踪的兴趣，有好几次差一点放弃。读完以后也是浑身难受，说不清是沉重还是颓丧。

不过作者的本意似乎不在于此：他本来也不是想描写什么光明主题、光辉形象、高大人物，而是描写一群身怀绝技的艺术家，在面临威尼斯画派写实风格挑战时，作出的挣扎和反应。选择意大利文艺复兴时代作为小说的背景，显然是大有深意的。一个非西方的读者自然而然会想到，东方和西方有什么不同，曾经创造过辉煌文明的东方，为什么到了现代会落后于西方。

"红"的象征：艺术、宗教、爱情与谋杀

几年前，黑的姨父在出使威尼斯的时候，对威尼斯的人物和风景画产生了浓厚的兴趣：这些画长于表现人的个性和特征，其丰富的种类、色彩、欢快甚至严峻的柔光和人物眼中的表情，都使他万分着迷。他乐观地认为，西方的艺术也可以用来为土耳其帝国和伊斯兰宗教服务。他说服苏丹允许他们私下用威尼斯画法画一幅画，将来献给威尼斯国王作礼物，彰显奥斯曼帝国的强大和威力，从而赢得异邦人的尊重。

然而，对于所有细密画家来说，这幅画从观念上和技术上都是一种挑战。参与这项秘密集体项目的几位画家高雅、橄榄、蝴蝶和鹳鸟，宗教信仰虔诚程度不同，性格各异，专长也各有不同。有的人更遵从伊斯兰艺术传统，有的更看重安拉的旨意，有的更遵从苏丹的赏识，也有的更看重世俗社会对成功艺术家的奖励：金钱、名望、女子的仰慕等等。

橄榄说：当我画一匹骏马的时候，我就成了那一匹骏马。

蝴蝶说：当我画一匹骏马的时候，我就成了古时候画那匹骏马的大师。

鹳鸟说：当我画一匹骏马的时候，我就是我，如此而已。

在那些恪守传统的旧派画家看来，运用西方的绘画方式本身就是对安拉和伊斯兰教的亵渎。根据从波斯沿袭下来的传统，绘画只能是在书的边缘上为故事所配的插图和装饰，而不能成为独立的艺术品，否则就违背了《可兰经》的教条，冒犯了先知穆罕默德。根据《可兰经》，在末日审判日，任何制造偶像的人都必须让他们所制造的东西复活，但是，给没有生命的东西赋予生命，是只有安拉才能做到的，所以制造偶像就意味着在和安拉竞争，应当受到下地狱的惩罚。

从教义上看，偶像崇拜是大逆不道的罪孽。如果人的画像画得像真人大小，就近似于偶像崇拜了。从技法上看，像威尼斯人那样根据距离和透视来绘画，由于清真寺是在远处的背景中，就将街上的一条狗、一只牛虻画成和一座清真寺一样大小，这对虔诚的伊斯兰教徒来讲，也是一种亵渎。

就这样，每个画家都按照自己的思维逻辑和性格模式行动，互相之间发生了性格、信仰和利益冲突，于是才有了书中曲折的故事和接二连三的谋杀。黑的姨父被谋杀后，黑一眼就看出：他被谋杀的原因，就是因为他引进了意大利文艺复兴的绘画艺术。

正如书名所示，书中多处使用了红色的象征，有一章的名称就是《我是红》。红本来是来自中国的一种颜料，代表来自东方的传统；红也是血的颜色，是天堂的颜色，它既象征着艺术，也象征着死亡；黑的姨父死亡之前，看见他的血流得像红墨水，而砚台中的红墨水又像是他的鲜血。而他一死,红色就笼罩着了他和他眼前的一切,让他快乐得想呼喊:他终于靠近了上帝。

作者多次强调了中国绘画艺术对土耳其绘画艺术的影响,并且告诉我们,在土耳其传统绘画中,最美丽的女子一定是像中国女子那样,有着一双丹凤眼。尽管书中很多关于艺术的讨论显得艰涩难懂,有一点作者是表达得准确无误的,那就是在西风东渐时,东方艺术和艺术家们面临着一种左右为难的困境和绝望。这是凶手的独白:"这辈子为了取得你自己特有的个人风格,除了摹仿法兰克人以外,你别无他法。但是正因为你是在摹仿法兰克人,你就永远也不可能形成一种独特的个人风格。"而从前他们视为珍宝、为之献身的前人留下的风格和书籍,很快就会被人遗忘。凶手说:"我再也无法感到幸福和希望。我只能变得聪明而玩世不恭。"字里行间浸染着沉重和绝望,就像一部中国近代史。

在法兰克人和威尼斯画派的威胁下,伊斯兰绘画艺术日趋衰落,一群曾经为绘画献身过的艺人颓唐了,一个个人才济济的画室关闭了。原本自成一统的土耳其画家群体分崩离析,有人谋杀,有人被谋杀,剩下的也一蹶不振,细密画的繁荣时期就一去不复返了。

东方在西方面前偃旗息鼓,甘拜下风。作者借女主人公谢库瑞之口,叙述了这场纷争的悲惨结局。"就这样,受到来自波斯国土的启迪、在伊斯坦布尔繁荣了一个世纪的绘画和彩绘,它那快乐的红玫瑰就这样凋谢了。土耳其古代大师们的创作方法和法兰克大师的创作方法的冲突,曾经在艺术家们之间引起激烈的争论,但终究也没有得出什么结论。因为人们完全放弃了绘画，画家们既不像东方人那样画，也不像西方人那样画。细密画家们没有在激愤中进行反抗，而是像老年人默默地屈从于疾病一样，逐步地接受了谦恭的悲哀和放弃……就像房子的门到了晚上就关闭，整个城市陷入一片黑暗，人们也放弃了绘画。人们毫不留情地忘记了，我们看待这个世界的方法曾经多么不一样。"

于是，谢库瑞平静地告诉她与作者同名的小儿子：奥罕，你写吧，你写下这个故事，让人们知道这里曾经发生过的事情。

谢库瑞：全新的穆斯林女子形象

传统文学艺术和公众观念中的穆斯林女性，似乎都是羞涩和被动收敛的，正如谢库瑞所说："好多年来，我寻遍父亲书籍中的图画，寻找女人和佳丽的画像。她们确实存在，不过数量很少，仅仅零星散见，而且总是一脸害羞、腼腆，总是低着头，至多像在道歉似的互相凝视。她们从不曾像男人、士兵或君主那样昂着头、挺直身子看着世界。只有在草草绘制的廉价书本中，由于画家的不小心，有些女人的眼睛才不会看着地面或是画中的某样东西，也不会看着一杯酒或是看着恋人，而是直接朝向读者。我一直很好奇她们所看的那个读者究竟是谁。"

令人耳目一新的是，谢库瑞个性鲜明、聪明果断，完全是这个千篇一律、缺乏个性的穆斯林女性形象的反面。而真正浪漫和诗意的人物，却是她的情人黑。

作者在感情描写上很吝啬，只在头几章黑刚刚出场时给人一些希望和温情。黑和谢库瑞是姨表兄妹，比她年长十二岁，亲眼看着她出落成一个美丽的少女。然而，当她十二岁时，他向姨父表达自己的感情时却遭到了拒绝。羞愤之中，黑离开了伊斯坦布尔。十二年后回到故乡时，他依旧孑然一身，而她已经是两个孩子的母亲，她的军官丈夫在外征战，已经有四年音讯全无，生死未卜。

在十二年的颠沛流离中，黑早已忘记了谢库瑞的容貌。回到伊斯坦布尔以后，他来拜访姨父的家。虽然他们是姨表兄妹，但是，按照教规和习俗，他和谢库瑞还是不能直接见面。不过，在他告别之后，他却从窗户外面看见了谢库瑞：从柿子树背后，从窗棂的画框中，谢库瑞没有戴面纱，有意无意地来到窗前，终于让黑看到了自己真实的容颜；黑仰头看着久违的意中人，心中充满了甜蜜和狂喜。

这大概是全篇小说中两个人之间的最温馨、最诱惑、最富于激情的场面。看到这里，我不由自主在心里盘算了一下，这大概和莎士比亚写《罗密欧与朱丽叶》的年代相近，朱丽叶也是这样，立在窗台前，听心上人倾诉衷肠。

然而，温情场面如彗星一样转瞬即逝，故事很快就发展得沉重诡异。谢库瑞的形象，与黑梦想中的羞涩少女大相径庭，与我们惯常读到的神秘的穆斯林女性也大相径庭。黑来访问谢库瑞的父亲时，无法见到她，而谢库瑞却能从墙缝中偷窥黑；她以前也这样偷窥过访问她父亲的画家们。于是，她不再是一个供人欣赏的偶像和性象征，只是被动地让男人远远地崇拜和景仰；她更多地尝到了欣赏和偷窥男人的乐趣。于是，本来是供人偷窥的面纱背后的美丽女子成了偷窥者，而追逐美人的浪漫男子却成了偷窥的对象。

小说中对此着墨不多，却令人印象深刻。谢库瑞眼中的黑比以前更加英俊；她还看见了他激动时勃起的男性，判断出他比她的丈夫要伟壮。问题是她似乎并不爱他，至少是装出了一副铁石心肠的样子；她总是占着上风，冷静、盘算，他们的关系，由她在控制着节奏和速度，就像他们初次约会的被犹太人遗弃的闹鬼的房子一样，阴森、冷漠。他们约会的时候，她允许黑与他有肌肤之亲却又不许他最后得逞，屡次撩逗得他无法自制，却又在关键时刻蓦然翻脸，抽身离去。他们之间传递的情书，也是曲折隐晦，只有靠犹太女贩的诠释才能猜度出她的意图，其中，出谋划策多，甜言蜜语少。

于是，我们也发现，当初谢库瑞没有嫁给黑，不是因为父亲反对，而是因为她根本就不爱他。她真正爱上的，是她后来的丈夫。"我丈夫的英俊众所周知，经媒人介绍，他找到机会，在我从澡堂回家的路上突然出现在了我的面前。他的眼睛充满着爱的火焰，我立刻就爱上了他。他有一头黑发、白的皮肤、绿色的眼睛及强壮的臂膀，不过他却像一个睡着了的小孩一样安静而无邪。尽管他在家中如女人般温柔而文静，但是，至少我自己能感觉到，他身上似乎还弥漫着一丝血腥的气息，或许那是因为他把所有力气都花在了战场上杀人和掠夺战利品。"谢库瑞的父亲不愿意她嫁给这个一贫如洗的士兵，但谢库瑞却以死相威胁，逼迫父亲让步，由她嫁给自己看中的如意郎君。

丈夫失踪之后，谢库瑞也顽固地坚守着自己的独立和自由。她的小叔子哈桑爱上了她。哈桑也和哥哥一样英俊，而且还更年轻。按照伊斯兰习俗，如果她的丈夫确实战死，她应当嫁给哈桑；在一个屋檐下朝夕相处，她也能感觉到他的吸引力。然而，恰恰因为哈桑有娶她的权利，她却本能地反抗着他的追求，尤其是在他卖掉家中的女奴以后，她更不愿意成为他免费的性伴侣和操持家务的女仆。只有在嫁给黑、哈桑又成为不可企及的禁忌之后，她才意识到，其实她也是爱哈桑的。

谢库瑞像是一个天生的情场老手，面对两个陷入对她的迷恋中无法自拔的男人黑和哈桑，轻松地将他们玩弄于股掌之上。仿佛是对环境、宗教和习俗的束缚的逆反，被丈夫事实上抛弃之后，谢库瑞再也无法接受和享受正常的温馨的男女之情。只有她对儿子的爱才是明确无误的；她对黑有过一刹那的柔情时，所表现出来的也更像是母爱：她的性幻想是将他搂在胸前，像喂自己的婴儿那样为他哺乳。

自始至终，在这个爱情故事中，谢库瑞都是主宰。在她父亲被谋杀以后，她表现出惊人的冷静和决断。尽管她也无助地哭泣，她的哭泣背后却有一双警觉的眼睛，似乎每一滴眼泪都有着目的；她将父亲的尸体拖到另一间屋子，告诉孩子们说祖父病了，然后命令黑一日之内打通所有的关节,首先到允许离婚的法庭,用他十二年间攒下的金币买通法官,宣布她的丈夫已经死亡、婚姻解除、她可以再婚,然后又赶回她家所在的地方,买通一个阿訇为他们主持婚礼。不仅如此,她还大张旗鼓地搞了一个新娘游行,绕着他们所住的街区骄傲地走了一圈。她明知道黑受到宫廷卫士的怀疑,这样大张旗鼓地结婚会更加坐实人们的怀疑,几乎是将黑置于死地。而黑好像也不介意,在谢库瑞的指使下东跑西颠地奔走,新娘游行的时候,他恭顺地跟随其后,虽然骑着白马,却丝毫没有白马王子的高傲气度。

而新婚之夜,新娘却不与他同房。谢库瑞早已和黑约法三章:不找到杀害她父亲的凶手,她就不能与他成为真正的夫妻。她从噩梦中醒来后审问黑,指责他可能是杀害她父亲的凶手,心里还明明知道:"我说的话,就像钉子一样钉入他的肉体。"好像这样折磨还不够,谢库瑞还当面告诉黑:我根本就不爱你,我要是能爱上你,早在我年幼的时候就该爱上你了;那时候没爱上,现在更是不可能。

黑也变了。他没有能拯救谢库瑞,却被人打伤,故事变成了美人救英雄。谢库瑞将他运回家中,为他擦洗伤口,就在读者为黑的性命担忧的时候,谢库瑞却只顾盯着欣赏她的男性,脑子里闪现的念头竟是:不知道为什么有些诗人将它称为芦苇。"芦苇"这个意象很独特,小说中别的地方也用过。因为当时的画笔是用芦苇制成的,笔也成为男性的象征,与笔配套的墨砚,就成为女性的象征。

谢库瑞为黑洗净了伤口，他躺在鲜血和伤痛中，生死未卜。谢库瑞与他做爱，一切都是她在主动。他们的初夜有血腥，有伤口，痛苦和极乐互相交织，像出师未捷身先死的英雄的葬礼一样，阴森而壮烈。

小说中还有很多大胆的性描写。在细密画家的作坊里，恋童癖似乎是人们普遍接受的正常现象。少年学徒们的相貌，似乎和他们的绘画天才同等重要。饶有兴味的是，师傅奥斯曼大师严厉惩罚、玩弄和污辱漂亮学徒蝴蝶，蝴蝶却并不反抗，反而对他更加崇拜和依恋：当代人把它称为虐恋、斯德哥尔摩症候群。

与谢库瑞的精明、冷静和坚强相对应，黑是一个柔情的诗人，一个失败的英雄。他在现实中无能为力，自己追逐的偶像要么可望而不可及，要么和梦想大相径庭。在多年的流浪中，他已经忘记了谢库瑞的模样；他说，如果他有一幅她的画像，他就不会这么失落，因为"如果爱人的容貌镌刻在你心中，这个世界就仍然是你的家园"。回家以后，他又驯服而忠心耿耿地服从着自己的爱人，虽然我们替他委屈，他自己却是心甘情愿、欲罢不能。

黑活下来了，但他脖子歪了，背驼了，不再英俊，也不再强壮，更重要的是，他的精神委顿了，失去了初回伊斯坦布尔时的希望和乐观，陷入了长期的忧郁。爱情的失望，对故人和故乡的失望，与艺术的式微相互交织，令人扼腕叹息。黑的梦想、失败和沉沦，给全书笼罩上了浓厚的忧郁和诗意。帕慕克另一部重要小说《雪》的主人公卡，也是在流放十二年后回到故国的诗人，这两个角色，显然带着作者帕慕克本人的忧郁和诗意。

然而，撇开艺术不谈，小说中写的是人性的胜利。在谢库瑞的世界里，重要的不是她父亲的绘画，而是人，是她的父亲、男人和儿子；即便所有的画家都不再存在，即便所有的图画都灰飞烟灭，这些人的故事还都存活在她的心中，她的儿子也还是在成长，生命的力量，在续写着人类的历史。

艺术转瞬即逝，生命却是永恒。

穿针走线：犹太女贩艾斯特

小说中，作者似乎并没有刻意去塑造人物形象；几个细密画画家，高雅、蝴蝶、鹳鸟和橄榄，像民间故事、细密画或皮影戏中的人物一样，在一定程度上也是平面的、夸张的，而且似乎都大同小异，一直要看到最后，才能大致分清谁是漂亮的，谁是波斯人，谁最贪财。

唯一的例外是犹太女贩艾斯特。她一出场，形象就呼之欲出：胖胖的，粗门大嗓的，贪小便宜、喜欢东家长西家短地包打听、搬弄是非，但她又心地善良、富于同情心，是一个随处可见的典型的市井人物。

在穆斯林家庭的门户对外人紧闭、穆斯林妇女足不出户的时候，艾斯特拖着肥胖沉重的身体，背着她的大衣服包，里面装着中国的丝绸和波斯的刺绣，还有威尼斯的珍玩，在伊斯坦布尔的大街小巷中来回穿行，畅通无阻。每到一家，她只要在门口高喊"衣贩子来了"，那一家的大门就会向她敞开，好心的女主人还会给她捧来一碗热饭热汤；她是个神通广大的媒婆，很多女子都是经她的三寸不烂之舌才嫁出去的，所以女主人越是丑，就越是感激她的功劳，对她也就越是热情。她自豪地将她撮合着嫁出去的女子们称为"我的女孩子们"。

艾斯特无所不知、无所不晓，作者借她的口，介绍着四百年前伊斯坦布尔的风土人情、人物掌故。更重要的是，她帮谢库瑞给两个追求者送信，一面诱惑他们说出自己的心里话，一面又告诉我们许多主人公不愿意透露的秘密。由于小说采取的是每个人物独白的形式，艾斯特在故事中也起到了穿针引线的作用，使各个独立章节之间和各个独立人物之间连贯起来。

有些章节，艾斯特又有些像歌剧中专门插科打诨的旁白人。作者借她之口，以幽默的笔调调侃那些被爱情折磨得死去活来的主人公。眼看着有激情场面的时候，艾斯特会恶作剧似的打趣说："你告诉我，是爱情使人变成傻瓜，还是只有傻瓜才会陷入爱情？"

从艾斯特这个人物身上，似乎也可以猜测作者的创作意图。在作品所描写的同一个时代，莎士比亚塑造了威尼斯商人夏洛克的形象，这个形象过于成功，几百年来，无论是在文学讲台上，还是在公众心目中，都成了犹太人贪婪、自私、残忍的象征。艾斯特也贪财，但她赚钱的方式是诚实的小买小卖；她出入各自封闭的穆斯林家庭的目的是为了谋生，但是，金钱并没有蒙蔽她天生的同情心，孤独的待嫁的老姑娘、年轻的寡妇、像谢库瑞那样丈夫下落不明的守活寡的少妇，都盼望着她的来访，于是她更像是一个幸运女神，是一个很正面、很可爱的犹太人形象。

《圣经》中的艾斯特是一个犹太王后，她借助她的丈夫波斯国王的力量，挫败了奸臣哈曼的阴谋，使波斯王国变得更为强大、宽容，使犹太人能够在那里安居乐业。1492年西班牙国王强迫境内的犹太人改宗天主教，否则就将他们驱逐出境。后来，他们在奥斯曼帝国找到了栖身之地，几百年间，他们得以生存和延续他们的种族和文明。犹太人在奥斯曼帝国的境遇，比他们在欧洲的境遇要好得多。

或许在艾斯特这个角色上，寄托了作者对文化共存和相互容忍的期盼。

然而，作者也知道，这个愿望本身又是奇异的，不伦不类的。小说中头几章出现过一位说书人，作者让他说书台的布景上的狗、树等都讲过一番话，中间就把他忘却了，最后出来时，说书人变成了男女同体：他偷偷穿上母亲的女装，看到自己在镜子中美丽的女人形象，居然淫心大起，无法控制自己男人的欲念。他同时既是男人，又是女人，既是西方，又是东方，其实就是一个雌雄同体、东西合璧的怪物：

> 我善变的心啊，当我身在东方的时候，它渴望着西方
> 身在西方的时候，它又渴望着东方。

我身体的某些部位，当我身为男人的时候，坚持要我做女人，而我身为女人的时候，又一定要我成为一个男人。

生为人是多么艰难，过人的日子更为艰难。

我只想愉悦我自己，从前面，也从后面，既是东方，又是西方。

蓦然回首：读李翊云的英文小说

成见

李翊云的名字是大约三个月前听说的，因为她在英国得了一个大奖。还没有看她的东西，我就有些成见，马上想到了得诺贝尔奖的高行健和得国家图书奖、福克纳小说奖的哈金。我的先入之见是，高行健和哈金的小说之所以得奖，一是占了政治的便宜，一是占了语言的便宜。因为有张洪凌推荐，在网上看了李翊云的《来自内布拉斯加州的公主》(*The Princess from Nebraska*)。我当时的感觉，就是作者专门找一些阴暗、丑陋的东西来写。

小说中有三个人物。老男：男同性恋，爱滋活跃分子，因为性取向而丢了工作，软禁，通过假结婚来美国；小男：唱京剧的男旦，男同性恋卖淫，双性恋使人怀孕；小女：内蒙古知青的后代，留学生，怀孕，即将做晚期流产。老男建议她不要流产，而是再次通过假结婚把小男接出来。结尾更是有些突兀，看美国人圣诞游行时突然就对生命充满了希望，也变得热爱生命了，就不流产了。

我当时说过，一篇小说，有这么多煽情加色情（sensational and erotic）的东西，光这些选料，就足以让人想到一层一层在那里剥裹脚布：写给洋人看的目的很明确。写法嘛，也不过是一段密执安大道、一段北京地来回穿插。叙述倒是有一种不急不缓的从容。这种从容更显得她满不在乎。流产算什么，不过一场感冒。总之，看了让人不舒服。

惊喜

这一次，照例在图书馆的新书架上漫无目的地翻寻，碰巧看到了李翊云的《千年敬祈》（*A Thousand Years of Good Prayers*）。书巴巴地自己走到你跟前，你再不读，便是有些罪过，于是便借了回家。

刚开始读的时候，也还是带着先入之见：果然，每一段故事里都有政治，每一段故事里都有丑恶。先以为书是长篇小说，读到第三篇《永生》（*Immortality*），才悟出它是短篇小说集，不禁哑然失笑。作者李翊云毕业于北京大学，本来是学生物的，1996年来美国，后来参加了一个英文写作班，作品很快在《纽约客》《巴黎评论》等重要文学杂志上发表，这一次这本小说集在英国获奖金最高的文学奖弗兰克·奥康纳（Frank O'Conner）奖，更是名声大噪。

李翊云得到《巴黎评论》新人奖的小说是《永生》。开篇就是关于太监的十分夸张、传奇、煽情的描述，然后是一个长得极像独裁者的男子的故事。主人公的命运，随着中国近几十年的历史，潮涨潮落。故事的结尾，他在绝望之余，像小说刚开始描述的英雄太监一样，挥刀自宫了。这之前我就觉得她是在有选择性地讲述着外国人爱听的故事,而这篇小说除了加深我的成见,还添上了一种生理上的厌恶。

然而这本书里每一篇故事都很短,又都是很容易读,于是鬼使神差地我又读了起来。不知不觉,读到了《讲得得当,死亡也不是个冷笑话》(*Death is Not a Bad Joke if Told the Right Way*)。本来,这个题目一看就很玩世不恭,又长得不像小说题目,内容也很凄惨悲切,是一群住在北京四合院的渺小而微不足道的人物的故事:很多政治,很多不幸。

但不知道为什么,我突然有了一种豁然开朗的惊喜,好像一下子找到了通向作者心灵的通道:她在讲述这些人物的故事的时候,看似不动声色,看似冷漠,看似保持着距离,背后却是充满了同情。不是那种居高临下、我比你幸运的同情,而是带着切肤之痛的同情。

故事中的"我",是一个七岁的女孩子,来访问她幼年时照料过她的保姆。保姆的丈夫庞叔叔,是一个旧时代的花花公子,一个闲散自在、颇有些艺术气质的人。1949年以后,他也曾经参加工作,却在一次受批斗之后丢失了个人档案。没有了档案以后,他一辈子无法工作,家里的房子被一群不交房租的房客住着,靠妻子当保姆、洗洗涮涮为生。然而,有一天,他找到了一份临时的、不用档案的工作:装信封。为了保护工作所得的三十三元钱,这个从前家缠万贯、挥金如土的庞叔叔,这个手无缚鸡之力、虚度了几十年光阴的窝囊废,和抢钱的小流氓争夺,丢了性命。

他的一生，以丢失档案为象征，作为一个人的所有价值和尊严都被剥夺殆尽，死亡居然成了他一生中最伟大最辉煌的事情。于是他渺小的一生就有了顽强和抗争。这样一来，作者就给她笔下的人物赋予了同情，赋予了尊严。这样，我也就从作者刻意描写的严酷的政治和丑陋的生活细节里，看见了她的真诚，也看见了围绕着她笔下那些小人物的温情。

政治与英文

仔细一想，李翊云所有的故事，都是这样讲的。她的故事都是小故事，是背景虽大，人物却都很小、情节也不很曲折的小故事。这大约是女性作者的特色了：小处着眼。然而，李翊云却不是顾影自怜、自怨自艾的女作者；她写的人物都不是自己，即便有她的影子，她也只是一个叙述者、观察者，很少自怜自叹，自恋自夸。

一群渺小的人物，在她的笔下，栩栩如生地向读者走来。这些小人物都无法逃脱自己的生活环境，他们只能尽力而为，在时代、命运、政治所提供的狭小空间里，认认真真地活着，做出那些选择余地不大的选择。

我同意张洪凌的说法，《纽约客》的编辑们看见李翊云的作品一定是有一种惊喜。李翊云的故事，有一种孩童般的认真和纯净。回过头来看，我们这几代的中国人，认真看自己的生活时，又有多少时候能够避得开那些现实和丑陋？而李翊云真诚、和缓的叙述，有着政治檄文、哲学论文所无法比拟的力量，比愤怒的声讨更加动人心弦。

而她那不太优美的英文，正好和这种孩童般的认真和纯净相符合。她不是学语言出身，中文英文都没有经过学院式的专业训练，但也许正因为如此，她的语言十分朴实简练。语言本身毕竟只是一种表达形式，只要能够达意，读者就能够随着作者的引导进入故事的氛围。李翊云的英语便做到了这一点。

另外，从语言效果来看，英语读者鉴赏的角度和标准和我们是不同的。对中文读者来说是问题的，对英文读者来说有可能反而成了优势。李翊云的英文，有很重的中文"口音"。她小说中的每一个句子都很短，很多句子，一看就是从一些中国人耳熟能详的表达方式翻译而来，由我们读来，又熟悉又轻松，有时会禁不住会心一笑。如果能够在两种语言间游刃有余，巧妙地使用一些中文中的成语、谚语，其结果不是交流障碍，而是出乎意料之外的幽默风趣和轻松灵活。

李翊云的小说，让我想起我看过的电影《屋顶上的小提琴手》(*Fiddler on the Roof*)。这部电影是根据犹太作家沙罗姆·阿莱汉姆(Shalom Aleichem)的小说《特维的女儿们》(*Tevye's Daughters*)改编的。阿莱汉姆因其风格幽默，人称"犹太人的马克·吐温"。在《屋顶上的小提琴手》中，主人公夫妇的口头禅是：生活就是受苦。然而，在那种极端的贫苦和迫害中，主人公却始终保持着尊严和骄傲，保持着乐观和幽默，在无奈和自豪中目送着他们的五个女儿一个个离开,追求着她们的幸福和梦想。

于是,他们的人性,便战胜了历史和政治的残酷,闪耀着不灭的光辉。

写完这一段,才看完《柿子》(*Persimmon*)。一群胆小怕事的软柿子,怀念着另一个本来也十分软弱、但为了自己心爱的儿子而向官僚们拼命复仇的朋友。"软柿子"作为一种象征着逆来顺受、在高压下苟且偷生、敢怒而不敢言的小老百姓的文学形象,就这样堂而皇之地进入了英语世界。或许华人文学也能像犹太文学那样,逐步成为美国和英语文学中一个重要的有机组成部分。

姥姥不疼、舅舅不爱的男人

《傲慢与偏见》里有个柯林斯先生。傲慢的达西不仅征服了"偏见"的伊丽莎白,而且还继续征服着一代一代年轻的和不年轻的女子。可怜的柯林斯先生,相形之下,成了荒唐的笑柄。他有点小小的遗产,有个小小的教区,有点小小的爱情火花,而且还是利兹她爹的遗产继承人,因为当时英国的继承法规定财产只传男,不传女,于是,柯林斯先生理所当然地认为利兹会嫁给他。

可是他太荒唐可笑了!姑娘们都说。姑娘们家里穷,把她们嫁出去,是她们的妈妈的心病。可是姑娘们的心性是不能撒谎的。

《红楼梦》里有了个宝二爷,贾环还有什么活路。

凯拉·奈特利(Keira Knightley)那个版本里的柯林斯先生,矮小、短腿、乏味、俗气,所有的项目都是罗曼司杀手(romance killer)。不过厨房里有一个场面,却让人印象很深:柯林斯先生好像又受冷落了,女孩子就是不理会他。客厅舞厅里得不到安慰,他就来厨房里寻找安慰:安慰食物(comfort food)。他喜欢吃果酱,于是开橱柜偷吃果酱,被厨娘发觉。厨娘倒不责怪他,反而安慰他。可怜的柯林斯先生,一边拿着勺子从罐子里舀果酱吃,一边说:这个世界真不公平,有些人天生就成功,有些人天生就失败,你努力啊努力啊,结果你还是永远达不到目标。

你努力啊努力啊，唉，那一刻，我还真心疼他了，反正用不着我来嫁他，就这么从旁边看看，觉得柯林斯先生也怪可怜的。更何况，这里边的那个达西也并不那么可爱。

高尔斯华绥（John Galsworth）的《福塞特世家》(*The Forsyte Saga*) 里那个丈夫，和柯林斯先生一样不可爱，而且，因为他有钱有势有能耐，他的不可爱更带有一些侵略性。他使尽各种手段，迫害背叛了他的妻子和她的情人们。但是，里边还是有两个场面，比电影里其他的情啊爱啊生离死别的场面更加触目惊心：一是他冲着妻子低吼：你为什么不爱我？与其说是愤怒，莫如说是痛苦和无奈。以他的逻辑，他客观上拥有一切能够触摸的东西，身份、地位、财富，主观上也尽了一切人所能及的努力去爱她宠她，他爱的女人却还是不爱他，你说他能怎么办？

还有一个场面，他后来娶了一个法国女人。法国女人是没有地位没有贵族封号、没有学识修养艺术趣味的，但是年轻漂亮。他不爱她，她也知道他不爱他。她生孩子了，差点死去。他终于来看她了，她说："我可是吃了不少苦头。你看都不看一眼我们的女儿吗？"

他依旧是一脸的冷漠。直到他抱起小女儿。丑陋的、尖刻的脸软化了，干涩、凶狠的眼里居然冒出了泪花。"我们就叫她……弗莱尔吧。"不知道为什么，电影从头到尾我都对他厌恶至极，就是这两个场面以后，他的形象也就带上了人性的光辉，他的悲剧，得不到爱情的悲剧，其实比遭受磨难的情人们更为深刻。

情人们纵使不能地久天长，总还是有爱情，至少是曾经有过。

无人爱恋的男人，就算是妻妾成群，腰缠万贯，到底也还是意难平。

卡列宁的形象，也是个不可爱的丈夫形象。从前读书时，都是受了八股评论的影响，总是强调卡列宁是封建官僚、封疆大吏之类，不记得有人将他作为一个男人、一个丈夫进行分析。还真想再去把书找来重新看看。呵呵，妻子出墙，大概和男人偷腥也是一样的，一部分原因是因为丈夫确实不咋地，但更多的原因，大概还是因为"天要下雨，人要出墙"，洪水决堤，妻子总归是要爱上别的男人的，只不过丈夫的某些特性成了突破口，至少是在外人眼里。

情场无常，很难说，人往高处走，水往低处流。《战争与和平》里，娜塔莎背叛了安德烈公爵，爱上那个草包阿纳托利，就是明证。也不排除安德烈是冷血，他再聪明、高傲，在年轻女子面前，说不定就是比不过一个满腔热血、头脑空空的草包。头脑嘛，只是四体不勤、五味不分的老人们的事情。

| 历史·现实 |

《上海秘密战》背后的故事

师生渊源

初次见到沃瑟斯坦的名字,是在英国牛津的希伯来和犹太研究中心。这个中心每个星期三有例行的讲座,请本校或外校来访的教授、文人谈论他们的研究项目。话题五花八门,水平参差不齐,凑到一起,却也琳琅满目,天时地利人和,能够学到不少东西。

这一天来的人叫大卫·沃瑟斯坦。人长得苍白精瘦,头发棕黄,很典型的英国绅士模样。不说话时,彬彬有礼,温和的微笑。大家都压低嗓子窃窃私语,就等着他快快发言,快快讨论,然后大家好喝完小酒、扯完闲天、说完小话(small talk),各自回家。

然而,他一张口,却是音质清朗,声调悦耳,竟然是行云流水、绝妙出众的滔滔口才。那些振聋发聩、大智大慧的内容,由这个瘦弱儒雅的人说出来,如平地惊雷,把我震得目瞪口呆。他的专业是西班牙中世纪犹太历史,那天演讲的主题是1492年西班牙驱逐犹太人的历史。

很多年过去了,沃瑟斯坦演讲的具体内容我已记不大清楚了,但受到震撼的显然不是我一个。当时中心里有一个中国男留学生,正在和一个犹太女生恋爱。他们后来还是分手了,说起原因,他说，就是那次听了大卫·沃瑟斯坦的演讲后，那个犹太女生发现自己骨子里还是犹太人，以后也只能嫁给犹太人，所以不想再和他这个中国人约会下去了。

听完讲座，我去了一趟图书馆，专门查查这位沃瑟斯坦有什么著作。看了半天，沃瑟斯坦名下的著作不少，但都不是大卫的，而是另一位，叫伯纳德。"伯纳德"一听就是四平八稳、德国兮兮的，哪里有大卫的风流倜傥、口齿生风。大卫的书没找到，伯纳德的书翻都懒得翻，我就失望地回宿舍了。

从牛津转到美国时，牛津的导师诺亚·卢卡斯告诉我，你到那里一定要找我的老朋友伯纳德·某某某（我根本没记住他姓什么），他在历史系，是学界名人，以后做论文一定要请他做你的论文指导。

及至到了美国，自己跑到历史系去找了伯纳德，听他说"我弟弟大卫"，才知道这个伯纳德原来就是那个伯纳德，那个著作等身却让我匆匆掠过的伯纳德·沃瑟斯坦。

伯纳德·沃瑟斯坦和大卫一样，也是在牛津读的学位。他们的父亲是古典学者，母亲是二战的匈牙利难民。二战期间，她随着犹太难民上了一艘逃离欧洲的轮船，轮船到达了英国托管地巴勒斯坦海岸，却因为托管当局的政策而不能登岸。她是匈牙利一名出色的游泳运动员，就凭着自己的游泳技能游向岸边，逃得一命，后来嫁给古典学者，养育了二子一女。

伯纳德·沃瑟斯坦这样一位多产的学术人士，指导我们这样的菜鸟博士生自然不在话下。他平日里恃才傲物，他的智慧，是那种非常尖锐的急智，不紧不慢，却极有杀伤力，我就亲眼见过他将别的教授讽刺得下不来台。以这样的性情，和校方和学术界人士难免牴牾，学术生涯中换过几所学校，对教学却十分上心，加之口才比其弟有过之而无不及，他上的课极受欢迎。选他做导师以后，选题、开题报告、论文调研和写作都是一路顺利。

我的论文还没有写完，沃瑟斯坦就离开了美国，回到了牛津，担任我就读过的那个希伯来和犹太研究中心的主任。但他依旧远程指导我的论文，等我论文完成时，他还专程回波士顿参加了我的论文答辩。他最终还是回了美国，在芝加哥大学任教直至退休。

《上海秘密战》的研究助理

《上海秘密战》，看题目，自然是扑朔迷离、引人入胜的间谍故事。然而，行内人读来，却是严谨周密的历史研究专著。就算是沃瑟斯坦另一本非纯学术性的著作《特里比西·林肯的秘密生涯》，他也是对所有的历史材料进行批判性的搜集利用，然后对书中的人物和事件进行冷静客观的分析解剖。

沃瑟斯坦在文科教授里算是大款，据说他的工资比校长还高，加上著作丰富，科研经费也很充足。我是他的研究助手，与我同时给他当助手的还有好几个。他自己懂几门语言，不懂而又有他需要用的资料的语言，他就各雇一个翻译兼资料员。《上海秘密战》就是这个阶段成书的，我负责中文和日文资料的挑选、搜集和翻译。

九十年代中后期，中国和日本的历史资料都不好找，沃瑟斯坦使用的那些中文和日文资料，都不是来自中国或日本的历史档案馆，而是来自美军当年缴获的日本外务省文件。我查阅和翻译的内容，都与他关注的二战期间的上海租界相关。

沃瑟斯坦通过馆际借书，定期从美国国会图书馆索要有关上海的缩微胶卷，我的任务就是首先挑出英文、法文、德文、俄文等欧洲语言的资料，直接帮他打印出来，碰到日文和中文资料，就挑出可能对这本书有用的部分，然后给他翻译出来。我的日语水平不够，就找了个日本朋友金子真纪（Maki）帮忙。真纪是生物学系的博士生。这件事给她添了不少麻烦。真纪人极聪明，在我家里看一帮中国人打扑克牌，大家吆五喝六讲的都是中文，她却慢慢都明白了打升级、拱猪等牌路的规矩，缺人时，让她顶上来，她居然也能打得不错。翻译的麻烦不在于专业不对口，而是因为二战之后日本进行过文字改革，这一代的日本人已经不能够读懂二战期间的"古"日语。碰到读不懂的地方，真纪总是羞愧万分，不断地向我道歉，虽然她纯粹是在为我帮忙，这让我在感激她的同时，又多一层愧疚。碰到有难点的时候，她就认认真真记下来，然后攒到一起去问她远在日本的老父亲。

我是作RA（研究助手）的，帮沃瑟斯坦做这些都是分内之事，真纪却是无偿服务。这么些年我一直觉得十分内疚，趁这个机会，再感谢她一次。

《上海秘密战》《特里比西·林肯的秘密生涯》和上海犹太人

上海向来就被人称为"冒险家的乐园",二战时的上海,更是有它独特的魅力。在我们这些从前的文学少年、文学青年的心目中,除了"华人与狗不得入内"的爱国主义教育以外,上海也无非是电影《上海滩》,还有张爱玲的小说。有意思的是,虽然《上海滩》和张爱玲的小说都是文学艺术性质的虚构,抽掉具体细节,单就背景和气氛来说,它们竟然和《上海秘密战》有些不谋而合之处。

一看《上海秘密战》的副标题"第二次世界大战期间的谍战、阴谋与背叛",就知道它和《上海滩》里的黑社会有某种联系。这本书里确实也涉及过杜月笙、黄金荣等历史人物,但其重点却不是华人圈中的黑帮,而是因为各种原因来到上海的各国冒险家和风云人物,这里面有同盟国和轴心国的政界、外交界和军方人物,也有商人、难民、流亡贵族和身份、国籍、身世、姓名都十分可疑的人物,三教九流,因缘际会,虽然作者使用的所有资料均来自各国的正式图书馆、档案馆,而且作者对所有没有旁证的当事人记录都持有历史学家严谨的怀疑态度,整本书读下来,却依然引人入胜,荡气回肠。

这是沃瑟斯坦的著作第一次被译成中文,却不是他第一次写关于中国的题材。早在1988年,沃瑟斯坦就写了一本半学术的趣书

《特里比西·林肯的秘密生涯》。

乍一听起来，特里比西·林肯纯粹是一个将政治、宗教、金钱和女人玩弄于股掌之上的骗子，沃瑟斯坦也不否认这一点。沃瑟斯坦追溯特里比西·林肯的秘密生涯，不仅是因为林肯这个人物本身的独特和传奇，而是因为他的复杂经历，反映了他所生活的时代，那个纷纭杂乱、经历过两次世界大战的二十世纪上半叶；林肯的疯狂，也折射了整个时代尤其是希特勒德国的疯狂，于是，这本书的意义，就超出了一般的冒险家的传记，成为一本具有独特视角的历史著作。

和《特里比西·林肯》相比，《上海秘密战》是一本更加严肃的学术著作。它涉及的除了几十名类似林肯的各国冒险人物以外，更多地描述了二战期间各国的外交政策、军事战略、金融政策和文化活动，为这些看似荒唐的人物和事件铺垫了真实的历史背景和舞台。

沃瑟斯坦本人是犹太人，但他并不因此就对犹太人表示出无条件的同情，写及他们的时候，依旧是让历史资料说话。这本书里涉及一些犹太人社区的活动，却不是如坊间一般煽情文章那样歌颂中国人如何为犹太人提供了避难所。二战中中国人自己处于无力招架的被动境地，犹太人能够进入上海，并不是中国人的慷慨好客，而是因为中国政府无权控制，上海租界的大门对所有人包括逃难的犹太人都是敞开的；上海犹太人虽然幸存下来，他们中也有翻云覆雨的弄潮儿，但大部分人都是颠沛流离、家破人亡的难民，他们在上海的生活，亦远非世外桃源。

在英国上学期间，我就翻译了英国导师卢卡斯的《以色列现代史》，承蒙何兆武先生提携，在商务印书馆出版。我在做研究助手时就和沃瑟斯坦开玩笑，希望将来能够翻译他的上海一书。但卢卡斯的书是放弃了版税的，沃瑟斯坦却笑曰：这个条件不可接受。

有一天，我突然同时收到几位前教授的邮件，原来是《上海秘密战》一书翻译完成，沃瑟斯坦多方搜寻旧部，希望能够找到我，让我帮他看一看译文。我也颇翻译过几本书，深知翻译虽难，校对更难，译文校对更是难上加难，碍于师生之情，却也只好勉为其难，将全书匆匆扫过。心中暗自庆幸，多亏这本书不是我翻译，不然我对那个时期上海、上海历史和上海人物不熟悉，定然不能像本书译者那样准确地翻译出不同地名、人名、事件的来龙去脉，准确地传达沃瑟斯坦的本意。深知导师生性高傲挑剔，于是庆幸他找到了高质量的译者，不至于因为劣质翻译而损坏他的学术名声。偶尔发现小笔误或者小瑕疵，心中亦有窃喜，一是向老师证明他辗转找到我不是纯粹浪费时间，更重要的是，我也协助他和译者对读者尽到了责任，力求每一个细节都尽可能准确无误，最大限度地接近历史真相。

我去国已久，而且在国内时的专业也不是二战史，对二战期间上海历史的研究现状了解不多。然而，我可以比较自信地说，这本书以它得天独厚的丰富资料来源，以及作者不同于国内研究人员的视角和研究方法，定能给中文读者提供新的阅读乐趣和收获。

耶霍舒亚：诗人继续沉默，人们隔绝而孤独

1990年代某年，我同时读到了两本《情人》：一本是众所周知的杜拉斯的《情人》，一个法国姑娘"我"和她年长的中国情人；另一本是以色列作家亚伯拉罕·耶霍舒亚的《情人》，这本书当时在中国读者中不那么著名，但里面的一对情人，却同样超乎寻常。小说发表于1977年，在当代以色列文学中，它占有一个独特的地位：这是第一部由一个阿拉伯人以第一人称叙述故事的当代希伯来语小说。

再读耶霍舒亚的新作《诗人继续沉默》时，二十五年已经匆匆掠过。耶霍舒亚也已有多本作品被译成中文，中国读者对他亦不再感觉到那么陌生了。毕竟，他是以色列当代文坛上与阿摩司·奥兹、大卫·格罗斯曼等人齐头并进的著名作家。

人与人、人与社团、人与家庭之间的距离和疏远，是耶霍舒亚关注的主题

《诗人继续沉默》是一本小说集，收集了耶霍舒亚十二篇短篇小说。第一篇小说就是《诗人继续沉默》，讲的是一个年迈的诗人和他有智障的儿子之间的关系。儿子的智障，给了作者一个新的角

度，来描写他在自己作品中经常触及的主题：人和人之间的关系，尤其是因为距离而产生的孤独。隔绝和孤独都是耶霍舒亚关注的主题：人与人、人与社团、人与家庭之间的距离和疏远。这篇小说从暮年的"我"，来描绘他和无法对他作出正常反应的儿子之间的疏离，以及儿子那倾尽全力、笨拙地试图用某种方式表达自己、表达对父亲的崇拜和希图与他交流的愿望，读来令人更觉悲凉。

《与小雅利的三日》，也有很多细腻动人、令人伤心之处。小雅利的父母因为需要突击复习考试，希望主人公能够照看小雅利三天。主人公爱的是小雅利的母亲，而不是自己的女朋友，也知道他的好朋友在爱着自己的女朋友。在照看小雅利的过程中，他在孩子身上不断地看到的是他的母亲的影子；三岁的生病的孩子，一边做着孩子们爱做的事情，一边又似乎有着成年人的忧伤和智慧，在耶路撒冷这个古老的城市那酷热的夏天和孩子的高烧中，传递着故事中人浓郁的感情和不安。

和《与小雅利的三日》中的男主人公一样，《佳丽娅的婚礼》中的男主人公也是个前男友，只不过这个前男友的爱更纯情，更绝望，也更无助，倒是依稀有些鸳鸯蝴蝶派的味道。不同的是，张恨水、郁达夫们的主人公大概只是在无人之处伤心垂泪，而佳丽娅的前男朋友们却纷纷结伴而来参加她的婚礼，而从前并未明确表白的主人公，却一定要在心爱的姑娘的婚礼那一天，向她告白，他是多么热切地爱恋着她。

孤独、消极、忧郁和不再那么年轻的青年，是耶霍舒亚小说中常见的主人公

上述几篇小说都比较私人或者抽象，换掉希伯来语名字、换掉以色列的地名，这些故事可以发生在任何地方。而后面的《面对森林》，却很明确发生在以色列。一个孤独、消极、带着浓厚的忧郁和失败主义情绪的不再那么年轻的青年——这是耶霍舒亚小说中非常常见的主人公——主动要求去当护林员，同时还在进行自己的研究课题——十字军东征。和他朝夕相处的是一个阿拉伯人。犹太护林员不懂阿拉伯语，阿拉伯人不懂希伯来语，而且还是个哑巴。哑巴带着一个孩子，每天为护林员准备伙食。

这片森林生长的地方，从前是一个阿拉伯村庄。很可能就是哑巴阿拉伯人的村庄。"自从他在阿拉伯人耳边吐出那个消失的村庄的名字以后，阿拉伯人就变得疑神疑鬼"，而且护林员毫不怀疑，这个阿拉伯人的妻子们（在他脑子里，阿拉伯人一定都是多妻的）都是在这个村庄里被杀害的。现在，他和哑巴阿拉伯人、阿拉伯人的女儿朝夕相处，周围经常是前来点着篝火野营的访客们。在他的孤独中，他盼望着灾害来临，将这一切毁灭，而当他真的带来了毁灭之后，他又很方便地嫁祸于哑巴阿拉伯人，而哑巴阿拉伯人，根本没有为自己辩护的机会和能力。

人们公认，这篇小说，触及的就是从以色列诞生之后，无时不在、无处不在的阿拉伯人和犹太人之间的冲突。

下一篇《最后的指挥官》，则更加明确地提醒我们，我们读的是一篇以色列小说。在作家笔下,"战争"是这个国家基本的存在状态。小说里描述的军人,更多的是人,在以色列灼烧的艳阳下,在悬崖峭壁间徘徊的一群疲惫不堪、无所适从的士兵。"在夜里,人们一次又一次地梦见战争。"这一群士兵接到命令之后,指挥官阿格农把部队带到一道渠沟里,脱掉军装,懒洋洋地睡觉。士兵们也听从命令,稀里糊涂地昏睡着。另外一名指挥官乘着直升机从天而降,雷厉风行地指挥这群士兵执行命令,行使他们军人的职责。七天之后,就像他突如其来地从天而降一样,他又突如其来地升天飞走了,士兵们再次回到了懒惰的阿格农的指挥之下,在烈日下继续昏睡。——他们并不需要战争,甚至也不需要这神圣的国土,他们恐惧、疲惫,他们只想睡觉,只想活下去。

这几篇小说,我可以简单地总结出耶霍舒亚的人道主义、反战和对生命的赞美,最后一篇《老头之死》,读起来却稍有困难。因为这里的老头一千多岁了,却没有衰老和死亡的迹象,于是,那位收留他的好心妇人阿什特太太便和邻居们串通,将他活埋。主人公马上又开始为自己的生命担忧:因为他也可能成为别人眼中的老头,他们也可以认为他太老了,然后选个时机将他埋掉。

从希伯来语到英语再到中文,成功的翻译帮助读者忘记了语言本身

一口气读完全书,这才想起,原来这本书最初是用希伯来语写的,后来被翻译成英文,再后来由张洪凌、汪晓涛两位译者译成中文。在我看来，这是翻译上一项难得的成功：在翻译过程中，两位译者成功地用中文传递了文字的内涵，让读者沉湎于或故事或情感或现实或梦想或魔幻现实，而不是纠结于语言本身。以我自己肤浅的翻译经历，我意识到做到这一点非常不容易，因而相信译者一方面有深厚的中文和英文素养，亦有丰富的翻译经验，另一方面，也一定是花费了很多心思，力图传达原作者的意图。

我从张洪凌写的后记中了解到，另一位译者汪晓涛的学业背景是政治学。碰巧，这本书的前六篇和后六篇之间，在内容和风格上都有明显的差异——前六篇可以说是所谓"纯文学"，而后六篇，则带有较为强烈的社会内容。这两个方面，在耶霍舒亚的作品中并不是互相排斥的，这里区分来看，也仅仅是强调一下它们之间分量的分布不同。我只是发现了这个巧合（也或许是两位译者有意的安排），翻译前六篇的张洪凌受过专业文学创作的训练，教授语言和文学创作，是王小波、铁凝作品的英译者；而翻译后六篇的汪晓涛，在上世纪九十年代就翻译过政治学大家亨廷顿的名作，其政治学博士背景，也一定会有助于他从深层理解这些故事中没有直接铺陈、但无处不在的社会历史背景和冲突，并将文字中蕴含的情绪和信息准确地翻译出来。

即便是经过两层翻译，我们还是能够体会到希伯来文的张力和魅力。现代希伯来语只有一百多年的历史，在表达方式上非常直接，但以色列作家又都是在西方文学的大背景下写作的，他们的思维和创作方式，为受过训练的译者们提供了理解的通道，使他们能够越过语言的障碍,准确地理解和表达作品的内涵。加上译者的中文也十分流畅,读的时候,我完全忘记了语言本身——希伯来语,英语,中文,都无关紧要,我关心的是自从懂事后,开始听我祖母讲故事时就不断提出的问题:他是谁?他干啥?后来呢?

阅读翻译作品,读者达到这样的境界,译者的任务就完成了。

阿妮塔·希尔：《面对强权，直说真话》

邂逅阿妮塔·希尔

2016年12月8日，我又一次参加了麻州妇女大会。两年前，希拉里·克林顿曾经在这个大会上重点发言。发言结束时，大家都很想知道她有没有竞选的打算。提问轻松友好，回答模棱两可，双方心领神会。去年的大会我没来，今年再来时，希拉里已经在一场轰轰烈烈的竞选中黯然败北。

八年前，民主党内两名领先的候选人，一个是巴拉克·奥巴马，另一个希拉里·克林顿。当时我就和一些人一起揣测，美国究竟是会先有一位黑人总统，还是先有一位妇女总统。八年后，黑人总统完成了任期期限即将退位，妇女总统却依然不知何日出现。妇女大会上，波士顿市长马丁·沃尔什发言欢迎各界妇女，并坦率承认听众中大多数人对大选结果不满意，令听众中的希拉里支持者略有欣慰。

今年的讲员中，我最感兴趣的是阿妮塔·希尔（Anita Hill），于是趁机去与她见面。1991年，希尔因为指控美国最高法院候选人克莱伦斯·托马斯（Clarence Thomas）性骚扰，在参议院公开作证，彼时我尚在国内。1997年，希尔离开她在俄克拉荷马大学法学院的终身教职，而前往布兰代斯大学的妇女研究项目就职，那时我正在那里读书。校长夫人舒拉米特·莱恩哈兹（Shulamit Reinharz）负责妇女研究，搞得如火如荼，我认识的女同学纷纷去选那边的课，或者至少要去听她们的讲座，还有几位干脆就选了妇女研究当研究方向或副专业方向。我依稀记得听说了阿妮塔·希尔来就职的事情，却没有去听过她的讲座或课程。

时隔将近二十年后，美国政治已经经历过许多轮回。妇女大会上展销的只是希尔的著作《重定平等：性别、种族和寻找家园的历程》（*Reimagining Equality：Stories of Gender，Race，and Finding Home*），希尔右手包着厚厚的绷带，也无法给我们签名。我却顾不得读这本书，一回家，就从图书馆借来了她1997年出版的回忆录《面对强权，直说真话》（*Speak Truth to Power*）。

多年的社会科学训练，练就了我怀疑一切的本能习惯，我知道，读自传是一定要存些戒备的。一查希尔的书，大卫·布洛克（David Brock）的《阿妮塔·希尔的真面目》（*The Real Anita Hill*）就如影随形一般地跳了出来，提醒我，希尔的书，不过是一家之言。不过，布洛克的书是1993年出版的，离听证会距离太近；书名就带着鄙夷和倾向性，顺手翻了翻，也是言辞激烈，斩钉截铁。作者越是笃定的地方我就越是怀疑，相形之下，希尔的口吻要舒缓平和得多，加之她毕竟是当事人，而不是布洛克一般的新闻界捕风捉影人士，只能读一本书的话，希尔的自然是上选。

阿妮塔·希尔的指控

阿妮塔·希尔，俄克拉荷马大学本科毕业，1980 年耶鲁法学院毕业。毕业后先是进入教育部，后来又在平等就业机会委员会（EEOC）任职。在这两个机构中，她都是担任托马斯的助手。1983 年 8 月辞职离开政府职务，回南方大学教书。1991 年，克莱伦斯·托马斯被老布什总统提名为最高法院候选人时，希尔站了出来，指控托马斯在她任职期间，曾经多次对她有性骚扰行为。

美国的历史并不长，希尔的祖父祖母一辈还是奴隶。获得自由身份以后，她的父母选择了他们一直熟悉的职业——务农。希尔成长的年代，目睹了美国黑人社区的民权运动。阿妮塔是十三个孩子中最小的一个，她的家人昵称她为搭头（Baker's Dozen，西方习惯，出卖一打十二只面包时，面包师要另加一只，这第十三只就是免费的搭头）。阿妮塔的兄姐中，最大的几个上的都是种族隔离的学校，轮到她时，就已经黑白合校了。1968 年，马丁·路德·金被暗杀，阿妮塔从偏僻的俄克拉荷马农村远远观察着种族隔离和种族歧视的林林总总。她承认 1961 年肯尼迪总统签署的平权法案（Affirmative Action）对她上大学尤其是上法学院有所裨益，但她并不因此认为她比别的同学差。

阿妮塔自称不喜欢政治，从耶鲁法学院毕业时并不想搞人权法，她感兴趣的是公司和商业法，左右她兴趣的也主要是经济原因，因为她上大学和法学院欠下了很多债务。

1981年8月，托马斯进入里根政府，担任教育部主管人权的部长助理。托马斯请希尔担任他的特别助手。1982年，里根任命托马斯担任平等就业机会委员会（EEOC）的主席，希尔也随之转往EEOC供职。希尔成为托马斯的助手，有两个方面的原因：托马斯也是耶鲁法学院毕业生，希尔的描述，果然证实了美国藤校的优势，一是名声，二是关系网；另外一个原因是，托马斯也是黑人。这一点至关重要，直接影响了希尔-托马斯听证会的结局。

希尔作证时列出的托马斯"性骚扰"的具体行为是：

1. 托马斯要求和她发展恋爱关系，希望她下班后和他约会。
2. 在没有旁人在场的时候，托马斯拿起自己的可乐罐，问希尔："谁把阴毛放在我的可乐罐上了？"
3. 多次评论并声称自己喜欢大波女人。
4. 谈论他看过的色情节目。托马斯喜欢看色情电影，经常向希尔描述色情电影里的情节，包括群交、兽交、虐恋等。
5. 谈论他自己的性生活，包括他的性能力和性器官的大小，并自诩比色情明星还要雄伟。
6. 1983年希尔离开托马斯时，托马斯请她在参议院的食堂吃饭，并说如果她把他在她面前的言行说出去，会毁了他的前程。

希尔-托马斯听证过程

希尔和托马斯都是黑人，也都是耶鲁法学院的毕业生，但他们也有差异：托马斯是共和党保守派，而希尔一直是支持民主党的。她虽然是在里根政府中给托马斯当助手，但 1980 年她忘记做选民登记，并没有投里根的票，此外，她感觉自己是在为托马斯工作，而不是为里根工作。

这次听证的资料全部公开，图书馆都有收藏，我没有时间全部浏览，只挑了一部录像《阿妮塔》来看。委员会主席是 2017 年 1 月任期即将到期的美国副总统乔·拜登（Joe Biden），麻州的民主党参议员元老特德·肯尼迪（Ted Kennedy），希尔当初与参议院接触时是通过参议院霍华德·梅珍鲍姆（Howard Metzenbaum）手下的工作人员。我写论文期间去华盛顿查阅资料时，曾经访谈过梅珍鲍姆。

参议院司法委员会中有十四名成员，清一色的白人，男性。委员会主席拜登比现在年轻、清瘦许多，别别扭扭、闪烁其词地问着问题，很显然，这个话题，尤其是其中一些词汇，都令他们万分尴尬。为了考证她是不是在说实话，参议员豪威尔·赫夫林（Howell Heflin）问了几个问题：

> 你是一个受人嘲笑的女人吗？不是。
> 你狂热地相信公民权利吗？不。
> 你在公民权利领域持好战态度吗？不。
> 你有没有烈士情结？没有。

反对希尔的有两股势力，一是托马斯的支持者，他们认为阿妮塔·希尔是受到了民主党阴谋分子的操控，通过作莫须有的伪证来破坏托马斯的命名；二是黑人社区，他们觉得她作为一个黑人，不应当这样破坏一位黑人兄弟的前程。托马斯是美国历史上第二位有望进入美国最高法院的黑人法官。

连希尔本人也承认，托马斯不曾触摸过她，也不曾公开威胁过她。质疑希尔的人认为她站出来揭发托马斯有几个动机：

1. 想出名。
2. 受过屈辱，寻求报复（Scorned Woman）。他们认为实际上希尔是个花痴（Erotomania），追求托马斯而不得，因而借机报复。
3. 过分敏感、过分正儿八经（Sensitive Prude）。
4. 希尔当时的精神状态不稳定。
5. 民主党阴谋，欲借希尔指控破坏共和党名声。

托马斯完全否认他对希尔有过任何意图。他反守为攻，把话题转向了种族。他声称这是高科技的私刑（high-tech lynching），只不过这次私刑是在参议院里公开举行，而不是像从前白人对黑人处以私刑那样，把他在一棵树上吊死。可以想象，如果希尔不是黑人，他的反击会更加强有力。

希尔认为，托马斯一打"种族牌"，参议院司法委员会就让步了，不敢继续审查。在向黑人让步的同时，他们放弃了一位女性，虽然这位女性同样也是黑人。此外，种族牌一打，民主党也成了攻击目标，因而不敢为希尔辩护，只能听凭共和党操纵听证程序和内容。

希尔也不是全然孤立。她否认自己背后有民主党指使，强调从头到尾都是几位朋友在志愿协助她。他们冒险为她作证，证明她早在1982年就曾经跟他们谈论过被托马斯骚扰的事。民主党大佬特德·肯尼迪参议员的发言，也表明他相信希尔的证词：他认为参议员们不应当攻击希尔的人格（"character assassination"），不要说她是在作伪证，也不要说她是被特殊利益集团利用，不要说她是从小说和司法案件中找到了这些情节。他认为，纠缠希尔教授的人格是不值得的。他说，参议院司法委员会在考虑提名人是否合格时，也不应当考虑种族因素。事实上，他说，希尔这些指控是一个非裔美国人对另一个非裔美国人的指控，问题的症结不是歧视和种族主义，而是性骚扰。他希望人们把眼光放在性骚扰这一个问题上。

希尔同意做测谎实验，并且通过了测谎。然而，公众听到的却只是种族主义、伪证、阴谋和谎言。据当时统计，70%的人认为她作了伪证。肯尼迪的发言远远不足以扭转乾坤。托马斯最终还是赢了，进了最高法院，并且顺利提拔，至今仍然是道貌岸然的衮衮大公。

希尔生于1956年7月30日，1991年10月在参议院作证时，已经三十五岁。她穿着鲜艳的蓝色洋装，认认真真地回答着参议院司法委员会委员们的轮番提问。就是这样一位严肃、沉静的黑人女性,在美国政坛上掀起了轩然大波。这场风波,涉及种族、性别、权力、性、政治种种主题,波及新闻(广播、电视)、学术界(哈佛、耶鲁)、政界(参议院、最高法院)各个领域,对美国新闻、政治、立法和社会生活的影响,怎么评价都不为过。

风暴之后

作证之前,希尔已经于1990年从俄克拉荷马大学法学院拿到终身教职。然而,作证之后,她在南方的生活愈加艰难。她任教过的第一所学校的白人男生写信攻击他。从华盛顿作证回家途中在达拉斯转飞机时,有人组织了一群人攻击她。低年级学生受新闻影响,课堂上无法集中,只有高年级学生能够坚持课业。学校发行一部宣传片,因为她名声在外,决定把她那个片段删掉。在超市,有人在她面前大声耳语,也不怕她听见。也有人支持她,在超市中间就拥抱她,害得她丢下购物车,落荒而逃。

90年代初,美国新闻界和法律界对于"性骚扰"没有明确的定义。每个人对"性骚扰"的理解都有所不同,男性群体和女性群体对它的理解也有不同。法律上,没有明确定义什么是性骚扰行为,调查过程中,所有的人,从那些道貌岸然的参议员,到他们手下的各个委员会的工作人员,到联邦调查局,都有些茫然失措,不知道这样的调查应当遵循什么样的程序。接到希尔投诉时,参议院工作人员无所适从,建议希尔咨询乔治城大学一位经常和参议院讨论性骚扰问题的专家苏珊·戴勒·罗斯（Susan Deller Ross），希尔正是在和她讨论数次以后才决定正式投诉的。电视记录上，参议员们都显得表情尴尬，极不自在，对着镜头目光闪烁，但求速决。

阿妮塔·希尔本人穿着明亮的蓝色西服在参议院作证，从此以后再也没有穿过那套蓝色西服，不过，她却一直将它保存下来。七年之后，美国政治上又出现了另外一件蓝色女服，那是莫妮卡·莱温斯基的蓝色长裙。同样，法律文件上受审的是有权的男性——美国总统比尔·克林顿，而实际受审、并且最终为此付出终身代价的是无权的女性——莫妮卡·莱温斯基。新晋的总统特朗普贬损女性的言论曾经激起公愤，也曾让他在竞选民调中大幅下滑，然而他终究还是当选总统，其中很多选票即来自女性。

尽管如此，希尔-托马斯听证会依然是美国政治尤其是性别政治中的一个分水岭，它增加了公众对性骚扰的了解，自那以后，女性公开指控其男性上司和同事的案件大幅增加，有关法案得以通过，民间也出现了许多活跃的组织和活动。

封底引用希尔本人的话，分享了她写这本书的动机："六年前的事件，以'希尔-托马斯听证会'为高峰，彻底改变了我的世界。我不再是一个无名的私隐的个人，我的名字已经成了'性骚扰'的同义词。对很多人来说，我象征着敢于站出来、揭露一项痛苦的实情的勇气，从听证会以来，成千上万的人也为他们自己找到了这份勇气。而对其他一些人来说，我象征着公共论坛的堕落，说好听点儿，我是一个走卒，说难听一点儿，我是一个作伪证者。

"但我不再甘于让别人对此作出评判,因为他们无法知道我所经历的一切——我感受到的、我看到的、我听见的、我思考过的所有一切。不管他们会怎么说,我都必须为了我自己来直面这些问题。我没有选择性骚扰问题;性骚扰问题选择了我。此外,既然我已经被选中,那么,我就开始相信,应当由我来试着找出这一切中蕴含的意义。"

希尔的文字很流畅,情绪虽然激愤,却也还算克制,三百七十多页的一本书,我花了两三天的空余时间就看完了。看自传的好处,是可以了解作者的真实感受,因为作者总是会谈及当时的具体细节,尤其是心理活动和情感。从感情上,我有些同情她,但理智上,我也很清楚,她总是会为自己辩解的,如果我们生吞活剥,就容易偏听偏信。尤其是这种"他说,她说"的事件。当事人除了记忆有误以外,也只会说对自己有利的事实,听过的法律小说和看过的法律电影告诉我,在美国法庭上,受审人没有义务"坦白从宽",如果你明知说出来对自己不利,你有权选择沉默。更何况,希尔还是一名法学教授。

美国社会中根深蒂固的种族和性别偏见、隔阂和冲突依然存在,这些冲突在不久前的大选中又被重新放大曝光。不过,无论美国社会的种族冲突如何尖锐,言论极端者甚至声称奥巴马当选激化了美国的种族冲突,毕竟,奥巴马当选总统,美国政治已经在种族方面跨过了关键性的一步。至于性别方面,已有第一个女性总统与胜利失之交臂,然而,选出一个女性总统,也不再是不可思议的事情。

精彩的拼图——初读《现代思维：二十世纪思想史》

马慧元同学在读彼得·沃森（Peter Watson）的《现代思维：二十世纪思想史》（*The Modern Mind：An Intellectual History of the 20th Century*），看她读得津津有味，我也拿来翻，果然有趣。书开篇的时候，提及以赛亚·伯林（Isaiah Berlin）的一段话。BBC 在伯林临死前不久采访他，问他这漫长的一生中，最大的惊奇是什么。伯林是牛津大学的哲学家和思想史家，1909 年生于俄国里加（现拉脱维亚首都），是一个犹太木材商的儿子。七岁半的时候，伯林从他们家的公寓里，亲眼目睹了彼得格勒的二月革命。他说，最大的惊奇是"我这么平静、这么幸福地亲历了这么多的恐怖。世界经历了有史以来最糟糕的一个世纪：粗暴的非人性，人类毫无因由的野蛮破坏活动，……可是，你看看我，依然毛发无伤……在我看来，这就令人十分吃惊"。

作者彼得·沃森听了伯林的话，顿觉茅塞顿开。传统的史学都着重政治、军事，从这个角度看，二十世纪确实一塌糊涂；然而，作者认为，除了这些血腥惨烈的历史事件，二十世纪在人类思维的发展中，却也有了前所未有的开拓和建树；不提及这些方面，历史的画面就不完整。

这样的观点似曾相识，读起来令人倍感亲切。我向来觉得，人类历史不应当仅仅是政治军事,可是正统的历史课,永远只是帝王将相的建功立业,国王君侯的兴盛衰亡。校园里一干学子一直希望打破这样的窠臼,于是有了社会史、文化史,也有学术史。

伯林老头是牛津大学沃尔夫森学院的头一任院长,这个学院成立于1965年,多少有些给犹太孤儿们另开一个单间的意思。当然,官方文件永远不会这样公开承认。不过,去任何一个传统的牛津学院,你就知道,一个犹太人在那里会有多不自在;别的不说,每个学院内都有教堂,定点时教堂的钟声就叮叮当当地敲啊敲,犹太人听起来,绝没有我这个旁人听起来那么悦耳中听。于是就有了沃尔夫森;因为建筑年代,大概也因为要和传统学院分开,这个学院的建筑风格是现代派的钢筋水泥。

我并不喜欢这样的风格,却也在那里度过了一段蛮不错的时光。去食堂里吃饭,正和一位老师聊着,旁边慢腾腾地挨过一个干巴小老头。老师毕恭毕敬地跟他打招呼,老头淡淡地点点头、颤颤巍巍地走过去以后,老师说,那是以赛亚·伯林。嗯。我应了一声,继续低头吃饭闲谈。那时我们年轻肤浅,在食堂里,更激动的是碰见丹尼尔·F.,那个有着长长的睫毛,眨眼要比别人多花好几个微秒的、优雅的、漂亮得无以复加的丹尼尔·F.。

总之,沃森拿以赛亚·伯林开头,开篇就已经很抓注意力,再往下读,他还感谢我的导师沃瑟斯坦帮他看了手稿。沃瑟斯坦中文名华伯纳,《上海秘密战》作者,他的专长就是战后欧洲史。就知道沃森这本书和华伯纳脱不了干系。

网上订的平装本来了，最近奇忙，只断断续续看了五十多页。看得一点也不费劲，一是作者的语言十分流畅，二是作者的叙述比较举重若轻，虽然讨论的是各界牛人，作者却是以很平静的态度叙述介绍，没有刚介绍一点，就借机大发自己的感慨，或者一味褒奖笔下人物，就像幼儿园班上，时不常给小朋友们发小红花、给小朋友手背上盖小戳戳一样。

书的结构，让我想起去年翻过的哈罗德·布鲁姆（Harold Bloom）的《天才：一百个典型的创造性思维的马赛克》(*Genius: A Mosaic of One Hundred exemplary Creative Minds*)。作者彼得·沃森罗列起笔下人物，如数家珍，也像是一块一块地向我们展示着每一块马赛克；我最喜欢的，是他字里行间浸透的由衷的欣喜，也就是发现宝物时，忍不住与人分享的、孩童般的快乐和喜悦。原来，二十世纪值得记念的，也不光是血腥和丑恶。展示完毕，我们眼中，就是一幅完整的、包罗万象的、浩繁的二十世纪思想拼图。

布鲁姆是文学批评家，他的著作也主要限于文学家、作家、诗人。就这样，就已经琳琅满目，令人眼花缭乱。彼得·沃森包括的内容却要更广泛，除了文学家、思想家以外，还包括科学家、音乐家、画家，以及其他任何改变了我们观察世界的视角和思维方式的艺术家、发明家。在涉及"思想"的时候，作者认为，人文学家们往往低估科学，科学家又往往忽略人文，而科学在二十世纪对人们思维方式和生活方式的影响，都是前所未有的。

读到五十来页，再回头去看作者简介时，突然明白了作者为什么会这样写，为什么能这样写。原来作者是新闻记者出身，生前给英国和美国几家大报《泰晤士报》《纽约时报》《观察家》写文章，不是学者出身。恍然大悟。任何一个书呆子都知道，写"专著"时，题目宜小不宜大，不管题目有多小，只要写出足够的别人不知道的东西，你就可以号称原始研究（original research），然后就可以申请博士学位，申请终身聘任；反过来说，写作时最忌讳铺天盖地，什么都蜻蜓点水，是万万使不得的。所以嘛，这样的拼图著作，就只有靠老沃这样的大胆外行来写了。

书的初版是 2000 年，觉得够新了，居然已经有了中文版，叫做彼得·沃森的《二十世纪思想史》，作者名、书名都瘦身了。翻译者朱进东、陆月红、胡发贵。马慧元说，她还是先听上海译文出版社的人提及他们的中文版，才去把英文版淘来看的。看来国内的翻译界也是"与时俱进"，跟得相当紧凑的了。

当年在学校读书时，严重崇洋媚外，见到满口卢梭、尼采、维特根斯坦的人物，就崇拜得五体投地。到清华后，也想赢得崇拜，于是也开了这样一门课，每个星期三个小时，从苏格拉底、柏拉图一直侃到尼采的"酒神精神"和"激情！他妈的激情！"。虽然是选修课，我从来不点名，同学们也知道我不认识他们，每堂课，大大的教室，却也总是座无虚席。

学期结束时，学校发酬金。一学期六十五元。系里按规定提成百分之十，四舍五入之后，本助教实入五十六元。

彼得·沃森书中有关中国的部分很少，有一点"五四运动"，还有"文化大革命"。内容这么少,首先,可以自我安慰一下,人家对我们中国不了解嘛。再仔细一想,就是让我来写,七拼八凑,又能写出几块马赛克?五四运动,说是新文化运动,其实就是把书生们都揪出书斋闹革命去了,"救亡"高于"启蒙",结果留下的有创建性的东西实在不多。

十多年过去,不知道那边的世界到底变过多少;宏观地看,区区十几年,指望天地一新,是有些急功近利了。唯一不同的是,从前仰着脖子崇拜别人的小同学,如今趾高气扬地站在讲台上,接受着别人的崇拜,嘴里念念叨叨的,也无非还是卢梭、尼采、维特根斯坦……最令人忍俊不禁的是维特根斯坦,大家争先恐后地说他,大概是因为写他最容易挣稿费:每提一次他的名字,就有五个字的进项。

书嘛,很便宜,八百多页,算上运费也不到十刀拉——这就是二十世纪思想史的身价。

鸟与女性,家族与栖息地:读特丽·威廉姆斯

我对摩门教知之不多,大抵知道他们为了逃避宗教歧视和迫害,来到了无人居住的中西部沙漠地带犹他州;摩门教义声称耶稣死后到了北美,衍生出了耶稣基督后期圣徒教会。去黄石公园时,中途在盐湖城停留,参观过那儿的摩门大教堂。摩门教会很慷慨,给每个人送他们的摩门经,看我们是华人,给的还是简体中文版。当时光想着给马慧元拍里面的管风琴,对摩门教义和摩门教会历史,并没有多多深究。在波士顿也见过衣冠楚楚、两人一对结伴传教的摩门教传教士,也知道前麻州州长、竞选过总统的共和党候选人米特·罗姆尼是摩门教徒,他和摩门教会都非常有钱。再加上新闻中偶尔看到的谈论摩门教一夫多妻大家庭的八卦,就算是我对摩门教的全部了解了。

今年7月12日是梭罗诞生二百周年,梭罗学会在康科德一年一度举行的纪念会也格外隆重,我一直忙碌,直到进了演讲大厅坐下,才顾得上匆忙阅读主题演讲人特丽·坦皮斯特·威廉姆斯(Terry Tempest Williams)的简历和著作简介。旁边的女士给我一一列数威廉姆斯的著作,我都是一脸茫然。

威廉姆斯非常美丽优雅,一头银发,白色裙袍,在康科德这座洁白简朴的教堂的布道台上,显得更加素净高贵。登上讲台后,她

感谢了主持人和合作者,包括一位来自日本广岛的伊藤诏子女士,然后很自豪地宣布:我不是一个摩门教徒,我是一个超验主义者。

听完她的讲座,回去又补读了她的传记和自传,我才理解了她这句话的意义。

特丽·威廉姆斯十五岁的时候,父母给了她一本《瓦尔登湖》。她用绿色彩笔画杠、写笔记,在旁边标上:"一本很有颠覆性的书"(a very subversive book)。

威廉姆斯谈到梭罗对自然的热爱,对鸟的热爱,然后朗诵了她自己的文字。

"我向鸟儿祈祷。我向鸟儿祈祷,因为我相信它们会把我心中的消息带到更高远的地方。我向它们祈祷,因为我相信它们的存在,相信它们的歌声每一天这样开始和结束,蕴含着大地的恩惠和祝福。我向鸟儿祈祷,因为它们让我联想起我所珍爱的,而不是我所惧怕的。我祈祷完了以后,它们还教给我如何聆听。"

威廉姆斯的文字非常优美,感情也十分充沛,在这个教堂的布道台上显得恰到好处。在威廉姆斯心中,鸟声是尽善尽美,无须更改的。聆听鸟鸣,就同从它们的欢唱中聆听世界,这个世界是我们应当庆祝的世界,这个世界是我们的家,包括人类和野生动物,即使是在不那么明朗的世界,我们也应该庆祝。

这样一来,一个来自中西部犹他州蛮荒沙漠地带、出生于摩门教家庭的女作家,就在新英格兰地区的梭罗门徒中找到了无数拥趸。

梭罗年会，讲台演讲之外，也会组织一些远足、划船、听鸟、观花等野外活动。7月15日早上6点45分，一群人从康科德镇中心的停车场出发，拼了几辆车，大家浩浩荡荡出发。同车的是来自附近康州的一对夫妇，还有来自荷兰的一对夫妇。领队是本地的自然学家彼得·阿尔登（Peter Alden）。沿路走时，他给我们讲解附近的植物，指出哪些是本地植物，那些是外地迁徙来的。我们把车停在菲尔黑文湖，然后从那里出发，沿着梭罗经常行走的一条路径，一直走到瓦尔登湖岸边。我犹豫半天，心里担心冒犯了周围这些对梭罗顶礼膜拜的忠实门徒，斗胆问他梭罗引起火灾的地点，他指了指西边，说是另一个方向。

附近的蕨类（Ferns）很多，他说，这说明附近鹿很多，仅康科德一个镇子就有四百头鹿，四百只野火鸡。树林中有一百至一百五十种蘑菇，四十到五十种苔藓。鹿多了，吃掉了所有别的植物，剩下的只有人和动物都不吃的蕨类。

不过，最有意思的是听鸟叫。走着走着，彼得会让我们停下来，仔细聆听。远方传来几声鸟鸣，然后他会告诉我们这是什么鸟在叫。其中一种鸟说的是"请你喝茶"(Drink your tea)，果然很像，这种请人喝茶的鸟是东部红眼雀（Eastern Towhee）。

梭罗最喜欢的鸟儿是隐士鸫（Hermit Thrush），走到离瓦尔登湖不远处，彼得又让我们停下来，终于听到了隐士鸫的鸣叫，在凉爽清澈的夏日早晨，一天里最美好的时光，令人更加神清气爽，忘却尘世。

威廉姆斯著作丰富，我先读了她的自传《世外桃源：家族和栖息地的非自然历史》。读完自传，才知道威廉姆斯为什么在演说中花了那么多时间说鸟。《世外桃源》全书共有三十七章，除了最后一章以外，所有章节，都是以鸟命名的。《世外桃源》(*Refuge*)，本义指的就是鸟儿的栖息地、禁止狩猎、保护鸟儿休养生息的保护区。

这本书有两条线：变迁和死亡。变迁，是大盐湖湖岸星罗棋布的候鸟栖息地，八十年代初，盐湖的水上涨，以及地方政府和大公司采取的降水措施，威胁着这些鸟儿的生存和繁殖；死亡，则是她母亲、祖母和外祖母以及家族中其他女性的死亡。

读这本书的时候，像我这样的鸟盲，需要左手持书，右手谷歌。有些鸟名虽然看着熟悉，可以不必查字典就可以翻译成中文，然而，你必得将鸟名敲入搜索引擎，查出这只鸟儿的图像，欣赏它轻柔美丽的身形和或绚丽或淡雅的羽毛，你才能体会到威廉姆斯对这些生灵的热爱，以及在它们面临人类的入侵和过度开发日渐消失时，她心中的无可奈何。

每一章中，写鸟儿的同时，威廉姆斯又仔细记载着她母亲的病情。从最初的诊断，到中间的疑惑和希望，一直到最后的妥协和放弃。她是她母亲唯一的女儿，另外还有三个弟弟。面对疾病时，她并没有一一记载或重度渲染家人尤其是母亲的焦急、恐惧和控诉，而是带着幽默和温情，记述着一家人面临疾患时的相濡以沫。这里面大约有一部分宗教情怀，但在她笔下，体现更多的是一种文化传统和家族风范，是这个典型的摩门教大家庭里奉行的人伦、习俗。

全书的最后一章最有力量。这一章的名字不再是美丽的即将消逝的鸟儿，而是"单乳女性的家族"。篇名本身，就带着伤残、愤怒和控诉。这些只有一只乳房的女子，并不是如传奇般的亚马逊女战士的那样浪漫；威廉姆斯写的是她家族的女人们，她的母亲、祖母、外祖母，还有六位姨妈、姑姑和婶婶，都得了乳腺癌，做过乳房切除手术，她1990年单独发表这篇文章的时候，这九位女性中，七位已经过世，幸存的两位，刚刚完成新一轮的化疗和放疗。她自己也做过两次乳腺癌活检，肋骨间发现过一个小肿瘤，有可能是恶性肿瘤。

整本书，一条线是"家族"，一条线是"栖息地"，家族的挣扎失败了，她的母亲死于癌症，患病时三十八岁，死时五十四岁。另一条线，鸟儿们的挣扎也越来越艰难，这些美丽的、平凡的、我们都需要查字典看图片的鸟儿，都在慢慢减少、消失，我们的后辈，恐怕都只能通过看图片，才知道它们确实曾经存在过。

统计学说，乳腺癌跟基因有关，是遗传性的，饮食习惯、不生育或者三十岁以后生育，也增加了乳腺癌的患病率。但威廉姆斯认为，他们只是不承认，说不定住在犹他州，才是最大的隐患。他们家族是1847年来犹他定居的摩门家族，饮食习惯很好：不喝咖啡，不饮茶，不抽烟，不喝酒。家族中的女性，一般都是在三十岁之前就完成了生儿育女的任务。1960年之前，他们家族只有一个女性得了癌症。而且，总体上讲，摩门教人口中患癌率很低。

威廉姆斯的母亲得癌症时只有三十八岁。母亲去世以后，威廉姆斯对父亲讲起自己经常做的一个梦，就是沙漠上空闪烁的火光。她父亲告诉她，这不是梦，她还是婴儿的时候，她父亲刚刚退役，于1957年9月7日经过拉斯维加斯往北开，前往犹他州。凌晨之前差不多一个小时，赶上有一次核试验爆炸。他们停下车，看见了蘑菇云。父亲说，在五十年代，核试验是司空见惯的事情。从1951年1月27日到1962年7月11日，美国一直在内华达州的沙漠里进行地面核试验。试验的微尘随风吹到了北方"利用率较低的人口"居住的犹他州，风过之处，连沿途的羊都望风而死。但是，五十年代的美国是爱国的，朝鲜战争在进行，麦卡锡主义在甚嚣尘上，艾森豪威尔说话算数，冷战正酣。如果你反对核试验，那你就是在支持共产主义政权。

在这种意识形态的影响下，公共卫生屈从于国家安全。政府告诉老百姓，尽管大家都有灼伤、起泡和恶心，这些核试验是十分安全的。没有证据能够证明核辐射微尘对个人健康有任何害处。老百姓还真信了。

然而，十几年后，核辐射引起的癌症开始出现症状。1979年8月30日，吉米·卡特总统任内，一位妇女艾琳·艾伦（Irene Allen）起诉美国政府，认为内华达州的核试验造成了她两任丈夫的癌症和死亡。1984年，布鲁斯·S. 詹金斯（Bruce S. Jenkins）法官判决政府应当赔偿她和其他九位原告。这是一个划时代的判决。然而，1987年4月，第十巡回上诉法院推翻了詹金斯法官的判决，唯一的理由是，美国政府受主权豁免的法律原则保护，就是说，它可以随心所欲，犯了错误也能享受豁免权。

摩门文化提倡顺从，尊重权威，反对独立思考。威廉姆斯说，在这个什么都有答案的文化背景下，人们很少质问，她多年以来也都奉从着这些原则：倾听、遵从，将自己的观点悄悄地掩藏起来。但是，她亲眼看着家族中的女人一个一个地死亡，每一次都是坐在候诊室里等候着好消息，结果都是噩耗。她照顾这些女人，为她们洗濯带着伤疤的身体，保护着她们的秘密。她看着化疗的药品打进她们的血管，她看着她们呕吐出绿色的苦液，然后在她们疼痛难忍时为她们注射吗啡，最后看着她们平静地呼出最后一口气。她成了她们灵魂再生的产婆。

于是她意识到，顺从的代价太高了。于是，她决定，作为摩门教的第五代女性，尽管质问权威意味着放弃信仰，尽管这将意味着她会在她的族人中成为边缘人物，她还是一定要质问一切。

于是，在梭罗二百周年纪念会上，她才会非常自豪地宣布：我不是一个摩门教徒，我是一个超验主义者。《世外桃源：家族和栖息地的非自然历史》的结尾，她越过了内华达试验区的界线，和其他一些犹他州人因为闯入军事禁地而被捕。军队仍然在进行核试验。而她和她的同伴的行动，和梭罗的行动一样，是"公民不服从"（civil disobedience）。

一个出生在西部沙漠旷野之中的女性，看到自己所爱的自然风景和生物、鸟类一点一点地消失，看到自己的母亲和家族中的女性一个接一个地死于癌症，起因有可能就是政府和军队进行的核试验。在女性必须服从的传统下长大的威廉姆斯，在服从的同时也渐渐有了自己的声音，她用自己的声音，为受到威胁的鸟类、自然和女性，向社会发出了抗议。

特丽本科时在犹他大学学的是文学，希望拿一个"环境文学"学位或者"文学生物"学位，学校不能颁发这样的学位，于是给了她一个"文学科学学位"（B.S. in English）。最后，通过她的努力，终于帮助犹他大学设立了"环境人文学"交叉学科。

除了《世外桃源》外，威廉姆斯还有很多其他著作，她的文字感情充沛，流畅易读，故而读者众多。When Women Were Birds: Fifty-four Variations on Voice 已有中文译本，蔡孟璇译，书名译作《当女人是一只鸟：声音的旅行》。和《世外桃源》一样，这本书写的也是鸟和女性，尤其是她的母亲。

《土地的时光》（The Hour of Land）记录的是她访问过的美国的国家公园。她寻访了美国从东到西、从南到北的国家公园，探寻国家公园对人们的意义，以及人对公园的影响。她以充满感情的笔触，描写了每个公园的宏伟壮观。在她眼中，美国的国家公园是美国人的呼吸空间，而在当今世界上，这个呼吸空间在逐渐消失。因为人们需要呼吸，需要逃脱都市的狭窄空间，每年都有三亿人访问这些国家公园。

2016年，美国庆祝了国家公园一百年。一百年前的1916年，经历过内战的美国，希望通过国家公园，帮助一个分裂的国家重新团结起来。于是有了优美山地国家公园（Yosemite）。通过设立国家公园，美国人在纷扰和喧嚣中找到力量和远见。

威廉姆斯也参与了竞拍土地的社会抗议活动。她通过竞拍土地，阻止或者至少是延缓石油开发公司毫无节制的开发和滥采。为了能够顺利竞标，她和她丈夫还专门成立了坦皮斯特开发公司。这些活动并非一帆风顺，她任教的犹他大学将她解雇，理由是她的田野调查对学生有危险，实际上是因为控制学校的都是石油和天然气工业的大佬。至于竞标，最后他们没能获得开采权，因为他们无法证明自己租下土地后会在上面开发石油和天然气。

然而，作为一个作家、一位社会活动家，威廉姆斯的影响，已经远远超过了她所居住和为之奔走的西部沙漠地带，因为她的声音得到了很多人的共鸣，正如她所说，"人心是民主的第一个家园"。

住在中国的犹太人：大卫·柯鲁克

我的朋友何南喜（Nancy Hodes）是五十年代在中国长大的，说得一口标准的北京普通话。小时候，她走在街头的时候，常常有小朋友追着她唱：

小外国人儿，

顶尿盆儿，

一顶顶到哈德门儿。

说的时候，她脸上是一副天真甜蜜的笑容，似乎回到了她那半个世纪以前的大洋彼岸的童年。她的父亲是一位同情中国革命的医生。犹太人。

二十世纪的中国对外交流史上，有一批特殊人物。他们因为种种原因来到中国；第二次世界大战结束、中国内战开始以后，他们又纷纷逃离中国。到一九四九年中华人民共和国成立以后，仍旧选择留在中国的就更少了。

离开中国的，有因为描写红色中国而名扬世界的埃德加·斯诺和史沫特莱女士；而留下来的，有黎巴嫩裔美国医生马海德，奥地利犹太记者爱泼斯坦；有英国传教士家庭出身、与其夫杨宪益几十年相濡以沫的戴乃迭女士，也有李立山的俄罗斯夫人李莎。

留在中国的这些外国人，在中国当代历史上起过特殊的作用。许多人自觉不自觉地充当了中国政府的传声筒，也有人沦为政治风波的牺牲品；与此同时，他们也利用自己的语言和文化背景，向中国人介绍西方的文学、文化和艺术，同时也向西方人介绍传统中国的文学、哲学和历史。

在中国社会与西方基本隔离的时候，他们几乎是中国人与外界联络的唯一纽带。他们的个人经历，和他们的作品一样，鲜明地折射了那几十年的历史。

1995年底、1996年初，我专门寻访了几位在中国生活过多年的外籍专家。我最先拜访的，是南喜最熟悉的柯鲁克和沙博理。碰巧，他们都是犹太人。

我上大学的时候，校园里几乎人手一册《新英汉大词典》。我自己读书、翻译、备课、读外文资料时查生词，后来准备出国时复习英文，虽然手头也有别的词典，这一本却用得很多。后来出国时，那个硕大无朋的旅行箱里，也塞上了一本。

出国以后，英语水平提高了，各式各样的词典也添置了不少，对这一本词典却是情有独钟。有许多特有的词汇，尤其是稍带政治和时代色彩的词汇，似乎只有这一本词典里才能查到。

大卫·柯鲁克就是这本词典的编辑者之一。

这就是大卫：国际纵队的战士，英国皇家空军，红色间谍，似乎集浪漫电影之大成；战火中穿越封锁线，深入敌后，革命胜利后进驻首都，并且用自己的笔记录那一场伟大的社会变革，似乎拥有了一个革命者所能梦想的一切；不幸的是，他所为之背井离乡的"革命"，却回过头来莫明其妙地将他和他的妻子都囚禁起来；出狱之后，他们又重新变成兢兢业业的学者，为回到国际舞台的中国，提供了一本急需的工具书，他们教过的学生，很多都成了中国外交和研究行业的中坚。

大卫于1910年生于伦敦一个犹太中产阶级家庭。他幼年时，家境还算富裕，但不久就破产了。于是大卫就启程去了美国。他对我说："当时，我去美国的目的就是变成一个百万富翁。"他的一些好友，也时常拿他早年发财的愿望开玩笑。

然而，三十年代的美国，等着他的不是百万美元，而是大萧条。他先是在服装行业工作，同时还在哥伦比亚大学拿了一个学位。更重要的是，他变成了一个共产主义者。

1936年，大卫·柯鲁克秘密回到欧洲，潜入西班牙，参加了国际纵队，也就是海明威所参加过的反对佛朗哥法西斯政权的国际纵队。在西班牙期间，斯大林的共产国际找上了他，让他为共产国际搜集关于托洛斯基和无政府主义者的情报。

受共产国际委派，1938年，大卫离开西班牙，去了上海。他在国际纵队的战斗生涯就此告一段落。他一边向他的苏维埃上司报告那一小拨托派分子的言行，一边在一家教会学院教书。

1940年夏，大卫在成都遇见了伊莎白。伊莎白生于中国，父母是来自加拿大的传教士。其时，伊莎白正在搞乡村调查。大卫和伊莎白订婚后，经过漫长和艰难的旅行，分头回到伦敦，并于次年结婚。婚后，大卫参加了英国皇家空军，被派往印度、锡兰和缅甸。伊莎白则加入了加拿大的妇女军团。

二战结束后，大卫和伊莎白决定回到中国。1947年，他们辗转来到了河北邯郸附近十里店的解放区，并在那里了解和考察农村的土地改革，搜集第一手资料。

1959年，大卫和伊莎白一起出版了一本书：《十里店——中国一个村庄的群众运动》(*Ten Mile Inn*: *Mass Movement in a Chinese Village*)。这本书从正面描写了当时中国农村的土地改革。我没有读过这本书，只是在网上大略查阅了一下，国内有些社会学专业仍然把这本书列为参考书目，可见它有一定的学术价值。然而，和韩丁的《翻身》一样，在冷战的高潮时期，在中国与世界完全隔绝的几十年里，这本书的政治意义，显然大大地超出了它的学术价值。

刚刚出版的由前外交部长黄华作序的《中国之光》五十册新系列丛书，收录了外国记者和其他人用英文写成的对中国革命的见证。大卫和伊莎白的书就是其中一本。

1949年以后，大卫和伊莎白都成了北京外国语学院的英语教师。他们得到周围的中国人的尊敬，对中国革命的前途也充满信心；他们每日忙着的，也无非是教书，工作，养育孩子，柴米油盐。

中华人民共和国成立之初，在北京的新华总社、中央广播事业局、外文局、中共中央编译局和一些大专院校、科研、出版部门工作都有许多外国专家。文革开始后，外国专家们也纷纷提笔写起了中国特色的大字报，其中最为著名的是四个外国专家阳早、史克、寒春、汤普金斯合写的一张，后来被誉为"外国专家的第一张马列主义大字报"。这张大字报写于1966年8月31日。

1967年，大卫·柯鲁克因间谍罪被捕入狱。这一去，在单人牢房里一蹲就是五年。

大卫的长子卡尔回忆他们的文革经历的时候说，文革对十六岁的他意味着"自由"和"富足"。"原来父母对我们管得都特别严，他们觉得我们在家里住太享受了，就把我们都发配到崇文小学住校，每周就给三毛钱。'文革'时他们被抓走后，外语学院把他们的工资给我们，于是我们终于富起来了。"

父母入狱后，卡尔把房子分成三间，自己和两个弟弟一人一间，父母的工资也被他平分成了三份。"那时候每月一百多块钱是笔巨款，我们带着朋友把北京所有的餐馆都吃遍了。"

英国使馆得知柯鲁克夫妇被抓的消息后，一直都试图跟他们联系，英国议会甚至要求英国政府向中国外交部询问失踪英籍人员的问题。"我们当时还特别左，特别倔，坚决拒绝跟他们来往，不理他们。"

1973年，柯鲁克夫妇出狱。从那以后，他参与了一项造福大批中国人的事业：编写《新英汉大词典》。

面对暮年的老人，我不忍心提起他身陷囹圄那一段时间。我更不忍心问，他是不是后悔当年对中国的选择。毕竟，人是不可能有先见之明的，而且，人也很少有重新来过的机会。

我有时候揣测，大约每一个移民都会有扪心自问的时候：我移民这个决定做得对不对？我想，大卫·柯鲁克一定有过这样的时候。尤其是"文革"的时候。

或许，大卫·柯鲁克晚年会后悔他在西班牙和上海为苏联当间谍这一段历史。对此我不敢肯定，也没敢问他。有一点倒是肯定的，他很珍惜自己在国际纵队的光荣历史。西班牙政府曾授予所有外国老兵荣誉公民身份，对此，大卫觉得特别自豪。

大卫的晚年生活趋于平静。他深居简出，不问政治，有意回避抛头露面的官方活动。1995年我拜访他的时候，他和太太伊莎白住在北京外国语学院的教工宿舍；三室一厅的公寓，虽然也算宽敞，却十分朴素，甚至简陋。墙上挂的，是他儿子迈克写的条幅"鞠躬尽瘁，死而后已"，中间是一张周恩来的木刻像。

伊莎白显得出奇地年轻、挺拔，美丽的白发拢在耳后，瘦削的脸上是安详、从容。她优雅的举手投足，显示的是大风大雨之后那种沉郁的从容不迫，和处事不惊的勇敢和坚毅。

大卫于2000年11月在北京去世。伊莎白依旧住在北京外国语学院（后改名北京外国语大学）他们的宿舍里。2018年6月，一百零三岁高龄的伊莎白还为北京外国语大学附属石家庄外国语学校的奠基典礼剪彩。

大卫和伊莎白有三个儿子，卡尔、迈克和保罗。1974年，卡尔先在麻州大学念书，后来又考上了斯坦福大学，在那里他拿到了东亚学的硕士学位。1984年，他应聘为驻华的外国公司工作，直到

1994年开办自己的啤酒公司。次子迈克在北京开国际小学，对象主要是外国驻华的外交人员和商人的子女。他自己的三个子女都住在美国。

以色列人曾经拍了一部纪录片：《三个老犹太人在中国》，其中一位是大卫。我拜访大卫的时候，大卫答应给我转录一份，然后让迈克去学校途中送给我。后来我因为忙碌，没有时间见迈克，只好请他把录像带交给门房大爷。

中国人喜欢盖棺论定。我不知道大卫对自己的人生有什么样的总结，我只是为他庆幸，这么多年的风风雨雨中，他一直有伊莎白忠诚的陪伴，他们的三个儿子，也为他们的生活增添了无穷的乐趣。

大卫和伊莎白的遭遇，和普通中国知识分子的遭遇似乎并无二致。不同的是，他们是"自投罗网"，"自讨苦吃"，因为自己的信仰而自愿"不远万里，来到中国"。大卫写了回忆录，我还没有机会看到，但我想，像他那样的人，经历了一个世纪的风云，东方，西方，欧洲，美洲，中国，暮年时回首往事，就算他们愿意直抒胸臆，我们旁人又能体会出多少那里的复杂感受？

住在中国的犹太人：上海犹太人

上海犹太人和当地居民

1995年，我在奥地利的萨尔茨堡参加过一次"前上海居民"（Shanghailanders）的会议。会议的主题是由幸存者回忆他们在上海期间的经历，也有一些历史学家宣读论文。

几个犹太人带着感情回忆了他们和中国人的友好交往。瑞娜·克拉斯诺（Rena Krasno）和欧内斯特·赫普纳（Ernest G. Heppner）都出版过回忆录，瑞娜的父亲出生在俄国，十月革命后逃到上海避难，曾经是俄国犹太人团体的领袖。她本人生于上海，对上海和中国很有感情。她还精通俄、法、德、英、汉等多种语言，多年来在联合国教科文组织等机构担任同声传译。

瑞娜的著作《永远是陌生人》（*Strangers Always*）记载了她和她的家庭在上海的经历，里面虽然也写了流落他乡的艰难，读者阅读时却只看见一个美丽的生命，在战火和流亡中顽强地成长。我和她及她的女儿玛雅很快就成了好朋友。

欧内斯特提起了虹口的美军轰炸。在轰炸中，三十一名犹太人丧生，他的面粉厂里十五名中国工人，也全部死于轰炸。

不少人都带着温情回忆他们的中国朋友、中国保姆、中国工人。玛丽安·舒伯特（Marion Shubert）1946年生于上海，三岁时离开，她回忆起她的中国保姆，说她当时最亲的就是这个中国保姆，只有保姆才能在她大哭时哄好她。三岁时她依旧少不更事，但她在述说她 1985 年访问上海的感觉时，脸上是一种梦幻般的依恋，她说，飞抵上海的时候，从飞机上，她就能够感觉到上海的气息、味道。上海是她的童年。

在上海的犹太人说，从前他们只知道自己不幸，是失去了亲人流落异乡的流浪者、难民。战争结束后，他们才意识到他们原来是幸运儿：比起他们抛留在背后的亲人、朋友，他们是幸运儿；比起在上海街头饥寒交迫贫病而亡的穷人，他们也是幸运儿。

纪录片《上海隔都》（*The Shanghai Ghetto*）中采访的几位犹太人也对中国人表示真诚的感激。他们记得，他们所到的地方并非无人地带，那里的中国人，过着比他们赤贫的逃难生活还要艰难的生活，其中一位还说，我们住进了那些房子，他们就得搬到别的地方了。

然而，犹太人在上海毕竟是难民，经历处境不同，对上海和中国人的记忆就有所不同。有人很快就适应了上海的气候、生活节奏，并且很快融入了上海的经济社会，有人则一直仰仗于各种救济组织，挣扎在贫困线上。遭遇不同，经历不同，每个人的性情、态度不同以及记忆也有所不同。

在那次会议上我碰到一位女士，她在上海时已经十五岁，我问她是否想去上海看看，她说，去干吗，那么贵，上海不过是我住过一阵子的地方。

更有甚者,一位在上海时是拳击手的前难民像相声演员一样,手舞足蹈地描述着他在上海的经历。我的德语翻译刚开始还给我讲一讲他说话的大意,后来干脆不翻译了,说都是废话。他一定是把上海说得十分不堪,以至于会后许多人跑来为他的愚昧和粗鲁向我们道歉。瑞娜说,幸亏我和来自上海的潘光不懂德语,她为这个忘恩负义的犹太人感到羞耻。

一位在萨尔兹堡大学任教的中国教授则站起来谴责哈同和沙松是剥削中国人民、靠鸦片买卖发财的资本家,上海犹太人的历史不过是上海历史的一小部分,中国人并不想借这一点来讨好任何人。当时我很紧张,整个会议大厅的气氛也顿时紧张起来,我深知他说得有道理,但这种激烈方式很难让这些到上海只是避难、苟延其生的人所接受。果然,许多人都站起来纷纷说明中国政府,而不是犹太人,应当为中国人的苦难负责。

这时候,瑞娜站了起来,声称中国教授所说的全是实话,哈同本人是有争议的人物,他给犹太人捐助了一座会堂,却不出钱维修,声称如果这帮人养不起会堂,他随时可以收回去。她说,犹太人是真诚地关心中国人的命运的,他们和中国人是血肉交融的朋友,她永远也不会忘记中国。

会间休息后,瑞娜回到旅馆准备了这一份发言稿,这是我的译文:

生于中国,从不知道另外一个祖国,我的心永远为无限耐心、无限坚韧的中国人的苦难而沉痛。我们都从他们的智慧和成就中学到了许多东西。特别是作为犹太人，我们欠下了中国人民一笔永远无法偿还的债务。许多世纪以前，始自一批犹太人到达开封、中国皇帝致以欢迎词，犹太人便总是可以在中国找到栖息之地。这次会议的中心是奥地利犹太人在上海的遭遇。如果我们不充分强调我们周围的中国人对我们的宽容，以及由此萌生的许多友谊，那么就是我们的过错了。此时我们应当说：谢谢你们，中国人民！

我并不是彻底的民族主义者，总觉得人们不应当过分强调种族和民族之间的差异；尽管有各种差异，我们都一样是人。我也承认，犹太人的灾难已经不仅仅是犹太一个民族的灾难，而是全人类的灾难。然而，作为一个中国人，参加这样的会议，我还是深深地觉出另一种意义上的种族主义，似乎欧洲人的生命比中国人的生命价值要高出许多。我并不是要这些犹太人对中国人感激涕零：他们本来就是不幸中万幸的幸存者，他们来此是回忆他们自己那段难忘的经历，没有义务一定要感激他们的中国"主人"和"邻居"。

更何况，中国人并没有"邀请"他们来中国、来上海。一些历史学家爱把这段历史浪漫化，说中国人敞开双臂欢迎犹太人。外交场合说这种话还无可厚非，历史学家这么说就有点令人尴尬。事实是，中国人没有热情欢迎犹太人，因为他们并不是这个城市的主人，没有作为主人来欢迎客人的权利。犹太人得以来到上海，是因为上海、尤其是上海租界无人管辖,是全世界唯一一个不用签证就能进入的地方。

大屠杀发生在欧洲,在美国却建立了许多纪念馆,警醒人们不要忘记世界曾经堕落。有时候不免笑美国人的天真,自己没有苦难的历史,却把别人的苦难拿过来纪念。虽然许多犹太人都强调犹太人的灾难是独一无二的,然而,每一次读有关大屠杀的历史、小说或看与之相关的电影,我心中便会想到苦难深重的中华民族:有多少数不清的遇难者,别说名字,连一个统计数字也不曾留下。

口述历史的力量与"吊诡"

回忆录,尤其是口述历史,拥有一种纯文字、纯学术的历史所无法匹敌的力量。历史学家往往靠历史资料诠释历史,他们所再现的历史,必然受到史料和自身、客观和主观两个方面的局限。相形之下,回忆录和口述历史是当事人对历史事件的回忆,是原汁原味的历史,故而能够保持更高程度的真实性。

关于上海犹太人,当事人写的回忆录,比历史学家写的专著更打动人心。像《上海隔都》这样的纪录片更是利用画面和音乐,把口述历史活生生地推到了观众面前。

在欧洲那次会议上,我在会上会下听过不少人的回忆,我印象最深的就是这些人描述的一些细节。你无法想象一个正襟危坐的历史学家会把这些细节写入"正史",然而,就是这些细节有着震撼人心的力量。

欧内斯特像任何有些耳聋的美国老头子那样好玩，爱讲笑话，并且总是绷着脸，你笑得捧腹，他却依旧无动于衷，并故作惊愕，仿佛不知道有什么好笑的事情。我怎么也无法把他和他的故事连在一起。

1938年，德国吞并奥地利之后，欧洲局势急转直下，许多犹太人如梦方醒，纷纷设法逃离。其时去美国和西欧的可能性极小，来上海虽然不要签证，船票却比签证更难拿到，在旅行社登记的人必须等上六个月甚至一年才能轮上。每一分钟，纳粹都在进一步推行灭绝犹太人的政策，每一分钟都散发着集中营和死亡的气息。

通过贿赂旅行社工作人员，他们得到了两张票。这两张票从天而降，是因为有两个排在前面的人自杀了。我一听，不寒而栗。

庆幸之余，他们又面临着痛苦的选择。选择的结果，母亲和儿子来了上海，父亲和女儿留在后面，本以为留在后面的人可以很快设法去美国或者西欧，结果却再也没有见过他们。他们当时并不知道，他们的选择像小说和电影《苏菲的选择》一样，是生与死的选择。

纪录片《上海隔都》访问的三位历史学家中，来自耶路撒冷的希伯来大学的伊爱莲（Irene Eber）我很熟悉。她很上镜头，英国口音也很动听。影片中的另两位访谈人是上海社会科学院研究员许步增和大卫·克兰兹勒（David Kranzler）。1993年，许步增将克兰兹勒的《日本、纳粹和犹太人：上海犹太难民社区1938—

1945》(*Japanese, Nazis and Jews: the Jewish Refugee Community of Shanghai 1938—1945*) 翻译成了中文。片中有许多这样的细节：

> 我和我妹妹趴在窗台上，从米里面挑虫子。影片结尾还展示了她多次说过的那个窗台。
>
> 我舅舅写来一封信，让我们帮他们逃出欧洲。本地的犹太人营救组织因为忙碌，没有将文件及时寄出，等我妈妈自己把文件寄出、文件终于到达法国马赛时，正好是法国陷落的那一天。妈妈一次又一次地说，早知道我就该早些去找他们，催着他们早些把材料寄出去，这样他就会得救。
>
> 一张黑白照片，照片上的人年轻儒雅，面带微笑。
>
> 我的舅舅在华沙隔都。请帮我离开这个地方。也是一张黑白照片，照片上的人也是年轻儒雅，面带微笑。
>
> 我那个小老表，人聪明，但行动笨拙。那一天，我和他打了一架。早知道那是我最后一次见到他，我就不会和他打架了。
>
> 我们无能为力。无可奈何。而这个无可奈何之后，就是生死永隔，就是下半辈子的"幸存者的罪恶感"。
>
> 我没有叔叔阿姨，没有表兄弟姐妹，没有堂兄弟姐妹。我们的孩子，不知道什么是爷爷奶奶、外公外婆。

影片的解说人是奥斯卡获得者马丁·兰道（Martin Landau），背景音乐是如泣如诉的二胡音乐，演奏者是给《卧虎藏龙》配乐的韩凯伦（Karen Han）。声音，增强了影片的感染力。

这些普普通通的人，谈论着他们的家人和亲戚，欧洲一别后，就没有再见过面的家人和亲戚。故事里的人就像你我一样过着平静的生活，有的富裕一些，有的穷一些，然而一夜之间一切都改变了，于是每个人生存的唯一目的，就是想办法生存下去。

曾经试图阅读有关希特勒和二次大战的书，真想从中找出一个解释，屠杀者怎么为这样的罪恶找证据。集中营不仅毁灭人的肉体，也毁灭了人性，人的尊严，那么，有什么能够为赤裸裸的大规模灭绝作论据？读了尼采，也读了据说是他的妹妹捉刀的声称自己并不反犹只是被纳粹利用了的辩护词，读了德国一战后的历史，读了德国的犹太历史，试图想理解这种反犹仇恨从何而来，却从来也无法理解为什么人可以这样大规模杀人而毫无罪恶感。于是，我情愿抛弃所有的信念、所有的哲学、所有的理想，怕的是它们会促使我为最原始的罪恶——屠杀——作辩解。在生命消亡、家庭破碎的惨痛事实面前，所有的"理想"和"主义"都显得那么荒谬、苍白，乃至血腥。

埃利·维塞尔（Elie Wiesel）从集中营中幸存下来，通过写他的亲身经历得了诺贝尔奖，但他却不赞同许多人轻率发言，用死者的苦难赚得他们自己的声名。在他的小说《夜》中，一个九岁的男孩被挂在了绞架上，集中营中的犯人被迫观看。人群中有一位发出了痛苦的质问："上帝在哪里？"一个声音悄悄地回答："上帝就在那里，在绞架上吊着。"

不敢再多听这样的故事,听的时候不敢正视述说者的眼睛。每一个来自欧洲的长辈手上和心里都有着伤疤,有人说,我就是一个大伤疤。

叙述者的叙述越平静,就越是让你觉得,这样的悲剧也许离你并不是那么遥远。相对于戏剧化的电影和小说,口述历史和纪录片用真实来打动人心,让人们想到,我们所苟且偷安的幸福生活其实有多么脆弱,我们的无病呻吟,在真实的人类苦难面前又是多么苍白无力。

然而,口述历史也有它的局限,因为人们也只能局限于他们自己的视野、经历和修养,回忆的只是历史的一个片段,而听众往往容易以偏概全,只见树木,不见森林。

说起对中国人的记忆,这几位回忆人还是说出了一些有意思的情节,比如那个挑着箩筐每天卖给他们东西的小贩。可是也免不了千篇一律的重复形象:苦力,洋车夫,乞丐,从他们手里抢面包的小孩子,街头冻死饿死的"倒卧"等等。于是你怀疑他们究竟是真的记得这些事情,还是看了别人的书或影片后形成了或加重了这些印象。

幸存者矫枉过正的自强;犹太人的文化修养与追求

我向来有些犬儒主义,相信人性的善良,认为民族国家的区分多多少少都有些人为的因素,很多军人、政客都靠夸大这种区别而图谋名利,建功立业。然而,历史总是证明那些悲观主义者是对的。人们不再信任任何人。受过凌辱的人，也可能变得最强悍，最勇敢，最富有侵略性，就像《上海隔都》中那个屡次遭人毒打的男孩，日本战败以后，如果不是有人拦住，他差一点儿把侮辱他的那个男孩打死。

基于相同的逻辑，二战结束以后，新建的以色列国成为中东乃至世界上最军事化的国家。在一本书中看到，有人说被二战改变得最厉害的两个民族是犹太人和日本人：犹太人从最温和的民族变成了最好战的民族，日本人从最好战的民族变成了和平的民族。关于日本，我觉得即便日本真的变得"和平"了也是因为迫不得已，十万自卫队都是由至少有本科学位的青年组成；至于犹太人，以色列最优秀的年轻人一定是在军队或安全部门，或者曾经在军队是最优秀的成员，这一点总是让我觉得悲哀，总觉得这是一种心智、创造性和人才的浪费。

但是，经历过大屠杀的犹太人不觉得这是浪费，他们会说，对于一个民族来说，保护生存的权利、民族存亡是高于一切的，比文学创作、谱写音乐、绘画、拍电影要重要得多。他们也可以说，我们让我们住在美国的兄弟姐妹干这些艺术创作活动就足够了。

与此同时，即便是在最艰难的环境下，犹太人依旧表现出他们固有的文化素养和精神追求。如《上海隔都》中的历史学家伊爱莲所说，对文化的追求不仅仅是小意大利或小维也纳，也不仅仅是咖啡馆等等，那是一种人文精神，是一种不死的人类精神。犹太人在上海那些年，他们发行了各种语言的报纸、杂志，即便是在赤贫的情况下，他们也没有放弃音乐、艺术、文学这些"奢侈"的精神追求。

犹太人在上海的经历，是二战期间犹太人历史中比较有亮色的一个篇章。就像电影《辛德勒名单》在描写惨烈的历史时展现了辛德勒的人格力量，使人们对人性的最终善良产生一种希望，上海犹太人的历史也给人一种希望：冥冥之中，你必须相信，人类总会有美好的未来，在苦难中人们也会找到一条活路，人性的善良总会战胜邪恶。

我不是历史学家，没有阅读历史的义务；我只是一个懦弱的犬儒主义者。如果从历史中读不出这一点希望，那么我情愿不去阅读历史。

住在中国的犹太人：《特里比西·林肯的秘密生涯》

写作的因缘

趣书有趣，就连例行公事的"鸣谢"都有趣。几年前翻阅过伯纳德·沃瑟斯坦（Bernard Wasserstein，后取中文名华百纳）的《特里比西·林肯的秘密生涯》（*The Secret Lives of Trebitsch Lincoln*）一书，记得最清楚的就是"鸣谢"中，作者将自己和妻子幽了一默："我的妻子从一开始就不同意我写这个题目……不过，我还是把这本书献给她——她喜欢也献给她，她不喜欢，也献给她。"

特里比西·林肯（1879—1943）是生于匈牙利的犹太人，原名伊格纳兹·特里比西（Ignácz Trebietsch）。他改宗基督教后，曾经在加拿大当过传教士，后又前往英国，加姓"林肯"，白手起家，居然成功地当选为英国国会议员；他身无分文，却创立和运营过庞大的跨国公司；他用过无数的化名，也持有过无数的真假难分的各国护照，在两次世界大战中，他都曾经为美国和德国做过双重间谍，成为臭名昭著的国际间谍；因为触犯各项法律，匈牙利、英国、美国和德国都在不同时期要追捕他，但他似乎有吸引陌生人的无穷魅力，被他屡次背叛的妻子，至死对他忠心耿耿，即便是在狼狈的逃亡流浪过程中，也总有无数女子对他投怀送抱；他在纽约监狱服刑时，看守们几个小时几个小时地陪他聊天；巧妙地从监狱逃出后，却又马上大摇大摆地跑到报社召开记者招待会。更离奇的是，在英国、美国、德国、匈牙利的政坛和新闻媒体中出够风头、和众多女子有过风流韵事之后，他的晚年居然是在中国上海一座寺庙里度过的，身份是佛教法师。

沃瑟斯坦是一位严肃学者，写作这本野史性质的林肯传记，纯属偶然。八十年代八月末的一个下午，他被大雨困在牛津大学的博德连图书馆里，百无聊赖地翻阅那些极为乏味的书籍时，首次看到了有关特里比西·林肯的资料，从此便欲罢不能，放下了手头的"正事"，着魔般地顺藤摸瓜寻找起所有有关的历史线索来。

沃瑟斯坦前往中国上海追寻林肯的足迹时，上海社科院的潘光带他逛街市。他拿着照相机四处乱拍，镜头无意间对上了监狱。警察找麻烦了，要没收他的胶卷。潘光威胁说："这可是从美国来的富商，要来中国投资的，你要是得罪他了，人家不来中国投资了，你可是吃不了兜着走。"

林肯一书完成之后，沃瑟斯坦又写作了《上海秘密战：二战中鲜为人知的间谍、阴谋和背叛的故事》。

认识沃瑟斯坦的人都见识过他的急智、见识和口才，尤其是他那种独特、尖锐、常常令人猝不及防、无从招架的英国式幽默。沃瑟斯坦教学和科研都比较严格，同学们多少都有些怕他，他对我却好像总是网开一面，常常有同学托我替他们"走后门"。在他的课堂和办公室里，我曾经体会过毫无功利目的、纯粹寻求知识的乐趣。与他这样的良师益友交流，时常有柳暗花明、茅塞顿开的快意。想起象牙塔里的求学生涯，总有种种遗憾，若要具体罗列，失去纯粹读书的乐趣，便是首要了。

林肯在中国

读到林肯前往中国一段，映在我脑子里的不光是林肯的流浪和疯狂，更多的是时代的疯狂。从欧洲到美洲，再从美洲到亚洲，林肯涉足之处，处处都是硝烟、战火、暴乱、纷争。林肯的独特之处在于，当他出现在漩涡中心时，他总是能够想方设法参与进去，并且多少留下一些印记；他像一个时代的弄潮儿，耍弄着现代新闻媒体和各国政府，同时还详细记录和夸大自己的见闻和作为，从而保证了他自己在历史上留下的痕迹：即便不能流芳百世，也一定要遗臭万年。

1922年底，特里比西·林肯来到中国。当时，他不会说一句中文，在中国没有任何朋友，也没有拜见任何人的介绍信。但据他自己说，他听从的是"神召"；他还有一个具体的计划，就是前往西部的四川，因为四川靠近西藏。他的目的是在中亚尤其是西藏制造混乱，从而加速大英帝国的灭亡。

特里比西·林肯一到四川，就施展出他的外交才能，很快和当地军阀杨森一拍即合。当时，杨森正在四川强制推行西化：他在成都街头设置岗哨，逮着任何穿长衫的人，就强行将他们的衣服剪短；有一阵子，他强迫女子学游泳，他老婆害羞，不愿意当众示范，他居然强迫她穿上农民服饰，用枪逼着她当着一万五千人游泳。林肯本人号称自己在杨森麾下举足轻重，包括说服杨森与吴佩孚建立联盟，甚至号称自己给吴佩孚当过两年的顾问；但是，由于找不到别的证据支持他的说法，鉴于林肯惯常的夸口和吹牛习惯，身为历史学家的传记作者对此表示存疑。

不过，可以肯定的是，林肯和直系军阀确实有某种程度的联系。1923年9月，林肯随另一个直系军阀吴宏强（音译，Wu Hung Chiang）管辖下的中国贸易代表团前往欧洲"考察"。两个月后，考察团终于与一家奥地利公司签订合同，以高额投资换取在吴将军辖内开发矿藏、交通和专控所有政府进口的权利。合同虽然最后还是夭折，却让林肯出足风头。1922年到1924年短短两年间，尽管对中国的语言文化和历史一无所知，林肯还是投靠到了三四个军阀门下，设法打入了中国的政治圈子。

沃瑟斯坦认为，林肯是误打误撞，又碰上了历史的好机会。在北洋军阀政府中有许多外国顾问，为这个半殖民地行使着"非正式的帝国主义"的功能，在真正的殖民地，这些职务都是由宗主国的官员来担任的。比如说，北洋政府的海关总署的署长等高级官员几乎全部是欧洲人，主要是英国人。中国政府很多部门里都有英国、美国、日本、法国、德国、荷兰和瑞典人。二三十年代的中国，仍旧是欧洲探险家的乐园。各个军阀都想通过他们的外国顾问，从国外得到外交上的支持、外资和现代武器装备。

哈佛大学东亚系的威廉·科比在《中国的国际化：民国时代的对外关系》一文中这样评价过林肯：

"用传奇大流氓林肯自己的话说，这是'一场二十世纪最伟大的冒险'，不然他哪里能发迹？这个做过英国圣公会牧师和国会议员的匈牙利犹太佬，在1921年揣着一兜子计划到中国把这个国家发展成一个第一流的陆上和海上强权之前，就已因在三个国家从事间谍与煽动活动而遭到通缉了。他成了北洋军阀时代里三位大军事家的首席军事顾问，包括吴佩孚，代表他们进行庞大的军备和工业交易谈判。只是在国民党统一中国后，他才退隐坐禅，在南京附近的一座庙里做起了和尚。但他巡游的冲动又把他送回欧洲去做'佛教布道僧'，而在那里他因欺诈而被捕。"

1927年，林肯在天津突然得到了神秘的启示。他遇上了由追求佛教的西方人组成的机构——通神社（The Theosophical Society），认为这是向西方传播东方宗教思想的最佳组织，正好和他来中国的初衷一致——前往西藏研究藏传佛教，并随后前往中亚，在那里煽动推翻英国的独立运动。

1931年5月，林肯在南京附近的宝华山正式剃度。他号称入佛门后会静心追求精神的平安，逃脱物质世界的纷扰。1932年到达上海后，林肯也还是真心诚意，要当个清心寡欲的好和尚的。但事实上，这个和尚还是尘心太重，忍不住继续不断骚扰外交人士、记者，或者任何一个有耐心听他说话的人。他又是写书又是演讲，并且还回到了欧洲，从那里召回了十三个紧密追随他的门徒。当和尚以后，林肯继续四处流浪，但上海是他最后的家，每次流浪以后，他都回到上海，直至1943年去世。

荒唐的人物，荒唐的历史

乍一听起来，特里比西·林肯纯粹是一个将政治、宗教、金钱和女人玩弄于股掌之上的骗子，沃瑟斯坦也不否认这一点。他的妻子反对他写这本书，亦是担心这样的课题登不得大雅之堂，会影响他的学术名声。

沃瑟斯坦追溯特里比西·林肯的秘密生涯，不仅是因为林肯这个人物本身的独特和传奇，而是因为他的复杂经历，反映了他所生活的时代，那个纷纭杂乱、经历过两次世界大战的二十世纪上半叶；林肯的疯狂，也折射了整个时代尤其是希特勒德国的疯狂，于是，这本书的意义，就超出了一般的冒险家传记，成为一本具有独特视角的历史著作。

更绝妙的是，这本书趣味横生，远非一般冬烘书蠹吭哧吭哧地伏案考据、然后挤牙膏一般拼凑出来的"学术专著"。主人公玩弄一切于股掌之上，作者又将主人公无情解剖，精彩之处，时常让我想起电影《圈套》(*The Sting*) 中保尔·纽曼和罗伯特·雷德福与对手斗智斗勇时的狡黠和心计。所不同的是，《圈套》的导演为了照顾观众情绪，将胜利者放在了道德一方，而沃瑟斯坦写作的人物是真实的历史人物，因而，他除了必须遵循正史方法、细心调研资料来源外，不能臆造事实，还无法用欣赏的笔触，将特里比西·林肯写成一个英雄：林肯完全无视正义、善良、宗教、民族、亲情等维持人类尊严的最基本的价值观念，他的受害者也不是比他更恶的恶棍，而是所有一切不幸与他产生了关联的国家、民族、宗教组织，还有至亲的家人和朋友。因而，自始至终，作者都对特里比西·林肯抱着一种怀疑、鄙视和辛辣讥讽的态度。读者掩卷之后，也不禁品味出历史的荒诞不经：这样一个小丑、骗子，居然几十年间在那么多国家、那么多领域如鱼得水，取得了常人无法想象的非凡"成就"。

林肯像一只足智多谋、精力充沛的蜘蛛，以自己独特的方式不停地编织着一个网络，不管他本人多么荒唐，多么无足轻重，顺着他的足迹，我们还是可以走遍欧亚北美的大多数重要国家，追溯他所生活的时代的重大历史事件，一幅复杂的历史地理图就这样描画出来了。荒唐的个人背后，是一部荒唐的历史；一个变色龙般的小丑的传记背后，是二十世纪上半叶沉重的世界历史。

在我看来，沃瑟斯坦这部看起来不登大雅之堂的"开小差"之作，比他别的著作更大手笔，更能显示他独特的视野、个性和才气。

从邦德到牛虻——头号间谍西德尼·莱利

银幕上浪漫的英雄人物007詹姆斯·邦德，早已经家喻户晓；牛虻，也曾经影响过好几代中国人。英国的文学和娱乐界一直有人声称，邦德与牛虻居然有一个共同的原型：西德尼·莱利（Sidney Reilly）。受好奇心驱使，东翻西找，关于莱利的书，竟也陆续翻阅了五六本；趁着暴风雪，还躲在家里看了BBC拍摄的十二集电视小系列《莱利：头号间谍》，莱利的形象，也在眼前渐渐清晰起来。

国际风云中的弄潮儿：他是007邦德

十九世纪末、二十世纪初，正值大不列颠帝国极盛时期，莱利聪明地投靠了英国，插手英国的外交和国际事务，成为第一个现代意义上的国际间谍。

像伊恩·弗莱明（Ian Flemming）创造的邦德角色一样，莱利也懂得多国语言，关注国际事务，对远东和世界其他地区着迷。他总是在关键时刻出现在关键的地点，企图在风云变幻时，以个人的英雄行为扭转时局，拯救世界，改变历史进程。

——英国在中东瓜分奥斯曼帝国的遗产的时候，莱利被英国情报机关派往波斯。他提供的有关中东油田的情报，以及他本人的游说和干预，为英国赢得波斯石油开采权、将波斯变成其保护地区，起了举足轻重的作用。

——1904—1905 年日俄战争爆发之前，莱利住在中国旅顺口。他向日本提供了俄国海军在旅顺港口地区的水雷部署图，为日本人向俄国海军发动突然袭击，也尽了一臂之力。

——1914 年第一次世界大战爆发前夕，莱利被派往德国侦察军事情报。他混入克虏伯军工厂，终于查出这里所生产的新式武器是毒气弹，令英国方面大为震惊。

——1918 年密谋刺杀列宁和托洛茨基。

像邦德一样，莱利的主要侦探对象还是俄国。一战期间，莱利迁居圣彼得堡，并且很快进入了圣彼得堡的上流社会。他和英国驻莫斯科使团的团长、记者和情报官员罗伯特·布鲁斯·洛克哈特（Robert Bruce Lockhart）一起，精心设计了一个推翻布尔什维克政权的阴谋计划。他们的计划通常被称为"洛克哈特阴谋"，有时也称"莱利密谋"，目标是在 1918 年 9 月 6 日，在莫斯科大剧院劫持列宁和他的战争委员托洛茨基。

莱利和他的妻子写过一本书，《英国的间谍大师：西德尼·莱利历险记》，记述了这个时期的活动。他活动的主要方式是：会见一些对新政权不满的人物，收买俄国军队中的拉脱维亚将士，伺机准备暴动。他手头操纵着大笔款项，主要是英国政府提供的，还有的是流亡白俄提供的，也有欧洲其他国家政府的拨款。

事不凑巧，莱利计划刺杀列宁，却被芬妮·卡普兰抢先了一个星期：8 月 30 日，卡普兰射伤了列宁。莱利还没来得及行动，俄国秘密警察组织契卡就已经开始破获他的密谋圈子，莱利仓皇逃出俄国，苏联方面缺席判决他死刑。莱利在美国、法国等国辗转周游之后，又于1925年经芬兰潜回苏联，遭苏联警方逮捕，经斯大林亲自下令枪决。

莱利的书，前面一百来页是他自己的叙述，后面一百五十多页是他太太的叙述。书是在英国情报机关的监控下写成的，有些低调，倒是新闻界对他大加青睐，在他消失之后，迅速将他吹捧成了头号间谍大师，一时间，莱利名声大噪，家喻户晓。

很多人都认为，弗莱明创作邦德的时候，便是参照了莱利的形象。安德鲁·里赛特在《伊恩·弗莱明，詹姆斯·邦德背后的人物》一书中，将莱利列为詹姆斯·邦德的原型之一。里赛特说，邦德作者伊恩·弗莱明和洛克哈特是多年好友，曾经听洛克哈特讲述过很多莱利的间谍冒险故事。

洛克哈特的儿子罗宾·布鲁斯·洛克哈特也写了一部莱利传记。他说，他从小就听他父亲讲述莱利的故事，在他父亲心目中，莱利是当之无愧的头号间谍。另一位莱利传记作者安德鲁·库克（Andrew Cook），曾在英国政府外交部和国防部供职，他也宣称莱利是邦德的原型之一。

漫游中国的洋和尚·日俄战争中的双重间谍

莱利的间谍足迹遍及全世界，与中国也结下了不解之缘。

1901年，莱利携妻子前往中国旅顺口（Port Arthur）定居。他的使命，是侦查俄国的石油和武器工业，以及俄国的印度政策。其时，辽东半岛是俄国租借地，俄国正在将它建成一个重要的海军基地；日俄战争即将爆发，旅顺口是一个重要的贸易港口，日本和俄国都在拼命争取对这个港口的控制。

莱利先是到了上海，在一家俄国小运输公司找了个初级工作。不出六个星期，他就向上司们显示了自己的过人才干，于是他们将他任命为公司驻旅顺分部的经理。

莱利在中国真正是如鱼得水：他一边在公司里供职，倒腾与战争有关的物资，包括木材、军火，牟取暴利，一边向伦敦不断输送关于俄国的军事和技术情报；居家有中国仆人事无巨细地侍奉，出门又有众多的宴饮和赌博场所；成群结队的欧洲殖民者家庭，家家都有一个寂寞的妻子，多情好色的莱利，成了她们真心渴盼的雨露甘霖。

不过，莱利毕竟还不是一个纯粹的花花公子。采花之余，他还没有忘了自己的真正使命——情报。1902 年 12 月，莱利写过这样一封信：

> 满洲完蛋了。中国成为大国的游戏场地，已经是指日可待的事情。眼下，他们的情报机构实际上根本就不存在。不过，我应该警告你，在这个真空中，一个新的、更危险的情报机构终将脱颖而出。今天，它只是一个进入了子宫的精子。明天？可能就是一个成形的婴儿了。

这个新的、更危险的情报机构，就是日本。英国和日本于 1902

年建立英日同盟之后，莱利突然决定将妻子送回欧洲，他自己也向英国情报机关请了无限期长假。1902 年，他花了差不多一整年的时间在中国内地周游。

莱利后来对他这一年的生活总是讳莫如深。我们所知道的，是说他在中国时，曾经和一个圣人左林（音译，Tzo-Lim）过从甚密。左林是个大块头满洲人，他向莱利介绍了中国的各种宗教学说，还告诉莱利："江山代有人才出。我坚信你就是个人才。"

莱利还在陕西省的一个寺庙里隐居过一段时光。以后，他在英国秘密情报机关的同僚们还喜欢就此事跟他开玩笑，这样招呼他："哎，佛陀的第四十世化身！"

尽管在中国暂时找到过内心的安宁，莱利却依然尘心未断，不甘寂寞。1903 年一年未尽，他就结束了他的修行游历，回到尘世。

安德鲁·库克断言，莱利在中国期间，实际上是双重间谍。在为英国服务的同时，他还在为日本人搜集情报。库克说，莱利和一个中国工程师何良顺（音译，Ho-Liang-Shung）一起，利用自己的海运公司作掩护，为日本海军窃得了俄国的旅顺港防务计划。依照这个防务计划，1904 年 2 月 6 日，日本海军才得以迂回驶过俄国保护海港的雷区，对俄国舰队发起了突然袭击。

英雄本是多情郎

007 电影的一大亮点，就是邦德女郎。邦德敌我通吃，潇洒自如，纵横情场，所向无敌。众多明星美女，都盼着自己能够成为邦德女郎，可以向这个超级间谍投怀送抱，和他出生入死。

莱利和邦德一样，也喜欢精致的生活，深谙实业和经商之道，熟悉最新的科学技术，还是一个上瘾的赌徒。莱利也是一个情场老手，他轻松自如地与各色女人周旋，他频繁的风流韵事，也足以和007那些情场历练相媲美。

就情场斩获而论，莱利倒是有些资格充当邦德原型的。洛克哈特就说，人称莱利"持有十一本护照，每一本护照又搭配着一个妻子"。

所有认识西德尼·莱利的人都说他的个性像磁铁一般吸引人，特别有办法哄得旁人心甘情愿地为他效劳卖命。他喜欢上流社会生活，善于周旋社交，在女人堆里如鱼得水。他的情场记录，值得他自己洋洋得意一番，也值得所有男人衷心羡慕一回：他在女人面前尤其所向披靡，只要他有所求，从来没有女人拒绝过他。他又是一个非常精明的职业间谍。在他的间谍生涯中，哪怕是执行危机四伏的冒险行动，他使唤起女人来，也和使唤起男人一样得心应手。即便是1918年那个多事之秋，很多女人，宁愿自己慷慨赴死，也不愿意出卖他。

莱利至少结过三次婚。1898年，莱利第一次结婚，娶了个年轻寡妇玛格丽特·托马斯。两人相识时，寡妇的前夫很老了，死的症状，很像是水银中毒。这一听，倒有些潘金莲和西门庆勾搭成奸后，毒死亲夫武大郎的情节。不过，莱利婚后风流依旧，又是频频偷情又是和别的女人正式结婚,却从来没有和玛格丽特正式离婚,令她求生不得,求死不能。

婚后不久,莱利就加入了英国秘密警察(British Secret Intelligence Service,SIS)。他沿用了老丈人的名字"莱利",再用了妻子的前夫留下来的小笔财产,移居远东,来到了中国旅顺口,于是才有了他在日俄战争中的"壮举"。

一战爆发时,莱利已经成了有钱人。他移居俄国,很快在圣彼得堡上流社会有了稳固的一席之地,并于1915年2月,娶俄国女人纳丁为妻。纳丁是一个乌克兰犹太人,那一年二十九岁,又聪明又美丽。吸引莱利的,不仅是她的智慧和美貌,还有她和重要的俄国官员的密切联系:她的前夫本来是俄国海运部的官员,因为爱上莱利而离了婚。狡兔死,走狗烹,莱利的第一任妻子玛格丽特已经毫无用处了,莱利就让她卷起铺盖回了伦敦。

与此同时,莱利还成功地运用美男计,勾引了一位俄国部长的妻子,借机刺探德国向俄国运送武器的情报。

莱利的第三位也是最后一位妻子是来自南美的佩皮塔·莱利(Pepita Bobadilla Chambers Reilly),就是前面写回忆录那个。她说,她和莱利是一见钟情:1923年的某一天,她正在喝咖啡,抬起头时,却发现房间对面有一双棕色的眼睛在看着她;两双眼睛对视的那一瞬间,她感觉到一股"美妙的快感"(delicious thrill)穿透全身。

他的眼睛,她说,很果断,善良,还有些忧郁。他脸上的表情带着点嘲讽的意味:那是一张多次笑对死亡的脸。

情场老手西德尼·莱利捕捉到了她的眼神，马上心领神会，找到他们共同的相识给他们作了正式介绍。他又一次看着她，她又一次感受到那种"美妙的快感"。用完眼睛的武器之后，他又用起另一件武器——三寸不烂之舌，跟她讲欧洲局势，讲俄国局势，讲苏联情报机构契卡，讲战争……她恍然大悟地说："原来你就是那个头号间谍。"

"露馅了。"莱利潇洒地笑着承认。不到一个星期，他们就订婚了。

然后他们就结婚，两年以后，他秘密失踪，然后她就寻找，怀念……这两年，虽然短暂，颠沛流离，而且还是悲剧结局，却也成了她生命的最亮点。

根据迈克尔·凯特尔（Michael Kettle），西德尼·莱利一生滥情，他一辈子只对一个人忠心耿耿：他唯一的真爱是堂妹菲利莎。

青春年少的西格蒙德，情窦初开，却错误地爱上了自己的嫡亲堂妹。两家人惊恐万状，坚决禁止他们往来。西格蒙德愤而离家出走，从此浪迹天涯，漂流世界。如果不是初恋受挫，如果他们顺利地成了眷属，也许西格蒙德就会在家乡默默无闻、平安幸福地度过一生。

莱利第一次结婚后住在中国旅顺口，他所心爱的堂妹却已经成为一个年轻寡妇，带着两个年幼的孩子住在华沙，后来又定居维也纳。在整个大家族中，莱利对其他家人都若即若离，只和堂妹保持着联系。莱利每次前往伦敦，都要中途在华沙或维也纳停留，去看望堂妹。大家族中，只有她知道莱利实际上是个间谍和情报官。

1913年3月，他从圣彼得堡寄给她一本德文版的欧玛尔·海亚姆的《鲁拜集》。书的封皮是美丽的绿色皮革，书面上有一面金色的扇子。书内，莱利手抄了第二十九首诗歌的德语译文对应的英译和汉译（伯昏子译）：

Into this universe, and why not knowing, I don't know why（不知何日亦何由）

Nor whence, like water willy-nilly flowing, heaven and earth, yellow water（天地玄黄水自流）

And out of it, as wind along the waste, where is the wind going（橐籥出风何处去）

I know no whither, willy-nilly blowing（无心荡荡过黄畴）（伯昏子译）

反苏间谍与革命英雄："他是牛虻"

除了邦德，莱利还被人当作牛虻的原型。

BBC的电视剧《莱利：头号间谍》，主题曲就是迪米特里·肖斯塔科维奇的《牛虻组曲》中的浪漫曲。这段舒缓的曲子，在每一集的开头重复播放，无形中，倒给莱利增添了一点英雄色彩，近乎美丽而悲壮了。

莱利是牛虻原型的说法，还是来自罗宾·布鲁斯·洛克哈特。他的父亲，就是曾经与莱利一同合谋刺杀列宁的英国情报官员洛克哈特。

1895年，西德尼·莱利（当时还叫西格蒙德·罗森布鲁姆，Sidney Rosenblum）在伦敦与《牛虻》作者伏尼契（Ethel Lilian Voynich）相识。莱利初来英国时，资助他来英国的人给了他一千五百英镑。莱利把这笔钱花在了时装、餐厅和赌博上；这个有着橄榄色皮肤、蓝黑色头发和锐利的棕色眼睛的年轻人，风度优雅，潇洒倜傥，走在大街上，回头率极高。

伏尼契在维克多利亚女王晚期的文学圈子中小有名气，在俄国移民圈子中也很有影响。伏尼契亲近俄国革命团体，是受了俄国民粹派作家克拉甫钦斯基（笔名为斯吉普涅雅克）的影响。在他的鼓励下，她还前往俄国旅游了两年。1892年，她和一个受过她帮助、后来从流放地逃到伦敦的波兰革命者米哈依·伏尼契结婚，并双双积极参与俄国流亡者的活动。

洛克哈特宣称，1895年，莱利和伏尼契一见钟情，莱利用手头余下的三百英镑赠款余额，带着伏尼契一起旅行到了意大利。同行期间，莱利"向他的心上人敞开了心扉"，向伏尼契讲述了他在俄国度过的奇妙的青年时代。

他们的短暂恋情结束后，伏尼契于1897年发表了她的小说《牛虻》。洛克哈特断言，《牛虻》的主角亚瑟·伯顿，就是以莱利的早年生活为原型的。小说中亚瑟假装自杀，失踪去南美隐居十三年，也与莱利的经历惊人地相似。

《牛虻》在中国名气很大，我却从来没有看完。革命小说也不是一点也没有看，《钢铁是怎样炼成的》里的保尔·柯察金我就记得多一些，尤其是保尔在河边钓鱼，冬妮娅在旁边调皮捣蛋，头顶上的引用泡泡里印着她说的话："咬钩了，咬钩了。"还有保尔对维克多说的话，也是圈在泡泡里："你想打架么，老子不怕你。"再后来他们都长大了，在铁路边碰见她，她的手笼在暖和的手筒里，保尔不叫她冬妮娅，而叫她"女公民"。而对《牛虻》却是毫无印象。这本书小时候肯定是翻过，只记得里面有一幅插图，是个穿黑长袍的老头儿，现在想来，那幅插图里一定是教士，牛虻的父亲蒙泰里尼。

这回有心挖掘八卦，雄心勃勃地去了图书馆。图书馆里小说《牛虻》中文版英文版俱全，双双请了回来。原来牛虻竟是一副病弱的贵族青年形象："他长得又瘦又小，不像三十年代的英国中产阶级青年，更像是一幅十六世纪肖像画中的意大利人。从长长的眉毛、敏感的嘴唇到小巧的小脚，他身上的每一个部位都显得过于精致，太弱不禁风了。要是安静地坐在那里，别人会误以为他是一个身着男装的女孩，长得楚楚动人。"

看到一张莱利年轻时的照片，面容精致，风流自许，确实有些贵族青年气派。他并不像牛虻那样弱不禁风；他神采飞扬，倒比牛虻还要多几份魅力。

洛克哈特说，莱利和伏尼契这对年轻情人一起访问了拿破仑流放地埃尔巴岛。莱利虽然手头拮据，还是花一百英镑购买了建筑家夏尔格兰（Chalgrin）设计凯旋门的初稿，上面还有拿破仑的亲笔评论。从这桩收藏开始，莱利收集了大量拿破仑文物。

到佛罗伦萨时,莱利却告诉伏尼契,他在英国有公务,必须马上回国。就这样,他金蝉脱壳,轻松地遗弃了这个情人。

《牛虻》的纯文学价值不高,其政治和历史影响却远远超出作品本身。《牛虻》在苏联被奉为革命经典,顺带着也成了中国的革命经典。在当时的苏联,人们甚至将伏尼契列为与莎士比亚和狄更斯并驾齐驱的著名英国作家。

而莱利后来的主要功劳,却是试图颠覆苏联的布尔什维克政权。如果莱利果真是牛虻的原型,我们这些事后诸葛亮,就不难看出历史的绝大讽刺了。

最近才发现,原来伏尼契原姓是蒲尔,她的父亲是著名数学家乔治·蒲尔(George Bool)。他在数学上有多大建树,我没有数学专业背景,无从判断,只是知道,计算机语言中的蒲尔变量,便是以他命名的。蒲尔老爹也认为,莱利就是他女儿创作牛虻的原型。

没有祖国的犹太人

那么,这个莱利究竟何许人也?他究竟是不是邦德和牛虻的共同原型?

关于西德尼·莱利的生平和作为,史学家和八卦专家众说纷纭,不过他们总算找到了一些大家都公认的、毫无争议的基本事实:西德尼·莱利原名西格蒙德·罗森布鲁姆(Sigmund Rosenblum),1874年生于乌克兰首府敖德萨附近一个富有的犹太地主家庭。

1890年的一张照片上,十六岁的西格蒙德看起来犹太特征很明显,梳着偏分发式,头发略带波浪,表情严峻果决。照完这张像以后,西格蒙德就离开家乡,浪迹天涯,学了多种语言,效忠过多国政府,爱过无数女人,娶过至少三任妻子,和天主教、犹太教和佛教三门宗教有过牵连,最后,在他五十一岁那一年,被苏联政府秘密镇压。

莱利和特里比西·林肯当然有相似之处:都是出生于犹太人家庭,都很有政治野心——或者说是自大狂,都有一点弥赛亚的使命感,觉得自己到这个世上走一程,一定要改天换地,不能雁过无痕,寂寂无闻。身为犹太人,他们没有"祖国",对他们出生地所在的国家没有依恋和负疚感,使得他们能够毫无牵挂地成为国际间谍;游离于各种宗教信仰之间,他们都没有真正的价值观念和道德羁绊,因而能够随心所欲,无所愧疚。

莱利究竟是否邦德和牛虻的原型,可以见仁见智。我们所面对的"历史人物"西德尼·莱利,其实早已经过了戏剧化的加工:真正的莱利,与我们所知道的莱利已经相去甚远,因为莱利本人,和特里比西·林肯一样,撒谎成性,他们说的关于他们自己的一切,很多都是不实之词。也就是说,我们看见的一切有关莱利的"历史资料",无论是一手的,还是二手的,都已经不完全可靠了:我们的主人公,实际上是塑造自己形象的最好的小说家和剧作家。

莱利沉湎于幻想之中,确信自己是伟人,甚至相信自己是耶稣基督。但他并不是一般意义上的狂想症病人:一旦涉及间谍工作，莱利又总能十分冷静地利用这些狂想和谎言，从而达到自己的目的。

莱利本人的书中，偶尔也提及，他认为颠覆红色苏维埃政府，有益于俄国人民和全人类的伟大事业。不过，从莱利的叙述中，我看不到多少坚定的信仰和高尚的动机，只是觉得他是一个很大胆、自我很膨胀的人物，他那么出生入死，与其说是为了拯救俄罗斯人民，莫如说是实现他那个"伟大"的自我。

也有人认为，莱利成为间谍的原因很简单很直接：钱。他喜欢豪华生活，喜欢游山玩水、声色犬马，赌博是大手笔，吃喝是"食不厌精，脍不厌细"。安德鲁·库克认为，莱利贪财好利，他投靠苏格兰场、充当"特别情报员"的主要动机，就是金钱。

也有人不同意说莱利是邦德的原型。根据迈克尔·凯特尔，弗莱明否认莱利是邦德原型："詹姆斯·邦德是我运用想象力梦想出来的人物。他不只是一个西德尼·莱利。"

说莱利是牛虻原型的，只有一个洛克哈特。维基百科里的几条，引用的都是洛克哈特这同一个资料来源。安德鲁·库克就认为这个说法有可能是莱利自己在自吹自擂，不过他也承认，莱利确实是伏尼契夫妇的朋友，伏尼契为了"自由俄国"的活动经常去欧洲大陆旅行，她的丈夫，很可能也希望让老朋友莱利在旅途中陪伴和照料她。

安德鲁·库克还说，莱利追随伏尼契，有可能是受伦敦的市府警察特署的威廉·梅维尔（William Merville）之命，监督和报告她那些激进的、亲俄国流亡者的活动而已。

有了"国际",便有了国际间谍。东西方交往的增加,殖民主义的发展,现代意义的"世界"逐步形成,林肯和莱利这样的国际投机家和弄潮儿就应运而生了。他们配合官方的殖民政府和外交机构,以个人身份行走于各国政府和团体之间,合纵连横,坚定地相信自己是在改变历史的进程。作家们的生花妙笔,加上我们的想象力,让这些投机家和弄潮儿,幻化成了像邦德和牛虻那样浪漫的英雄。

好书，好电影，破历史：《阿拉伯的劳伦斯》

最近读了一本 T. E. 劳伦斯的传记（*Lawrence of Arabia：The Authorized Biography of T.E.Lawrence*, by Jeremy Wilson, Atheneum, 1990），作者杰瑞米·威尔逊毕业于牛津大学和伦敦经济学院。他起先是为 T. E. 劳伦斯的 1971 年出版的《少数派》（*Minorities*）作过传记介绍，后来将这个介绍扩展为正式的传记课题，并成为研究劳伦斯生平的学术权威。

年少浪漫的时候，我一向喜欢电影里开拓异邦的英雄人物。譬如《走出非洲》里的丹尼斯（罗伯特·雷德福，Robert Redford），又譬如《阿拉伯的劳伦斯》里的劳伦斯（彼得·奥图，Peter O'Toole）。彼得·奥图还扮演过《末代皇帝》里的庄士敦，我对这个角色不太向往，大抵是因为远香近臭，还有就是天生讨厌清宫戏，哪怕是洋大人拍的清宫戏。

喜欢这些玩意儿的时候很肤浅。年轻时的罗伯特·雷福德，年轻时的彼得·奥图，金黄的头发，金黄的皮肤，被异国的阳光熏烤得健康而美丽；他们如救世主一般从天而降，出现在遥远的国度，时而穿着英国绅士装，偶尔也表示开明地穿上地方装，一举手，一投足，都是那么收放自如，潇洒得体。丹尼斯爱的是别人的被冷落的妻子，劳伦斯放弃了平安优裕的殖民老爷生活，和造反的阿拉伯人一起长途跋涉，书写着伟大的历史，悲壮、浩渺。

念博士的时候当助教，每次教授都要布置我给学生放《阿拉伯的劳伦斯》，起先是把录像机搬到教室里放，大家排排坐一起看，后来又去学校图书馆的音像室里放，同学们自己去借，然后自己找个小屏幕戴了耳机看。

每次我都跑东跑西地张罗，觉得自己很重要。来来去去，电影其实也没认真看，看完电影之后课堂讨论，讲解、回答问题、引导讨论，来回几趟，换过几拨学生，我自己也就混到了学位。

有一天，和朋友聊起《阿拉伯的劳伦斯》，要回头去看看，却突然发现，对这个电影已经无法忍受。尤其是里面一个镜头，以前最喜欢的：阿拉伯叛军拦截奥斯曼帝国的火车，成功了，然后，彼得·奥图跳上火车，金子般灿烂的夕阳之下，他的阿拉伯头巾金碧辉煌，金黄英俊的脸，如古铜的雕塑，阿拉伯长袍衣袂飘飘，在晚风中猎猎翻飞，然后是万民景仰，齐声高呼：劳伦斯！劳伦斯！

读过一些书，眼光渐渐挑剔起来，这样煽情的场面，已然觉得不可忍受。

奥玛·沙里夫（Omar Sharif）应该是西方世界所知的最有名的阿拉伯演员了吧。他演的是费萨尔手下的阿里，眼神忧郁、戒备、防御，特别有悲剧性。他扮演的日瓦戈医生其实和这个阿里也有相通之处，就是诗人气质，人性在历史政治风云面前无能为力、手足无措的悲哀。

后来阿里对劳伦斯表示"臣服"，让我特别反感。一下子给了劳伦斯道德的、文化的、种族的优越感。劳伦斯还有两个阿拉伯奴隶跟班。不管他多么同情阿拉伯人，这种潜在的居高临下的"救世"使命感，恰恰是今天中东很多问题的内在根源。

很多人，对非洲的了解，除了新闻中播放的种族冲突、政变、饥饿，最近还有海盗，就是一部《走出非洲》了。据说，非洲人对《走出非洲》恨之入骨。可以想象，阿拉伯人会怎样看待《阿拉伯的劳伦斯》。

读传记总是有些危险。自传自不必说，人写自己，总是会有意无意地矫饰。为别人作传，问题就更多。读这本《阿拉伯的劳伦斯》之前，我本来是带着很重的戒备心的，读着读着，还是未免会放松警戒，渐渐地喜欢起他这个人来。至少是带上了很重的同情心。很矛盾。

写传记，一般只能按时间顺序，杰瑞米·威尔逊就是这么做的。劳伦斯和威尔逊都是牛津毕业的。劳伦斯的时代，牛津也有女子学院，但他的生活中基本没有女性，东方人也不会多，钱钟书和杨绛是很多年以后才来，而且只有钱老是正式学生，杨绛是陪读。

威尔逊一面否认关于劳伦斯的各种八卦，一面又不断散布这些八卦，都是半史实半业余心理分析的东西；总之，劳伦斯很勤奋好学。勤奋好学有两个原动力，一是他比较矮，只有五英尺五英寸，二是他是个私生子，在当时的社会里，私生子是非常受歧视的，因而他有更强烈的欲望，要超越自己，建功立业。另外，关于他的同性恋倾向，电影里好像有一些这样的暗示。这个太八卦，威尔逊基本持否定态度。

威尔逊认为劳伦斯有三个功劳：第一，战前在叙利亚省（含今天的叙利亚、黎巴嫩、以色列、巴勒斯坦和约旦）的考古活动；第二，在一战尤其是在阿拉伯起义中的作用；第三，战后任职英国外交部以后对于英国中东政策的影响。

劳伦斯自己也写了几本书，比较有名的是《智慧七柱》(*The Seven Pillars of Wisdom*)。说说我的经验，看人物八卦时，人物本人的自传，要到最后才能看，免得早早被作者收买，成为作者的代言人。

眼下，我只对劳伦斯的第二大功劳"在一战尤其是在阿拉伯起义中的作用"最感兴趣。看看这家伙到底干了些什么。

一战开始时，英国控制着埃及和苏伊士运河，它在中东的主要利益已经得到保障，所以并没有直接取代奥斯曼帝国的意向，因为那样代价太大。英国支持土耳其内部的阿拉伯民族主义，鼓励阿拉伯穆斯林与土耳其穆斯林分裂，然而，只有在一战爆发、土耳其加入德国一方参战时，英国才决定正式支持阿拉伯人的起义。

战争一开始，劳伦斯就报名参军。因为他以前在叙利亚省做过考古，所以他被分派到驻埃及的英军情报部门，专门负责搜集有关叙利亚的情报。作为个人，劳伦斯真诚地希望阿拉伯地区，尤其是他最关心的叙利亚省能够取得独立，保持自己的文化、语言和社会机构。在他看来，英国比法国和奥斯曼帝国都更能保证阿拉伯人的独立。

劳伦斯协助造反的阿拉伯领袖，是费萨尔王子。当时和英国人比较合作的是麦加的沙里夫侯赛因。他控制着伊斯兰教两大圣地——麦加和麦地那，对土耳其的伊斯兰教权威哈里发早有异心。英国人通过劳伦斯向阿拉伯人许诺，如果他们向土耳其人造反，等奥斯曼帝国崩溃以后，阿拉伯人就可以取得独立。

侯赛因有几个儿子，其中数费萨尔最有才能和眼光。劳伦斯于1916年12月至1917年1月前往费萨尔所在的赫加兹临时访问，和费萨尔相互欣赏，费萨尔遂向英国驻中东总督请求劳伦斯长期留在他的营地。劳伦斯于是开始了他的传奇生涯。

阿拉伯人造反了，奥斯曼帝国土崩瓦解了，一战打完了，于是便有了1918年分发战利品的巴黎和会。费了很大劲，费萨尔王子才得以代表阿拉伯人参加。但是，在整个世界重新洗牌、拟定现代中东版图的时候，他手里也没有一张能够打得出去的牌，没有人理会他。整个和会期间，他待在自己的房间里，等着大国分给自己一块蛋糕，据他自己说，他一直陷于深深的抑郁。

中国人在巴黎和会上也是同样的命运。中国同样也是在胜利一方，然而，巴黎和会上的大佬们，却决定将山东威海从德国人手里拿回来，再转赠给日本人。

分蛋糕的结果，费萨尔没有得到英国曾经许诺的大叙利亚，叙利亚和黎巴嫩被划给了法国，巴勒斯坦划归英国托管，连约旦，都要给他的哥哥阿卜杜拉。英国只好划出一个伊拉克，让费萨尔去伊拉克当国王。为了保护亲英的伊拉克人，英国还专门把科威特从伊拉克划出来。

费萨尔得到伊拉克的代价，是承认《贝尔福宣言》。1919 年 1 月 9 日，费萨尔和犹太人领袖哈伊姆·魏兹曼签署了《费萨尔-魏兹曼协议》(Faisal-Chaim Weizmann Agreement)，代表阿拉伯人（包括巴勒斯坦人）接受了《贝尔福宣言》。巴勒斯坦将成为犹太人的家园。

和一般传记不同，这本书写的不是一个人，而是一个地区，一个时代。这个地区的许多冲突和纷争，都是从劳伦斯时代延续而来，这个时代也没有结束。劳伦斯的局限，是时代的局限。他不过是在特定的时间，出现在特定的点，打在他身上的聚光灯，照出的也不是他的个人，而是错综复杂的政治、外交、民族、宗教和文化的蛛网。在他这个蜘蛛身上，牵出的是现代中东的形成过程。

书读到六百页，也不再那么愤愤不平了。并不是因为上了作者的当，而是因为意识到了，自己对劳伦斯的失望，其实是对他所在的地区和所处的时代的失望，说到底，不过是我自己那种幼稚的英雄主义的幻灭。事实上，从来就没有一个马背上驰骋的英雄能够拯救这个地区和时代的人民。

书是好书，甚至电影也是好电影，糟糕的，是历史本身。

祈望和平

将军沙龙，好战、残酷、无情。政治家沙龙，强硬、顽固、坚定。然而，当众多以色列人仍坚持"大以色列国"一寸土地都不能割让时，沙龙却力主撤离了加沙。

戎马一生的沙龙（Ariel Sharon），将与他的前任拉宾（Yitzhak Rabin）一样，不是作为战场上的将军，而是作为和平的战士，载入史册。

我的老师格兰达（Glenda Abramson），是牛津大学研究以色列诗人耶胡达·阿米亥（Yehuda Amichai）的专家。在我的记忆中，阿米亥也仿佛变作了一个女性，总是带着格兰达的容颜，用舒缓柔和的声音向我诵读着自己的诗篇。

> 我想让我的儿子在意大利当兵
> 帽檐上点缀着五颜六色的羽毛
> 快乐地东跑西颠，没有敌人，无须伪装
> 我想让我的儿子在梵蒂冈的瑞士卫队里当兵
> 彩色的军装、饰带和尖尖的长矛
> 在太阳下熠熠闪光
> 我想让我的儿子在英国当兵

> 在雨中为宫殿站岗
> 头上戴着高高的红皮帽
> 每个人都盯着他瞧
> 而他,眼皮都不眨
> 只在心里头嬉笑

阿米亥说,意大利、梵蒂冈和英国的士兵都是那么风流倜傥,他们的军装都是那么神气漂亮。诗人调侃着各国士兵,似乎是嘲笑他们是银样镴枪头,绣花枕头,而他的调侃背后,是无尽的辛酸、羡慕和无奈。

因为,偏偏只有他儿子要去的那支军队,是真正的要上战场的军队。每一天,儿子都会面临着生死的选择,每一个时刻,父亲都会有无法释怀的隐忧;他多么希望,他的儿子只需要装饰一座美丽的宫殿,而不必在枪林弹雨中出生入死。

阿米亥曾经参加过以色列建国时期的独立战争,从战场上背回一个阵亡的战友。

> 我背上扛负着我的战友
> 从那以后我就总是觉得
> 他的尸身压迫着我,像沉重的天堂
> 在他的身下,我脊梁弯曲
> 如同地壳上拱起的断层

> 因为我也在阿希多德可怕的黄沙中阵亡
> ……
> 从此以后，我的家园就是我的坟墓，
> 我的坟墓就是我的家园
> 因为我已经在阿希多德的沙漠里阵亡

我暗暗庆幸，我的儿子没有生在以色列。在以色列，所有的男子，所有的女子，都要服兵役，除非他进入神学院，除非她在十八岁之前就已经结婚。一位将军说，打篮球赛时，他们每次都打得很认真，因为他们晚上还有行动，说不定就回不来，就没有机会扳个平手了。

他是一个幸存者。大概他也记不清，在历次战役里，有多少战友阵亡。

我曾经崇拜过军人。也曾经盼望着嫁一个英俊的大兵哥，长大以后为我随军还是他复员发愁。

我也一直崇拜军装、警装，在我的相册里，收藏着我和世界各地的潇洒大兵和警察的合影：白金汉宫，唐宁街十号，西点军校，白宫。白宫门口的警察还让我爬上了他的摩托车，搂着他年轻的腰身得意地合影。

对越自卫反击战刚刚开始的时候，街头会逐日贴出牺牲了的英雄们的名单，那时候我居然遗憾自己没有一个哥哥，可以在战争中为国捐躯。我是多么希望在阵亡英雄名单中发现他的名字。

我羡慕班里的一个同学，他的哥哥就在派往前线的那个部队。他学习不好，体育也不好，从来都是悄没声地来，悄没声地走。但那一段时间，他突然变得开朗、快乐。因为他的哥哥要上前线。

可是，没有几天，街头的英雄名单都不见了，因为英雄的名单越来越长，长到触目惊心，长到街头的报纸栏再也盛不下。

一将功成万骨枯。

同学的哥哥也上了前线。可是，就在上阵的头一天，还没有到达真正的阵地，他就精神崩溃了，于是被送回了家。

没有事的时候，他就坐在门口，呆呆地看着前方。他看见了什么？茂密的槟榔林，阿福砍过的椰子树，杀气腾腾的越南士兵，还是自己的无能，渺小和猥琐？

我们永远不会知道。我们只知道，隔一段时间，他就会疯狂，于是就必须有几个壮实的男人才能束缚住他，把他扭送到医院里去注射镇静剂；我不知道我的同学是不是暗暗希望过：如果他的哥哥干脆死在前线，多好。

有一段时间喜欢阅读《简氏防务周刊》(*Jane's Defense Weekly*)，喜欢和男士们大谈兵器种类、武器制造、军火交易、未来战争，心中有一种终于超越了琼瑶、三毛、无病呻吟和为赋新诗强说愁的成熟感。只有当纸上的军火交易翻译成连天炮火，冷冷的金钱的数目翻译成热热的生命的数目时，我才幡然悔悟。

我庆幸，我的儿子没有生在台湾。

我在美国读书的头一年，曾经在学校的招生办公室帮助他们处理中国学生的申请材料，我在那里看到了一份台湾学生的申请。他在美国就读中学，十五岁的时候就来了。他说：我最怕的，就是假期。每一个寒假、暑假，我就要为自己作出很多计划，去欧洲，去澳洲，去天南地北。其实我哪里也不想去。我想回家。

可是我不能回台湾去，我一回去，他们就会抓我去当兵。

在台湾，所有的男丁，都有义务当兵，于是这个男孩在十五岁之前就逃了出来，从此过着有家难回的生活。一个与我们同龄的台湾男生也说，你们光说要解放台湾，要打就快打，省得我们总是提心吊胆。我们当兵后，要抽签，我一抽，抽的是金门岛，于是和兄弟们抱头痛哭一场。

我庆幸，我的儿子没有生在伊拉克，没有生在阿富汗，没有生在黎巴嫩。

来自黎巴嫩的两位朋友，给我们讲述着他们在一九八二年战争中的经历。罗伯特说，那时候，每天晚上，只有在子弹的呼啸声中，他才能安然入睡；如果没有子弹呼啸，他会觉得异常，反而辗转反侧，难以入眠。

我庆幸我的儿子没有生在非洲，没有生在南美洲；我庆幸我的儿子没有生在巴尔干半岛，没有生在克什米尔，没有生在苏联那些说不出名字的共和国。那里总是有些人，只要官至上校就蠢蠢欲动，琢磨着发动军事政变，那里总是有不甘寂寞、野火烧不尽的宗教冲突、种族冲突、民族冲突，胡图，祖鲁，索马里，安哥拉，智利的丛林，苏丹的沙漠，高加索的山峦。

我的儿子生在美国。可是,我心中却一直有一种恐惧:或许我们终究还是在劫难逃。

科伦·鲍威尔(Colin Powell)脱下了军衣,当上了国务卿。我以为看见了和平的希望。战场上下来的士兵说,我们打够了,让我们制造和平。

可是,在那个致命的一天,在联合国,鲍威尔向全世界撒了谎。你可以从他的脸上看出来他是在撒谎,而且他自己都知道自己是在撒谎,也知道全世界都知道他是在撒谎。

后来,他还向公众承认了自己的错误。但不幸的是,战争可以一触即发,而和平的机会也总是转瞬即逝。鲍威尔的忏悔来得太晚,早已无济于事。

或许他是想留在他的办公室,牵制一下那些从来没有上过战场的"战士"。但战士们不许他委曲求全;等布什连选成功之后,他就被一脚踢开。

如果他在那个致命的一天愤然辞职,或许他依旧是无力回天,可是,至少,将来升天时,他可以问心无愧地面对那些死去的士兵和平民:弟兄们,父老乡亲们,我试过。

上过前线的杰丝卡·林奇说:我不是英雄,我只是一个幸存者。

军火商不会承认他们的目的只是赚钱,政治家不会承认他们的目的只是自己的官运,军事家也不会承认他们梦想着胜利后今人和后人的崇拜。他们会说,军火工业提供就业,军事力量提高本国在国际上的地位,是有重要的战略意义的,是值得使用你们缴纳的税款的。

他们还会说，上帝在我们这一边，我们是奉上帝之命惩罚恶魔，我们只不过是替天行道。

一部世界历史，记录的是帝王将相的丰功伟业，歌颂的是热血男儿的决胜疆场。母亲们的哭泣，父亲们的叹息，都在岁月的风尘中渐渐流失，偶尔飘过，都显得那么懦弱无力，夹杂着胆小鬼缺乏民族感情和牺牲精神的愧疚和羞惭。

可怜无定河边骨，犹是深闺梦里人。

经历过残酷战争的将军，更知道和平的可贵，更有诚心媾和的决心。拉宾如此，沙龙也如此。

十年前，拉宾在暗杀的子弹中倒下，如今，沙龙在病床上为生命的残存的机会挣扎。他们都知道如何当一个战斗英雄，他们都是胜利者，战争为他们带来了光荣，带来了成就，带来了人们的崇拜。

可是他们还是要和平。母亲们会感谢他们。人类会感谢他们。

金色的耶路撒冷

我去过耶路撒冷许多次。自己不是基督徒，不是穆斯林，也不是犹太人，听什么人说教都是半心半意，半信半疑。剩下的，大约也就是祖母灌输的一点不杀生、不害人的信条。姑奶奶是虔诚的佛教徒，又有洁癖，每次来我们家都是欠身坐在一张椅子角上，从不喝水，更不吃饭，我们小孩子都怕她。

去耶路撒冷时总是很失落。谁去那里都是朝圣，偏偏自己是一个漠然的看客。出国后，不知有多少牧师传道人试着劝我皈依，我也还真是认认真真地去参加过礼拜、查经、探讨，心里还羡慕别人能够找到灵魂的归宿，然而，自己心里那一片信仰的圣地，却仍旧是那个模糊不清的佛，依稀带着一点祖母的容貌。

耶路撒冷是个美丽的城市。奥斯曼帝国统治中东的时候，定过一项法律，耶城的所有房子都必须用本地出产的淡金色的大理石盖成。在热带的骄阳下，大理石熠熠闪光，一片金黄，各大宗教的神圣殿堂，掩映在阳光下的橄榄树丛中，站在橄榄山上眺望那个城市，心里能够想到的词便是：伟大，神圣。

然而，进城时，我看到的不是神灵，而是军人。飞机场，汽车站，大马路上，到处是荷枪实弹的士兵。而且，他们并不是戒备森严让人心惊肉跳，扛着大枪的男士兵都带着休假的绅士那种轻松的表情，像地中海附近的西班牙和意大利男人一样，他们个子都不算很高，黑眼睛黑头发，明目张胆毫不掩饰地打量街上过往的女人。女兵也一样，军服贴身，利索，飒爽英姿。除极少数个别外，所有的犹太青年都必须服役三年。

我的朋友，七十岁了，丈夫已经去世，我问起她的儿女，她说，老大在美国，老二打仗死了，老三在身边。说到死去的老二的时候，脸上的笑容都不曾消失。

还有一个朋友，她的家庭浓缩了以色列的历史：她丈夫是从美国移民来的，她自己是从俄国移民来的，住的是以色列建国以前阿拉伯人盖的房子，那房子用大理石盖成，掩映在树林之中，无论夏天多么炎热，一进门，溽暑顿消。

他们有两个儿子。她告诉我，在老二才十个月的时候，正赶上阿拉伯人暴乱。一天，她把孩子放在阳台上，进屋拿了一点东西，再出门时，发现有两个十一二岁的阿拉伯孩子正盯着她的孩子，手里各拿着一块大石头。

一、二、三，她告诉我，她准备数到十，数到十的时候，她就要跳上去护住她的孩子。

那两块石头终于没有砸过来。但是，做母亲的，却永远要提心吊胆地防范着它们。我也是一个母亲。孩子头疼脑热，感冒发烧，我每次都是辗转反侧，彻夜难眠，如果还要防范这些致命的石头，还有不长眼睛的子弹，我情愿，情愿不要做一个母亲。不敢，不敢做一个母亲。

年复一年，日复一日，战争，和平，和平，战争。我爱我的朋友们，在经历了最初的"文化震惊"后，我深深地爱上了他们的粗犷和直率，正好中和了我这个中国人的温和、婉转和息事宁人的习惯。其实，犹太人在东欧的时候，也是十分谦和的，并不尚武。二战和大屠杀把以色列变成了世界上最尚武的国家。

一个朋友，几十年戎马生涯，生离死别都成了家常便饭。他说，年轻时打篮球循环赛，头一天打赢了，晚上去摸巴勒斯坦人的营地，球队里一半人没回来。第二天比赛照常进行。"我又不知道自己能不能回来。"他笑着说。那一种从容，那一种习以为常，我心里涌起的不是对英雄的崇拜，而是深深的怜悯。几十年里，他那双手，不知道屠杀了多少阿拉伯人，也不知道埋葬了多少犹太战友。

我曾经羡慕过"有信仰"的人，参加一次犹太孩子的成年礼时曾经悲从中来，不知道将来自己有了孩子时能够传给他们什么传统，什么文化，什么信仰，因为自己一无所有。如今，孩子在跟前了，我突然想起从前祖母翻来覆去地叨叨的那些老生常谈，不杀生，不害人，以己度人，老吾老以及人之老，幼吾幼以及人之幼。

一个犹太人，可以虔诚，慈爱，宽容，然而，一上了战场，可以不眨眼地杀阿拉伯人。一个阿拉伯人，同样也可以虔诚，慈爱，宽容，然而也会在腰里捆上一捆炸药去炸犹太人。我会告诉我的孩子，神圣，上帝，祖国，理想，信念，民主，自由，爱情，友谊，都是伟大的东西，然而，如果任何一个人让你为了这些东西去屠杀另外一个人，你一定要住手，要三思、千思、万思而后行。生命最伟大。

中国人总是吃不饱，所以见面时问："吃了吗？"

英国天气总是不好，所以见面时问："早上好。"

犹太人和阿拉伯人总是没有和平，所以见面时问候："和平。"

一个没有信仰的女子，在为伟大的圣城耶路撒冷向所有的宗教的神灵祈祷：不要这多伟大，不要这多神圣。给那里的人们一点和平，一点安宁，一点平庸，一点世俗。还有，还有，还有梦中的橄榄树，橄榄树。

帮助黑奴逃亡的"地下铁道"

我们刚刚买下一座老房子,这座房子的一道门前挂着"1770"的标记,比美国建国还早六年,另一道门前挂着"1835",也就是说,房子在1835年又翻新或者扩建了一次。

地下室非常原始,除了现代化的锅炉、抽湿机等电器,其他的都是最初的石子铺地和石墙。石墙的一面,有一条隧道。前房主告诉我们,那是供黑奴躲藏和逃亡的地方,这座房子,曾经是"地下铁道"的一部分。

我们以前的对门邻居家的房子更老,房上也有一个小牌子,"1735"。他们家地下室也有这样一个洞穴,也曾经用来帮助奴隶躲藏和逃亡。

"地下铁道"是十八世纪末美国内战时期形成的有组织的一系列藏身之处,从南方一直延伸到加拿大,目的是掩护逃亡黑奴逃往北方,或者是加拿大。当时奴隶制在南方是合法的,而北方一些州,则陆陆续续废除了奴隶制。马萨诸塞州根据1780年的宪法精神,正式于1783年宣布废除奴隶制。然而,在联邦范围内,虽然奴隶制在北部州是非法的,1793年和1853年的《逃亡奴隶法》却又允许追捕逃亡奴隶的人前往自由州抓捕黑奴,于是奴隶们逃到北部废奴州也不安全,只有逃到奴隶制非法的加拿大,才能够真正获得自由。

地处新英格兰地区、离加拿大已经不远的马萨诸塞州，就是帮助这些奴隶逃亡的重要中转站。

帮助奴隶逃亡，今天看起来是十分普遍的民间活动，许多组织和个人都参与其中，但当时毕竟是有风险的活动，因而，很多行动秘密进行，没有留下系统的历史记载。前房主说，镇上有我们房子保护奴隶的正式记录，但我并没有看到。但是，我们更有名的一些邻居的房子曾经是"地下铁道"的一部分，却是有据可查的。

康科德有一座著名的房子，写《小妇人》的作家路易莎·梅·阿尔科特家住在那里的时候叫"山边"（Hillside），后来被写《红字》的作家霍桑买下来，改名"果园"（Orchard House）。

路易莎·梅·阿尔科特一家于1845年至1852年间住在这座房子里。1847年，他们至少让两名逃亡奴隶居住过。路易莎·梅·阿尔科特曾经多次提到"逃亡奴隶在我们家居住"，还提到一名三十岁的奴隶，在逃往加拿大途中，在她家住过一个星期。

如今，"果园"门口，除了门前的大招牌以外，房子右面的小山坡上还有两座碑。一座是石碑，告诉来访的人，霍桑生性孤傲，离群索居，这片树丛间的偏僻小径，就是他平时独自散步的路线。另一座是木碑，上面是一名双手持枪、民兵打扮的黑人。碑文告诉我们，这里曾经是凯西的房子旧址，"1775年，凯西是塞缪尔·惠特尼（Samuel Whitney）的奴隶。革命战争爆发时，他参加了战争，为殖民地而战，以自由人的身份回到了康科德"。

梭罗居住在瓦尔登湖的时候，他的小屋也曾经被用来帮助逃亡奴隶。当时康科德"地下铁道"活动中十分活跃的安·比格洛（Ann Bigelow，1813—1898）是梭罗家的亲密朋友，爱默生的儿子爱德华·爱默生曾经向他询问过瓦尔登湖在营救奴隶中的作用。比格洛说，梭罗居住在林中的时候，地下铁道的人有时候会把奴隶带到他那里，但那里不适合躲藏，于是他会在白天照顾这些逃亡奴隶，晚上则把他们带到他母亲或别人的房子里躲起来。他没有什么钱，但还是会给钱或借钱给奴隶们，然后基金会再给他报销。

梭罗母亲的房子是村中营救黑奴的一个据点。与梭罗同时代的蒙丘尔·丹尼尔·康威（Moncure Daniel Conway，1832—1907）记录了他在梭罗母亲家目睹的一个场面：

"他邀请我第二天来散步，但早上的时候，我发现梭罗因为一个拂晓时来到他们家门口的、来自弗吉尼亚的有色逃亡奴隶而兴奋不已。梭罗把我带到一个房间，那里他的好妹妹索菲亚正在照顾逃犯……我观察着梭罗对那个非洲人那种温柔和谦卑的忠诚。他时不时地靠近那个颤抖的人，用欢快的声音请他不要见外，不要怕任何力量会再次欺侮他。一整天他都在为逃犯站岗，因为当时正是抓奴隶的时候。"

据统计，通过"地下铁道"成功逃脱的奴隶至少有十万人，而试图逃亡的人数就更多了。

帮助奴隶逃亡的通道在十八世纪就已经开始出现了，乔治·华盛顿的弗农庄园有三百多名奴隶，他在1786年就抱怨过，一个贵格会组织（Quakers）就帮助他的奴隶逃亡。1831年，参与组织奴隶营救活动的人借用当时美国最时髦的蒸汽列车工业中的名词，正式用"地下铁道"来称呼他们的组织，组织中的地点和成员，也借用铁路工业的名称，成为"火车站""列车员"。

1865年美国国会通过第十三修正案，宣布解放奴隶以后，地下铁道也完成了它的使命。

2015年，哥伦比亚教授、研究美国内战历史的专家埃里克·福纳（Eric Foner）发表了关于奴隶逃亡的专著《通向自由之路：地下铁道的隐秘历史》。为了保密，很多营救黑奴的活动都没有精确的记录，但这本书利用新发现的历史证据，记录了纽约的自由黑人和白人废奴主义者一起合作帮助黑奴逃跑的历史。他们于1835年组成"纽约警惕委员会"，这个组织几年之后，于1840年代向北发展，开始合作，将南方、华盛顿、巴尔的摩的逃亡奴隶，经费城和纽约，运到纽约上州的阿尔伯尼、雪城和加拿大。

福纳使用了西德尼·霍华德·盖伊（Sydney Howard Gay）保存的资料，把传说中的"地下铁道"变成了真实的历史记录。真正摧毁了奴隶制度的是美国内战，但"地下铁道"也证明，消灭奴隶制的不光是战争，还是每一个个人、每一个家庭，基于自己的信仰而做出的一步一步的努力。

这本学术著作发表一年之后，科尔森·怀特赫德（Colson Whitehead）于2016年8月发表了小说《地下通道》。小说中，两名黑奴从乔治亚州的种植园逃出，通过地下通道逃往自由州。这部书出版后反响很大，获得了 2017 年的普利策文学奖和其他奖项。

这类题材纷纷引起关注，也是因为它们涉及的很多问题在今天依然存在。最近发生的南卡抗议事件，起因就是因为市政府要拆除纪念南方将军罗伯特·李的雕像。美国南方北方、不同种族和阶层，对这个问题都有着不同的看法和态度。与此相关的黑奴逃亡的历史，也是一个非常复杂和敏感的话题。

| 语言·翻译 |

小说·电影《特别响，非常近》

终于看电影了。电影《特别响，非常近》是根据乔纳森·萨福兰·弗尔的小说改编的，中文版是我翻译的。果然不出所料，电影是不如书的。小朋友们也一样，真心喜爱的小说，甚至都不愿意去看电影，担心电影糟蹋了他们的小说。《珀西·杰克逊和闪电小偷》(Percy Jackson and the Lightening Thief) 就是一例，这本书我还算读过，电影也看了，倒也没觉得电影有多糟糕，但他们护书，就觉得电影特别不好。另一个例子就是《伊拉贡》(Eragon) 系列，还振振有辞地说，没看他们拍了一部不成功，都不接着拍下去了吗。

预先知道电影一定是要选择性地使用书中的信息的。看完发现，电影最大的问题是把多层次地探讨人性和人际关系的小说，变成了单层次地讲述小男孩奥斯卡在"九·一一"失去父亲之后经历的故事。小说虽然讲的也是奥斯卡的故事，但背后衬托的爷爷奶奶在德累斯顿爆炸中的经历占了很大分量——百分之三十没有，百分之二十总有吧，另外还有百分之五的日本核爆之后的故事。我觉得弗尔选择这两个二战"战犯国"的平民遭遇是有机心的：他反对的是一切残害人类的战争和暴力行为，对暴力的反对超出了宗教、种族、"正义"和"非正义"等将人类分隔成不同团体的抽象概念的范畴。

电影一旦单纯跟随奥斯卡的行踪，就变成了纯粹是一个孩子在"九·一一"失去父亲之后心灵康复的故事，类似于平铺直叙的纪录片，失去了其中的内核，也容易加固观众可能本来就有的对"九·一一"肇事者的宗教和种族背景的偏见。

还有，光是平铺直叙还好，怕就怕煽情。什么叫煽情？就是让观众觉得不能不感动的细节。汤姆·汉克斯（Tom Hanks）和桑德拉·布洛克（Sandra Bullock）还好，朴实真实，尤其是汤姆·汉克斯，他演的都是悲剧发生之前的日常细节，因而还算气定神闲。桑德拉·布洛克只能算差强人意——失去了丈夫的女人应该是什么样子，大约也就是那个样子吧，虽然最后她看儿子的笔记本时多次会心微笑，让我多少有些尴尬。

关键是奥斯卡……电影是小说来的，小说里可以大段大段地写奥斯卡小脑瓜里转的聪明小念头，但在电影里，奥斯卡只能用旁白说出自己的内心活动，有些地方太长，他又是个小天才，我不知道除了我以外，还有多少人能够真正懂得他和自己开的"圈内玩笑"。书中许多文字游戏，本来是这本书的特色，并没有在电影中表现出来，真要是都表现出来，电影更不容易看了。

另外，书中的奥斯卡是"我"，所以作为读者的我从来没有想过我喜欢不喜欢他的问题。一到电影里，奥斯卡成了一个"他"，一个九岁的男孩，于是作为观众的我就想我是不是喜欢他。——这么想，就觉得对不起可怜的孩子。因为他的当务之急是为了努力活下去，而不是为了让我们爱他。在许多情节上，当导演强迫我感动的时候，我反而觉得和奥斯卡之间有了距离。

爷爷还好，奥斯卡话太多，爷爷一言不发，仅靠表情（和手掌）表达，多少是一种弥补。但爷爷在小说中是立体的，德累斯顿爆炸浓墨重彩，在电影里却成了单面，总是一种遗憾。

音乐也有些过犹不及。我的音乐耳朵并不灵，但好几个地方却觉得受到了干扰，感觉喧宾夺主，至少是觉得用力过猛，tried too hard。

结尾也有些好莱坞……连这样沉郁的电影，也要拍出个大团圆：奥斯卡有了继续生活的勇气，爷爷奶奶大团圆，爸爸生前藏下的线索也找到了，爸爸的钥匙居然也有使人破镜重圆的魔力，陌生人夫妇大团圆，你好我好大家好……我自然不希望奥斯卡永远痛苦下去，不过觉得这样太廉价、太好莱坞罢了。

还是看电影之前的直觉：电影获得奥斯卡电影奖提名，是人们对"九·一一"这个事件的尊重，而电影最终没有获奖，还算是艺术的胜利。

乔纳森·萨福兰·弗尔的《我就在这儿》

乔纳森·萨福兰·弗尔（Jonathan Safran Foer）总共出过三部小说，《我就在这儿》(*Here I Am*) 之前两部小说都相当成功，并被改编成了电影，有著名导演和演员参与。第一部是 *Everything is Illuminated*，台湾译者杨雅婷把书名译成《了了》。我翻译了他第二部小说 *Extremely Loud and Incredibly Close*，一直忐忑、纠结，自愧找不到类似《了了》的好书名，其时电影已经获得奥斯卡奖提名，于是就沿用了大家已经熟知的电影译名《特别响，非常近》。弗尔另外还出了一本宣扬素食的非虚构作品《吃动物》(*Eating Animals*)，他自己承认，写非虚构是因为他写不出小说了——宣传材料和讲座介绍中都多次提到《我就在这儿》是弗尔十一年来的第一部小说。

"Here I Am"是《圣经》里的一句话。上帝召唤亚伯拉罕、摩西和撒母耳，他们都恭顺地说："Here I Am"。上帝命亚伯拉罕把亲生儿子艾萨克献祭，亚伯拉罕回答"Here I Am"，然后领着儿子上山，点好柴火准备燔祭时，艾萨克呼唤"父亲"，亚伯拉罕的回应也是"Here I Am"。

"Here I Am"，直译就是《我就在这儿》，意思虽然正确，却似乎很难翻译出上面这两种语境里的意义：前者是信徒回应上帝呼唤时的谦恭、及时而毫无置疑的顺从：我在这儿，听从您发落；后者是上帝回复信徒、父亲回答儿子时的宽容和抚慰：我都在这里了，你不用担惊受怕，有我呢。

乔纳森·萨弗兰·弗尔并非虔诚信徒，这本书如此命名，并没有那么强烈的宗教意义。

物以稀为贵，十一年而出一书，乔纳森·萨福兰·弗尔来波士顿的签售会是一定不会错过的了。老经验，因为工作忙而放弃参加某项活动，事后一定后悔，因为工作忙是常态，而某项活动不常有，留下的往往是遗憾，比如说一直想去见见埃里·维舍尔（Elie Wiesel），结果要么忙，要么他的讲题尽是哈西德犹太教（Hassidic Judaism），一拖二拖，不出所料，他老人家于 2016 年 7 月 2 日去世了。

乔纳森·萨福兰·弗尔还年轻，见的机会有得是，但碰巧我翻译的《特别响，非常近》上个月还刚刚再版出了精装本，正好在 NPR 电台里听到他来布鲁克兰签售的消息，回头还认真查了查，是波士顿的布鲁克兰（Brookline），不是纽约的布鲁克林（Brooklyn）——巧了，这两个区都是犹太人传统定居区，于是去吧。

提前下班，在地铁起点站 Alewife 停了车，一路红线绿线转到柯立芝角（Coolidge Corner）。柯立芝剧院门口居然已经排了一小队读者，都是等着听讲座、签售的。放眼望去，绝大多数都是犹太人。也难怪，组织者是犹太艺术协会（Jewish Arts Collaborative）。弗尔作品数量并不多，内容亦属严肃题材，并非畅销小说，却能够在读者群中享受到类似于摇滚明星一样的待遇，在人手一只智能手机、多媒体占据人们的闲暇时间、人的注意力越来越短的时代，更显得难能可贵。

弗尔不知从何处赶来,总之迟到了大约十五到二十分钟的样子。原创作家做活动的好处,就是可以念小说里的段落。弗尔大约讲了四十到四十五分钟的样子吧,其中一半时间是在念小说里的段落,剩下的是创作心得,他的心得也没有什么微言大义,这个没关系,作家么,最好的文字是作品本身,如果在这样的活动中讲得比小说更精彩,那倒是奇怪了。

原来这部小说在意大利和英国都已经出版,弗尔就从意大利讲起。弗尔说,他在米兰看米开朗基罗的最后一部作品《隆达尼尼圣殇》(*Rondanini Pietà*),感触很深。米开朗基罗老了,觉得自己一辈子都在为艺术工作,希望现在能够为生命而工作(all that time, I've been working on my art, not my life)。弗尔还年轻,四十来岁,还没有到只为生命而工作的年龄,所以他说,他觉得这本书是两者都有,在他的小说中,不存在这种艺术/生命的二元论。

小说中描写的是住在华盛顿特区的一个美国犹太中产家庭,弗尔本人就是华盛顿出生的,后来上了普林斯顿,现在定居纽约,在纽约大学教创意写作。他结过婚,有两个儿子,太太是小说家妮可·克劳斯(Nicole Krauss),她的小说《爱的历史》(*History of Love*)已经有中文译本。回家后才查到,原来两人已于2014年离婚。

《我就在这儿》主人公雅各布和弗尔年龄相仿,只不过弗尔只有两个儿子,而雅克布有三个儿子;他们同时经历着个人危机和外部危机:婚姻逐渐解体,以色列地震,中东的地区冲突。如此种种，很容易看出小说的自传成分。弗尔不承认小说是自传，但他又坦承，他与这部小说的主人公，比与他从前的主人公要更接近一些，也就是说，"生命"的成分要更大。既然里面有中东，有以色列，有美国的社会生活，婚姻，家庭，政治，社会事务，那么，这部书是不是很"政治"？当然，他自己不愿意这么看，只是说，他本来可以提出一种观点、提供一种实例，但他决定不这么做，而是提出很多观点、提供很多实例。

初到意大利时，弗尔提出要去看达芬奇的《最后的晚餐》，出版商说，你是著名的美国作家啊，要看《最后的晚餐》还不容易。于是他和儿子们视频的时候就吹牛说，你老爸要去看《最后的晚餐》了。儿子问：《最后的晚餐》是什么？我们都知道《最后的晚餐》描绘的是耶稣被门徒犹大出卖后和十二门徒一起吃的最后一次晚餐，尤其是看了丹·布朗的《达芬奇密码》以后更是尽人皆知，犹太家庭的孩子居然不知道。弗尔就跟儿子解释，"最后的晚餐"，就和犹太教的逾越节晚餐（Passover Seder）差不多。这里面的幽默实在无法翻译，要解释又是一大段。

弗尔提到《隆达尼尼圣殇》这尊雕塑，是想说，米开朗基罗这尊雕塑并没有完成——雕塑里有两个人，却有五只胳膊，原来计划雕更多的人，等到只留下两个人的时候，这条胳膊却不能去掉，因为一去掉整个雕塑就会失去重心而无法站立。于是就留下了遗憾。

弗尔说的是艺术创作中的遗憾，不过他认为这种遗憾也是一种有意的遗憾（intentional regret），而不是意外的遗憾（accidental regret)。一部作品完工，给人带来的是一种满足。写一部小说，不是为了写些好句子，不是为了塑造一些成功的人物形象，而是知道如何结尾。他自己翻箱倒柜的时候，发现有一部书，写到百分之七十五却写不下去了，自己都把它忘了。而《我就在这儿》这部书终于能够结尾了，他很满意。

弗尔念了两段，第一段是主人公雅各布上厕所时碰到斯蒂夫·斯庇尔伯格，然后纠结斯庇尔伯格是不是没有割包皮。第二段是主人公雅各布和茱莉亚在卧室里梳洗打扮，非常私密的场景。

结尾词是说，他希望他写的故事、情节、主人公们的喜怒哀乐和困境，无论什么背景的读者都能够辨认出来。

知道提问时间不多，他一停顿，我马上就顺着他的最后一句话提问了：作为作者，知道自己的作品会被翻译成别的文字，那么，你写作的时候会想到读者吗？你的作品里有多少是个人的，有多少是犹太的，有多少是美国的，又有多少是普世的。弗尔首先感谢我把它的书翻译成中文，中国可是有十四亿人在读书。我说是啊，《特别响，非常近》还刚刚再版了精装本，不久你就会和斯蒂夫·斯皮尔伯格一样富了（他念的那段小说里说斯皮尔伯格身家三十亿美元）。

回答我关于普遍和特殊的问题，弗尔说，写作的时候，很多情节、场景，是大家都有过经历、能够理解的，这一部分就是共通的，但是，到了某些特定的场合，比如夫妻在卧房的对话，这一段对话的前一段有可能是大家都有的，但过了某一条界线以后，就是他本人私有的了，他分享界线后面的细节，就是一种牺牲，因为他把自己私有的东西奉献了出来。

知道了他本人的婚姻变故,对他这段话有了新的理解。当然,他说的不仅仅是夫妻之间的个人私密,而是作品中的所有细节。其实,小说细节是否与他的个人生活吻合,这本身并不重要,故事的内核、事件、事例可以完全不符合他自己的生活经历。但他选择写作一个中年、中产、处于人生中途的犹太男人,和他自己目前的生活状态和人生关切还是有关联的。

最后,他倒是推心置腹说了一句话:说实话,写作这么艰难,能写出来就不错了,写作的时候,真的顾不上考虑读者。

讲座结束了,去柯立芝书店(Coolidge Booksmith)等他签名,究竟是在犹太聚居区,书架上有乔姆斯基的一堆书,也有我在校时的系主任乔纳森·萨纳的《林肯和犹太人》。今天顾不上买别的书,就请弗尔签了这次讲座新进的《我就在这儿》,还有刚刚再版的精装中文版《特别响,非常近》,是去上海时编辑仲召明同学当面给我的样书,还有就是原著,当初就是对着这本原著吭哧吭哧一页一页翻译出来的。

临走前和举办这次活动的犹太艺术协会人士聊了几句,他们感谢我去为他们的大明星捧场,提了好问题,但他们眉飞色舞的依然是我的中国人身份,好像我就是代表了十四亿中国人,来庆祝他们的犹太作家的成功似的。再看看周围占压倒多数的犹太面孔,我不得不承认,尽管乔纳森·萨福兰·弗尔是美国的,也是全世界的,但他,同时也还是犹太的,只不过他无法回答,这其中哪些因素有多少。其实哪个元素有多少，本也无关紧要。

这次讲座是 2016 年 9 月时听的，到现在一晃也过去了三四个月，之间各种耽搁，这本书搁在案头，断断续续地转年才读完，若是翻译，也差不多翻译出来了。和前面两本书相比，这本书似乎更"接地气"，如弗尔自己所说，更接近他自己的生活：一个横跨欧洲、美国和以色列的犹太大家庭，祖孙、父子、夫妻、世俗、宗教，犹太人、非犹太人，日常琐碎、突发灾难、生离死别，弗尔在这里一点一点地描述着每一个人的生活。

书中的男主人公雅各布，和弗尔年龄相仿，处在生命中同一个阶段，我们权且可以把他看作弗尔在书中的自我。如果说《特别响，非常近》的核心故事是大灾难后一个九岁孩子重新恢复生命勇气的故事，那么，《我就在这儿》的核心故事就是一个（美国）（犹太）X 一代（60+70 后）（文化）男人的中年危机。

与《了了》和《特别响，非常近》相比，这本书题材虽然不同，故事虽然也不同，但他一样使用多面平行和交叉的叙述方式，而叙述中，平和中又时不时穿插着狡黠的幽默机智，时不时再玩弄一些出其不意的文字游戏。书中的大人小孩都有他们的脆弱之处，甚至在他们互相摧残、互相折磨的时候，你也能感觉到他们之间的温情，和作者对他们的温情：我就在这儿。

小说结尾时，雅各布在与他和儿子最钟爱的宠物狗告别后，告诉自己："生命是宝贵的，而我活在此生此世。"(Life is precious, and I live in the world.)

我就在这儿。

《绑架风云》译后记

我是个业余翻译,难得翻译一点东西,选题自然就比较谨慎。不过,我倒也不是很挑剔,这几年翻译的几本书,无他,大抵要么有趣,要么有用,最好的,自然是有趣又有用的了。

翻译《瓦尔登湖》时,一心只想着把正文和注疏都翻译出来,辛苦归辛苦,却也乐在其中;完成之后,笑曰"曾经瓦尔登湖难为水",恐怕以后不会再翻译了。编辑推荐过一些书目,有文学经典,也有当代新锐、政论杂学,我都委婉推辞了。

轮到这本书时,我却欣然接受。

《绑架风云》(*The Kidnapping of Edgardo Mortara*)的主题是十九世纪意大利犹太史,大背景是欧洲和美国的外交史,我对这段历史一直比较感兴趣。作者大卫·科策也是从布兰代斯拿到的博士学位,又多了一份亲切。

翻译犹太历史题材的文字,多少有些还债的意味。我念书很顺利,论文稀里糊涂写完,答辩稀里糊涂通过,碰到有软件公司招工,却也是稀里糊涂就改行了。初时并不觉得,日久天长,却时时有些愧疚,毕竟当时学校将有限的经费提供给我读博士,我读完了却弃之不用,总是一种亏欠。若能在相关学科内翻译、写作,多少也能回馈一下当年资助过我的学校和基金会。

拿到书之后，粗粗读过，我便能够确定，这本书既是学术著作，行文又十分流畅易读，翻译起来会比较顺手，更重要的是，它能够为国内学者和读者提供一手材料，了解欧洲犹太历史、教会史，十分"有用"。

作者的叙事追踪着犹太小男孩遭绑架的来龙去脉，涉及罗马教廷、欧洲外交、犹太社区、美国政府和犹太组织等几条线索，书中人物，从教宗到红衣主教，从犹太领袖到贩夫走卒，人人都在认认真真地扮演着自己的历史角色，故事时时高潮迭起、处处横生枝节。因为地点和题材相近，翻译过程中，我时常不由自主地想起丹·布朗的畅销书《达芬奇密码》，读到关于教宗庇护九世和他手下的红衣大主教们的章节，眼前晃动的，就是《达芬奇密码》中那些庄严肃穆、身穿大氅的红衣主教们。从这个角度看，这本书除了有用，还十分有趣。

说到有趣，斯蒂文·斯皮尔伯格早就决定将这本书改编成电影，扮演教宗的是奥斯卡最佳男配角获得者马克·里朗斯（Mark Rylance）。据说另外一位同为犹太人的好莱坞大佬哈维·韦恩斯坦（Harvey Weinstein）还在与他同时竞拍，选择的大明星是罗伯特·德尼罗（Robert De Niro）。动手翻译的时候，我曾经玩笑过，要和斯皮尔伯格赛跑，争取赶在电影上映之前出书。到今天为止，我的译稿已经完成，斯皮尔伯格的竞争对手韦恩斯坦却深陷性骚扰丑闻，身败名裂，而斯比尔伯格的电影也尚未出笼。

翻译进展顺利，却和名导演执导电影并无干系。这本书既是学术著作，精炼、准确，又有故事情节，悬念不断，令人欲罢不能。我情人节那天正式开始敲字，到五月份就完成了初稿，一边敲字，一边迎接着波士顿在暖冬之后，春天的万物复苏、百鸟北归。

翻译总体来说不难，但也有疑难之处，一是宗教职务和种种繁文缛节，二是意大利文资料及来源。我注意到，第一个问题，作者也碰到过。科策原来在书稿里称主教费莱蒂神父为 the friar，后来书出版时却又一律改为 the monk。翻译过程中，有些宗教机构和教廷官员的名称，我尽量沿用现有的约定俗成的译名，但国内专攻意大利宗教史的学者或许会注意到，有些名称可能会和中文里现有的标准名称不完全一致。至于资料及来源，按理无需翻译，因为能够阅读意大利文原文的读者，自然可以直接去查阅原始资料来源，无需经过我这个译者节外生枝；然而，翻译出来也有价值，就是用注释佐证正文，好奇的读者还可以循注释而顺藤摸瓜，阅读更多的资料。这样一来，我也就勉为其难，将注释和索引全部译出，若有偏差和错误，我自当负全部责任。

还有一件令我忐忑的事，就是书名。原书名很纪实，就是《绑架埃德加多·莫尔塔拉》，或者《埃德加多·莫尔塔拉的绑架》。英文原文只有三个单词，还算说得过去，直译成中文却又长又拗口。于是我将它缩减成《绑架风云》。若是将"风云"理解为宗教界、政界和外交舞台上的风云际会，倒也算得上有几分切题，然而，不了解这本书的人，看见《绑架风云》，说不定会以为它是侦探小说。如果能诳得一些读者把它当侦探小说买了，我从中牟取稿费大利，顶多算是误导，不是故意诈骗。

翻译从技术上看难度不大，心情却十分沉重。这本书的作者科策是犹太人，但他的学术训练却是人类学，关注的是人在历史事件中的心理感受。于是，他的描写，虽然和其他史学家一样是在档案馆里翻阅故纸堆，他的关注点，却是每一个历史人物在扮演他们的历史角色时的喜怒哀乐、左右为难的困境。在这场复杂的宗教、历史和国际冲突中，作者虽然对埃德加多和他的父母多加同情，对于冲突的另一方——罗马教会的各级神职人员，尤其是教宗的描写，也同样浓墨重彩，并没有简单地将他们标成"落后势力"而一笔勾销。

暑假时选择了去意大利度假，顺便就地访问书中故事发生的地方。梵蒂冈博物馆内，每一件艺术品之前只停留七秒钟，也要看七年多才能看完，我却在庇护九世的雕像和门廊上的名字前再三停留。毕竟，他1846年当选教宗之后，统治天主教会长达三十一年，是任期最长的教宗，而且，在他统治期间，罗马教会失去了对周围领土的统治，从此退缩进了袖珍国家梵蒂冈。

离开罗马以后，我们前往佛罗伦萨。佛罗伦萨是文艺复兴的中心之一，也是莫尔塔拉家失去埃德加多之后投奔的城市。我们都是启蒙运动的学生，相信法国大革命促进了欧洲乃至世界的进步。翻译此书时，也很庆幸拿破仑占领意大利，促进了意大利社会尤其是知识分子思想的开放和启蒙，最后促成了意大利的统一。不过，在佛罗伦萨美术学院美术馆崇拜完馆中的镇馆之宝——大卫雕像之后，我们匆匆忙忙看了馆中的一件收藏，收藏不大，却能让我们目睹拿破仑带来的冲击甚至毁灭。

根据解说词，这里大部分作品都是1808—1810年间拿破仑占领期间托斯卡纳政府强迫教会关闭大批修道院后留下的部分遗物。保存下来的，都是宗教形象，有一面墙大小，都是从前教会敬奉的圣像。这里面有多少血腥、强制、愤怒、反抗和敢怒不敢言，是可以想象的。毕竟对信众来讲，这些圣物对他们来说是最珍贵的东西。

离开佛罗伦萨以后，我来到了这本书的起点博洛尼亚。和意大利别的辉煌、绚丽的旅游城市相比，博洛尼亚像是一个质朴谦恭的村姑。本来只抱着学习历史的目的前来，结果却发现她有别的城市没有的美丽——市中心几座大建筑，都有极为精致潇洒的长廊，令人流连忘返。登了城中的双塔，其中一座又高又直，另一座又矮又歪，让人想起施瓦辛格和意大利裔演员丹尼·德维托扮演的互不般配的双胞胎兄弟。从塔顶极目望去，四周都是教堂的尖顶，犹太人在这样的城市中生活，这些教堂时时刻刻会提醒他们，他们是异类、少数。下得塔来，我又参观了这本书故事演绎的重大场合圣彼得罗尼奥大教堂、圣多米尼科修道院，还步行到了埃德加多被绑架时莫尔塔拉家居住的犹太隔都，参观了他们那个小小的犹太博物馆。

有一道大铁门通往博物馆，我问过博物馆工作人员，这道门和周围的高墙，是不是从前隔都的大门和高墙。他说不是。一百多年前，却是一道类似的高墙，将犹太社区和四周的天主教社区隔离开来，墙里面的人过着和外面的人不同的生活，一个天主教女仆将几滴水洒在了一个犹太男孩的头上，于是引起了一家人的生离死别，参与了欧洲外交的风云际会，并且间接加速了天主教帝国的分崩离析。

1858年，是咸丰八年。这一年，中英签署《天津条约》，其中规定：鸦片改称洋药，可自由买卖及进口。地球另一面的清帝国里，也在酝酿着暴风骤雨。在跟随着莫尔塔拉家族的命运变迁的时候，我时常想到，不同的时间、不同的地域，人类都在以不同的方式承受着苦难。

七十五年后，希特勒在德国上台，博洛尼亚这个小社区的犹太人再次遭遇灭顶之灾。博物馆的一个小展室正在修建中，地面是黑色大理石，大理石上镌刻的，都是这个地区在大屠杀中丧身的犹太人的名字。

《如果比尔街可以作证》译后记

拿到《如果比尔街可以作证》(*If Beale Street Could Talk*) 时，我并不知道詹姆斯·鲍德温是谁，更没有读过他的小说。

看他的照片，瘦骨嶙峋，也没有马上产生似曾相识的亲切感。

然而，打开小说，第一句，就觉得亲近。是一个女孩子蒂希的自述。

我平时接触的黑人并不多，理念上自觉比较进步、平权，实际上，下意识中还是有很多偏见。初到波士顿上学时，住的地方周围有些公寓，公寓里有些黑人，而且，和这本书巧合的是，还有很多波多黎各人，夏天有个日子，波多黎各人还会在镇中心举办一场波多黎各文化节。

从编辑彭伦那里拿到英文原稿时，我觉得应该做些家庭作业。大约亚马逊的大数据偷窥到了我的搜索行为，Amazon Prime 上推出来一部关于詹姆斯·鲍德温的纪录片：《我不是任何人的黑鬼》(*I'm Nobody's Negro*)。这部纪录片拍得很有激情——如果对主人公们缺少同情，估计会说它煽情——但我此时来看，却正好天时地利人和，奠定了我翻译鲍德温小说的情感基调。

起初，我并不知道，在很多黑人眼里，警察确实会故意捏造证据来诬陷他们。

1994 年 O. J. 辛普森案发时，我正好在以色列，错过了那场热闹。后来听说，那一天，所有的电视频道，播放的一律都是 O. J. 辛普森开着白色野马跑车在高速公路上飞奔的镜头。O. J. 辛普森案宣判那一天，我和同上一堂研究生座谈课的同学、萨哈罗夫的继女塔吉雅娜一起吃午饭。当时我背对着屏幕，塔吉雅娜则面对着屏幕，审判结果一宣布，我只记得塔吉雅娜脸上那难以置信的神情：他逃脱了！（He walked！）

我们都觉得很明显，应当肯定是辛普森干的，检方提供了看起来足够确凿的证据。后来的民事诉讼也判定辛普森有责任。调查辛普森案件的警官马克·菲尔曼（Mark Fuhrman）是个优秀警官，受这个民事案件结果的鼓舞，1998 年写了一本书《格林尼治的谋杀》，指明肯尼迪家族的外甥迈克尔·斯盖科尔（Michael Skakel）是发生在 1975 年的一桩杀人案的凶手。这个案件已经被搁置很多年，案发时斯盖科尔才十五岁，案件重开之后，斯盖科尔被判有罪，获刑二十年。

然而，很多黑人却对辛普森的清白深信无疑。他们就是觉得警方居心不良，菲尔曼故意安置了带血的手套，诬陷辛普森。初时我对此百思不得其解，直到读过一些历史之后，才开始明白，他们究竟为什么会有这样的想法。

詹姆斯·鲍德温心中有很多愤怒。他对美国政治十分失望，认为美国的问题并不仅仅是黑人的问题，而是整个社会的问题。他同时还是同性恋，于是更觉得在美国社会受到各种歧视和限制。他愤而出走，成年以后的大部分年头都是在法国度过的。

小说是讲故事的，这个故事里面，小说男主人公、黑人男青年范尼被指控为强奸犯。受害人则是一名波多黎各女性。读故事的时候，你会体会到，在偏见之前，哪怕是基于无知的偏见面前，要证实自己的清白有多么艰难，更何况，伴随着偏见的，还往往有刻意的恶意。

翻译到后面，感觉这本书并没有写完。鲍德温并没有明确告诉我们故事的结局，而且书本来是有标号的，前面百分之八九十都是一，二才刚刚开始，小说就戛然而止。然而，作者尽量在告诉我们，他们会有出路。这也说明，鲍德温本人对美国并没有完全放弃希望，民权运动中，他还专程回到美国，就是希望能够参与其中。

鲍德温的文字中表现出一种超越种族、超越国度的人性的力量。他的信心和信念大约也来自这里。鲍德温不是像丹泽·华盛顿那样的英俊黑人男子，但他有一种很强的书卷气，赢得了我的信任，于是，我就用他的眼光看待世界，看待他笔下的人物。尽管他笔下这些小人物都很艰难地生活在社会底层，满嘴俚语脏话，但是，他们身上闪耀着的人性的光辉，却能够超脱于底层社会的丑恶和肮脏，让我们能够透过表面的粗俗，看到他们的人性，他们的恩爱情仇，他们的喜怒哀乐，他们的悲欢离合。小说结尾，哪怕是刚开始作者以讽刺的笔调描写的人物，其实也都有一颗善良的心，只不过他们所处的环境和情势，使他们无法谈吐斯文、举止优雅，也无法享受锦衣玉食、成功辉煌。

碰巧看了迈克尔·法斯宾德的电影《侵犯我们》(*Trespassing against us*)。里面，法斯宾德演一个犯罪分子，电影一开场就是他让九岁的儿子掌握方向盘开快车，而且满嘴污言秽语，张口闭口就是"靠"。但是，一场电影看下来，你却能够透过这一切粗俗的外表、语言甚至行为，看见他身上的人性和他对家人的温情。

有朋友是法斯宾德的脑残粉，说他身上有贵族气质。我一直只觉得他"装"，典型的受过正规戏剧舞台训练的演员，演什么都端着个架子。丹尼尔-戴·路易斯也端，但他演的是贵族，端也端得情有可原。看完这场《侵犯我们》，我才突然明白，正是法斯宾德身上的"贵族气质"，使他能够在说脏话、干坏事的时候，还能够保持一种人性的尊严。

更何况，他做的坏事，还不是杀人，只是越货，抢的还不是穷人的救命钱，而是富人家的收藏，我们给他放宽道德尺度的同时，也不会变成容忍罪恶。

和这部电影一样，詹姆斯·鲍德温的文字叙述非常优雅。男女主人公都很年轻，男主人公范尼很英俊，虽然出身卑微、受教育程度不高，却不甘沉沦。范尼喜欢雕塑，一边打零工维持生计，一边把全副身心都放在雕塑上。鲍德温没有讲范尼是不是受过雕塑或艺术的基础训练，我感觉，他就是想让自己的主人公有一种超越自己的物质环境的意念和行动，然后告诉我们，他周遭的一切，又是在如何残酷地打破这个年轻人的梦想。

这种优雅很有必要。于是，我在翻译的时候，碰到粗俗俚语时，在翻译的权限内，尽量挑选一些不那么刺眼的词，因为我感觉，只有这样，才能准确传递原作的氛围和作者的意向。

说到底，这里有一点"附庸风雅"的味道，目的是为了对作品、原作者和作品中的人物的尊重，希望他们在书中的谈吐、衣着甚至行为，不要遮挡了他们的人性。当然，这不是重新改写原作中的粗砺与锋芒，也不是为了粉饰太平，而是希望在新的中文语境中，仍然凸显他们的人格和人性。这是我的责任，也是我认真的选择。

翻译过程中，除了具体的词句，更重要的，是把握一种情绪、一种心态。而且，这还不是自己的情绪、自己的心态，而是原作者的情绪和心态。看完纪录片中的鲍德温之后，我就进入了一种情绪，其中有对情境的悲哀、无奈，也有对人的亲近和温情。大约演员演戏时也会这样，"进入角色"，然后言谈举止都有了一种特定的程式和风格。选定了这种程式和风格以后，白天照常忙碌上班和家务，一坐下来翻译，这种情绪就占了主导，翻译起来就觉得非常顺手。

进入角色，一气呵成之后，我把译文搁置在一边，过一阵子，再重新以审慎的目光去看它，调整具体的文字和遣词造句。然而这都是细节，前面的情绪基调把准了，文字斟酌乃至纠错都不过是小可而已。

《如果比尔街可以作证》也在拍电影，我一方面庆幸我还没有看电影，因而翻译时没有受到电影的左右，毕竟音像的力量十分强大，另一方面，我又十分期待电影，希望电影能够有和我一样的诠释，如果不同，差别又究竟在哪里。

自从知道这部电影将在 2018 年 12 月 25 日圣诞节那天公映，我就一直留心着网上的公映时间。一看就知道，这不是什么好莱坞大片，我们附近这几家影院以娱乐为主，一直主打的就是《海王》(Aquaman)，查过几次，都只有 Brookline 和 Newton 的几家影院放映。今天一看，附近 Maynard 的小剧院居然放三场。找不到人一起看，自己独自驱车前往。

其实我也不知道该对这部电影作何期待。上次翻译《特别响，非常近》，电影又是奥斯卡影星汤姆·汉克斯和桑德拉·布洛克主打，看起来还是处处别扭。这部电影我同样担心，小说情节太熟悉，作者的倾向太明显，观众似乎有义务服从他的道德导向，看这样的电影，就像受到了道德绑架，浑身不自在。

进得影院，已经开始放映电影广告了，但觉眼前一片灰白头发。影院很小，只有三个放映厅，这个放映厅最小，大约有两百来个座位，坐了三分之一，大约六十人左右。电影结束后我留心看了一眼，除了我，全都是白人。比我年轻的不多，而且多是陪他们的长辈来的。

詹姆斯·鲍德温的小说最初是 1974 年发表的，这些观众大约还记得这部小说，以及小说里描写的时代。七点半还有一场，不知道年轻人会不会多一些。

电影开始，能够感觉到基本上是按照鲍德温原著的节奏和结构。鲍德温也是剧作家，小说的结构就已经很像电影了，大部分台词都是从书里直接搬过来的，但因为非常口语化，并不显得掉书袋或者啰嗦。

鲍德温的写作就已经很温柔，我在翻译过程中，将他使用的普通黑人的俚语又更斯文化了一点，一看电影，原来导演巴里·詹金斯也作了类似的处理。鲍德温对他笔下的主人公们充满了怜悯和仁慈，但字里行间，他有很深的绝望和愤怒，他自己就离开美国前往法国巴黎，他也借男主人公范尼之口，多次说黑人在美国没有希望，他一定要逃出去。

电影回避了很多极端的言论和情节，即使提及，也比较温和、婉转。大部分时候，都是在讲述这一对普通年轻人的爱情故事，大祸临头后，他们如何顽强而又无望地挣扎。

导演不仅用最美的镜头来拍摄这个故事，还放大了故事中的人物的善意。黑人家庭中，鲍德温"哀其不幸，怒其不争"的那几位，导演基本上都删掉了，剩下的要么无足轻重，要么用幽默削掉棱角。倒是不同人物的善意，他都不遗余力地一一列出：比如那个羞涩善良的犹太房东，那个和范尼称兄道弟的西班牙侍者，还有为了范尼敢于顶撞警察的意大利女商贩。

想起来了，连监狱里二人隔着玻璃打电话的场景都拍得以温馨为主，哪怕是范尼精神崩溃的时候。估计有人会说导演是在粉饰太平。但碰巧导演这样的处理，和我翻译时的"附庸风雅"异曲同工，都是用柔光，软化了现实生活中的一部分残酷。

这本书很短，我一直觉得鲍德温并没有写完。于是导演给加了一个结尾。

去看这部电影，是觉得自己有去看这部电影的义务。看完以后觉得很值得。是一部拍得很美的电影。音乐很美，虽然有些地方过于煽情，有点强迫你感动的感觉。金球奖和其他大奖多项提名，评论家评价不错，烂番茄评分95%。

这部影片有两项奥斯卡提名：母亲雷吉娜·金被提名最佳女配角，导演詹金斯还被提名改编奖。我感觉导演占鲍德温便宜了，因为原著就很剧本化了。果然，2月24日的奥斯卡颁奖典礼中，詹金斯未能得奖，而雷吉娜·金荣升影后，为银幕又增添了一个不屈不挠、奋力抗争、尊严坚韧的母亲形象。

比水和风更轻柔：阿摩司·奥兹

《轻抚水，轻抚风》

每一年，我们都翘首等候着诺贝尔文学奖的结果，然后猜阿摩司·奥兹会不会中奖。2018年，诺贝尔文学奖因为评委丑闻暂不颁发，而奥兹也于12月28日因病辞世。

《轻抚水，轻抚风》是奥兹七十年代写就的小说。这本书不长，全书也只有八万多字。它并不是传统的叙事小说；全书有四十七个小章节，平均每一节也就是两千来字，从地域上来说，是在波兰和以色列之间来回转换；从人物上来说，主要是在男主人公波马兰兹和女主人公斯特法之间转换，有些章节也分给了其他一些次要人物；从时间上来说，则是在二战前的欧洲和二战后的以色列之间转换。到故事结尾时，刚刚从二战中幸存下来、走在以色列的街头再也不必担心受到路人嘲笑和捉弄的犹太人，又在"应许之地"迎接新的战争。

这么短的小说，令人惊奇的是它能在较短的篇幅中达到两个目的：一是比较生动而准确地传达各种情绪和感情，二是用寥寥数语刻画出许多栩栩如生的人物形象：和平时代人们对知识的狂热、认真、执着的追求，"公主"斯特法对普通钟表匠的普通儿子的真挚爱情，周围男人们对斯特法的爱慕，纳粹军官和俄国、战后欧洲小国的政客们同样的残忍和冷酷，以色列基布兹那群单纯而又认真的人，从书记到他怪异的儿子，到他两个忠心耿耿的"情妇"，甚至连波马兰兹教授的科学补习班的孩子们，无不生动、细腻，令人对他们的命运产生深切的关注和同情。

我读过长篇累牍的历史巨著，这些巨著讲述二战中犹太人的悲惨遭遇，以及战后他们流离失所、无处为家的经历。然而，历史和政治学关注的是大画面，是政治家们如何运筹帷幄、军人们如何奋勇征战的经过，至于卷入这场战争的主体——无论是交战双方各国的居民，无论犹太人还是阿拉伯人，大抵都是以集体的形象出现。而文学，则和电影一样，能够把这个群体个人化，用单独个人的形象和经历来讲故事，于是，它令我们与历史和历史人物更加亲近，就像我们一伸手，就能够轻抚到有点自闭症的波马兰兹——他会躲开，因为他有洁癖和强迫症，一切必须干干净净、井井有条，我们也能够轻抚斯特法，尽管她个性坚强，能够将几百位强悍男儿指挥得团团转，心中却只真心爱一个人，那个柔弱、自闭、有数学天赋的钟表匠的儿子。他们从纳粹大屠杀里死里逃生，然而应许之地并不是梦想中的天堂，迎接他们的将是连绵不断的战火和冲突。

奥兹用他的笔轻抚着这些人。再也不要伤害这些破碎的心灵。他们已经承受了太多太多。

像波马兰兹一样，很多从纳粹大屠杀中幸存的犹太人，并不喜欢谈及自己死里逃生的经过，大约承受了太多的苦难，他们不想再重复一次，哪怕是在语言上。苦难中有太多的残酷和屈辱，因为他们在这个过程中被剥夺了人的尊严。

母亲和儿子：《爱与黑暗的故事》

2002 年，奥兹写了回忆录《爱与黑暗的故事》(*A Tale of Love and Darkness*)。少年奥兹亲历着现代以色列国家的诞生，聆听着母亲讲述她的故乡旧事，目睹她遭受着抑郁症的折磨。

奥兹的母亲叫范尼亚，她生于罗夫诺（Rovno），当时是在波兰境内，今名里夫尼，属乌克兰。受到锡安主义的影响，范尼亚童年的梦想就是来到圣地以色列，那个流着牛奶和蜜的地方，然后让沙漠开满鲜花。她和家人离开欧洲以后，德国人、立陶宛人和波兰人在她和姐妹们曾经野营的山谷开战，在两天之内，杀掉了两万三千犹太人，杀死了她认识的几乎每一个人。

2015 年，娜塔莉·波特曼将这部回忆录拍成电影。她坚持这部电影一定要用希伯来语来拍摄。

年幼的阿摩司跟着叔叔到一个阿拉伯上层人士家里作客，在后花园中，阿摩司和一个阿拉伯小女孩的对话，就已经道出了他成年、成名之后的政治信念和在阿以冲突问题上的立场："这个国家的地方足够两个民族来居住。我们只需要学会在和平和互相尊重中和睦共处。"

看着电影，过了几分钟，我的希伯来语慢慢回来，借助着英文字幕，我能够跟上比较简单的对话。

童年阿摩司和阿拉伯小女孩纯真友好的对话中也时时暗含危机和冲突，短暂的温馨，后来却又带来了误解、伤害和敌意。我们已经知道了小男孩的生平故事，也知道了这两个民族后来的命运，看起来只有沉重，没有悬念。

有人不喜欢这部电影，大概与此有关。几十年前，当犹太人和阿拉伯人尚在英国托管之下前途未卜时，我们看到的是一个不到十岁的男孩，在阐述着成年奥兹的政治观念。在以色列的犹太知识分子和文人中，奥兹一直是比较明确地主张和平、寻求以色列和巴勒斯坦国两个国家的解决方案的，因为在他心目中，原居巴勒斯坦的阿拉伯人和犹太人一样也是受英国压迫的人，就像两个同时受欺压的兄弟，虽然他们受到的是同一个强人的欺压，并不能够保证他们之间就能和平相处，最好的解决方案，就是分而治之。

电影的后半部更为个人，提醒观众，写这本书的阿摩司·奥兹是在回忆自己的童年和母亲，而不是在写政论……画面依旧沉郁晦暗，母亲生病的细节更加令人揪心。电影使用了很多时空闪回的蒙太奇，老态龙钟的晚年阿摩司，年幼的天真敏感的小阿摩司，和被疾病和忧伤折磨的年轻母亲交互穿插，原小说的旁白，加上电影的音像语言，同时叙述着家国和个人的悲剧，更加令人痛彻肺腑。深爱你的母亲为什么会选择离开你，有谁能够回答这样的问题。

阿摩司将自己的姓从克劳斯纳（Klausner）改为奥兹（Oz，希伯来语，意为力量），离开了保守的父亲，搬到了基布兹胡尔达。

有了自己的女儿以后，又给她取名为范尼亚，纪念自己的母亲。犹太人传统，可以用长辈的名字为自己的孩子命名，但只能用已经过世的长辈的名字。

2004年，阿摩司·奥兹告诉《纽约客》的戴维·莱姆尼克(David Remnick)，他是一个"历史长河上的哈克贝利·芬"，只不过他的小船是漂行在一条由书、话语、故事、历史传说、秘密和离别构成的河流之上。

他还告诉莱姆尼克："我母亲病情恶化的直接原因，包括历史的沉重负担、个人承受的羞辱、打击，和对未来的恐惧。"阿摩司·奥兹的文字在字里行间弥漫着浓郁的忧伤和沉重，总是让我想起那个十二岁便失去母亲的男孩子。有一些创伤是无法恢复的。

范尼亚·奥兹

奥兹从来没有访问过母亲出生的那个地方。2014年，他的女儿范尼亚前往里夫尼，访问了她的祖母成长的地方，并且将她的旅行拍成了纪录片，向父亲和其他观众展示了与她同名的祖母曾经生活过、后来逃离的地方。

范尼亚是我在牛津时的希伯来语老师。九十年代初，她丈夫埃利·萨尔兹伯格在牛津做访问学者，她在写论文，于是一边陪读一边给我们上课挣钱。范尼亚其实跟我算大同行，不过她偏理论，钻的是德国政治哲学，我偏实录，选了以色列政治和外交史。

彼时我刚刚出国，从前的英语也就够考考托福、GRE，真上课时非常吃力。加上我硬着头皮还一边开始翻译我导师诺亚·卢卡斯的《以色列现代史》，花在学希伯来语上的时间并不多，只记得每天早上上课时有些惭愧，要么作业没有做完，要么单词没有记住，总之，我上的范尼亚的希伯来语课，在我这个低能却一向高分的学生的学习生涯里，算是少见的松懈。

范尼亚依牛津的传统，也请我们到她家里吃饭。她的公寓在牛津另一头，我们都没有车，倒了两次公交车才到达。吃的什么东西我也不记得，总之是比不得中国人请客的丰盛。我的希伯来语学得一般，倒是在她家从一位英国同学那里学了一句英语谚语：开往中国的慢班客船（slow boat to China），说的就是我们来她家的路程。

她丈夫埃利温文尔雅，看着比她年轻至少五岁。后来知道她从小随父亲阿摩司·奥兹住在基布兹，就怀疑是不是基布兹的生活使她显得更苍老一些。有一次中心晚宴，我和埃利被安排坐在一起，我刚刚学了些关于以色列婚姻习俗和法律，就大咧咧地说，那以色列算什么民主，结婚还要拉比主持，也不管人是不是虔诚地信教。以色列法律规定，以色列境内的犹太人结婚，必须由犹太拉比批准和主持。

后来才知道露怯了。埃利的专业就是法律。而且，他和范尼亚都是世俗主义者，世俗到什么程度？他们结婚，为了避开拉比的干预，还专门跑到一水相隔的塞浦路斯办理手续。以色列是移民国家，为了方便移民前来以色列居住，他们也承认在国外结成的世俗婚姻。范尼亚和埃利恰恰就是以这样的方式，表示对宗教控制人的婚姻的抗议。

我请他们夫妇和我的波兰朋友约兰塔以及约兰塔的男朋友一起吃饭。约兰塔父亲是犹太人，母亲是天主教徒，小时候是以天主教徒身份长大的，后来打算改宗犹太教，因而十分虔诚。我请她们来吃饭时，我专门关照她：放心，我不会请你吃猪肉。范尼亚也在旁边，调皮地插嘴说：没关系，猪肉留给我吃好了。约兰塔十分尴尬，我却偷偷开心了好久。

父亲和女儿：《犹太人和话语》

阿摩司·奥兹的小说，写的是个人、家庭中最隐秘最脆弱的故事，虽然这些故事，发生在欧洲和中东最激烈动荡的时期，不可避免地带入了世界历史的大场面，但这里的政治只是背景，是隐含在他的叙述中的。不过，奥兹并不回避政治，他的一生中，一直坚持着明确的政治立场。他说过，他有想法的时候就写论文，没有想法的时候就写小说。

奥兹是入世的，早年的他，深受以本-古里安为代表的劳工犹太复国主义的影响。他参加了1967年的六天战争，战争结束后，他拿着录音机，和几位作家一起记录参战士兵们的真实感受；1973年，他又在戈兰高地参加了赎罪日战争，当以色列沉浸在胜利的喜悦和对摩西·达扬将军的崇拜之中时，奥兹却在电视访谈中公开批评达扬的策略。1978 年，右翼利库德领袖贝京上台后，奥兹和一批预备役军人给贝京写了一封抗议他的政策的信，并因此而成为"即刻和平"（Peace Now）运动的创始人之一。

奥兹写了很多非虚构文字，其中一本，《犹太人和话语》（*Jews and Words*）是和范尼亚一起合著的。范尼亚是政治史学家，这本书，就是文学家父亲和史学家女儿就犹太思想和理论进行的深刻对话。这本书中的叙述方式既有叙事，又有学术研究，既有对话，也有争论，他们谈及的话题，涉及犹太教中最源远流长的姓名、格言、争议、文本和妙语背后的故事，正是这些话语，构成了亚伯拉罕之后每一代犹太人之间的纽带。他们认为，犹太人的延续性，甚至犹太人的独特性，并不是来自重要的地点、纪念碑、英雄人物或者仪式，而是书面语言，和一代一代人之间的争论。我离开犹太研究已有时日，再读这本书，想起从前在教室和图书馆读过的经典，再读到讲述个中三昧的种种趣闻，不禁时时莞尔。

封面设计是一张饱经风霜的厚实的旧沙发，和一张较小较新、颜色也稍浅的沙发，中间摆着的大约是一本犹太经典，显然是象征着这一对促膝而坐、倾心交谈的父女。

奥兹另外一些著作，带有更强烈的政治性。《在以色列这片国土上》（*In the Land of Israel*）、《黎巴嫩的山坡》（*The Slopes of Lebanon*）、《在这燃烧的光芒下》（*Under This Blazing Light*）、《以色列、巴勒斯坦和和平》（*Israel, Palestine and Peace*）、《故事的源头》（*The Story Begins*）、《如何治愈一个极端主义分子》（*How to Cure a*

Fanatic),都是直接触及阿以冲突的尖锐主题。

还有一本书是《亲爱的狂热分子——来自分裂的国度的信札》(*Dear Zealots—Letters from a Divided Land*),里面的三篇文章文字犀利直白,十分尖锐,但立场却并不极端,而是温和。他激烈批评的,首当其冲的当然是伊斯兰极端主义和它所煽动的暴力恐怖活动,但他并不是简单地谴责那些组织和参与这些暴力恐怖活动的阿拉伯穆斯林,而是着力抨击导致并为这些暴力恐怖活动辩护的极端主义理论和宗教。与此同时,他也批判了同样带有暴力倾向的犹太极端分子。他批判极端狂热分子的出发点,是他的人道主义精神、宽容精神和和平主义,为此遭到犹太人的责难也毫不动摇。

奥兹是个热爱和平的人道主义者。在他眼里,阿拉伯人也同样是经受着苦难的人,而不仅仅是阿以冲突的抽象的另一方、他者、敌人。为了让犹太人和阿拉伯人都能够好好地生活,奥兹认为,最好的方式,就是让他们"离婚"。他说,治愈极端主义的灵丹妙药是幽默和好奇,而解决阿以冲突的最佳方案则是同情和妥协。

轻抚着水,轻抚着风,轻抚着每一个人的心灵。

瓦尔登湖畔的阿里

漫长的历程

由杰夫瑞·克莱默（Jeffrey Cramer）作注的《瓦尔登湖》全注疏本，2004年由耶鲁大学出版社出版。2005年，一个伊朗人，在德黑兰的一个小屋子里开始将这本书翻译成波斯文（Fârsi，法尔西语）。

这个伊朗人叫阿里礼萨·塔格达里（Alireza Taghdarreh）。当时，阿里从来没有走出过伊朗，翻译的时候，只能在脑海里想象着瓦尔登湖的模样。而且，阿里没有上过大学，他高中毕业时正好赶上伊朗的伊斯兰革命，大学都关闭了。1979年之后的伊朗，西方文化和语言都受到排斥，在这样的环境里学习英语、翻译西方经典，承受的压力和困难难以想象。

阿里译成波斯语版的《瓦尔登湖》全注疏本，直到2017年7月才终于面世。此时，离阿里动手翻译这本书，已经过去十二年。

2015年7月14日，美国及联合国安理会其他成员国，还有欧盟，与伊朗达成协议，伊朗放弃核武器发展，换取国际社会解除石油禁运和经济制裁。巧合的是，经过瓦尔登湖森林项目等多方斡旋，阿里终于前来美国，亲眼看到他梦想中的瓦尔登湖。7月15日，就在协议签订的第二天，阿里在瓦尔登湖研究所举行讲座，我有幸参加，听他讲述翻译这本书的过程。

诗歌传统与自学英语

阿里是个诗人。他说，伊朗有很强的诗歌传统，在电脑、手机和平板电脑发明之前，诗歌就是人们的消遣方式。他从小就在祖父朗诵的波斯诗歌中耳濡目染。他的外祖父，连自己的名字都不会写，并且一直活到一百岁，但直到临死，他还能背诵出阿里不曾听过的新诗行。

阿里从小就听说美国有个自称"生活在当代的萨迪"的诗人梭罗，而他平时听到的零零碎碎的梭罗语录，都让他能够联想到他平时耳熟能详的波斯诗篇，比如鲁米，比如哈菲兹。他的外公一字不识，但他活到将近一百岁，这么多年，他还能不断地吟诵出新的诗歌，这种诗的传统，使阿里能够很容易就在《瓦尔登湖》中找到共鸣。

阿里的母亲十三岁时就嫁给了他父亲，十五岁的时候就生了他。幼小瘦弱的母亲抱着他在街上走，人们都以为她抱着的是布娃娃。她和大多数女孩子一样，没有正式上学的机会，但七岁时，她的父母依照波斯文化的传统，雇了私人教师向她教授《古兰经》和波斯诗歌。一年之内，她就能熟读《古兰经》和波斯文学中难度最大的诗歌——哈菲兹的《诗颂集》。她读的这部《诗颂集》，是阿里童年时见过的第一本书，其中的诗句也成为阿里的精神伴侣。

妈妈不能上学，阿里七岁时第一次上学。阿里分享了上学那一天的照片，妈妈拉着他的手，骄傲地走在路上。她高昂着头，脸上是幸福而自豪的笑容。这一天阳光灿烂，清风拂煦，这个年仅二十一岁的年轻母亲，给自己的大儿子穿上干净的白衬衫、长裤和小西装，还递给他一只小手提箱。他的同学中，数他穿得最精神。这是阿里上学的第一天，也是她第一次送自己的孩子上学，而且，因为她自己从来没有上过学，这也是她第一次走上通往学校的路。

阿里小学和中学时一直喜欢学英语，他说他喜欢英语的原因，是因为有位英语女老师对他很好，经常表扬他。他本来以为会在大学里继续学业，但是革命之后大学关闭了，他失去了求学的机会，只好在自己的小房间里接着自学。他的英语，全是通过听美国之音、阅读旧报纸杂志、听老磁带自学的。他意识到自己的困难：身处学术界之外，将一个陌生的国度里一个大众并不熟知的、身处一个大众也不熟悉的时代作家的作品，翻译成波斯语。此前，还没有任何美国超验主义的作品被翻译成波斯语。而且，美国和伊朗还没有任何正常关系。不过，阿里说，尽管翻译《瓦尔登湖》有重重困难，也正是梭罗，教会了他如何孤军奋战。梭罗也让阿里觉得，自己在这个世界上，不再那么孤独。

网上的《瓦尔登湖》群

为了寻找同类，阿里成为伊朗最早使用互联网的人之一，正是通过网络，阿里身处学术圈外却能够继续学习和翻译。他加入了一个雅虎上的《瓦尔登湖》群，和美国的一群梭罗拥趸成了好朋友。他和这些同道密切联系，连他的孩子们都熟知这些人。他给一个梭罗学者伊丽莎白·威瑟雷尔（Elizabeth Witherell）写了一封信，威瑟雷尔马上给他回信，寄来了好几个版本的《瓦尔登湖》，并且答应帮助他和所有的梭罗学者建立联系，帮助回答他所有的问题。2007年，杰夫·克莱默收到了来自伊朗的阿里的一封电子邮件，询问如何理解《瓦尔登湖》中的一些词语和段落。其后，他们一直互相联系，讨论如何准确地将《瓦尔登湖》翻译成波斯语。最后，也是因为这些朋友的资助，他才得以成行。

阿里本来是照本宣科念稿子，念到这里，他抬起头来，脸上绽放出甜蜜的笑容，说：这已经不仅仅是一种文学活动，更多的是，通过这样的文字交流和文学活动，他们证明了，友谊是可能的。可以看得出，对他来说，这些远方的朋友，已经成为他生活中一个重要的部分。

巧的是，我也通过雅虎群认识了几位新朋友。我虽然就住在瓦尔登湖附近，对瓦尔登湖兴趣加深乃至最后翻译此书，最初却是因为一个朋友陈红在网上开了一条线"聊聊我们的瓦尔登邻居"。大家在线上聊《瓦尔登湖》，也聊我们读过的其他书籍和看过的各种电影。陈红在雅虎上也建了一个群，然后瓦尔登湖线上的朋友在瓦尔登湖畔第一次见面。后来九久读书人找我翻译《瓦尔登湖》，我欣然接受，就是顺理成章的事情了。

对阿里来说，这不仅仅是一种语言上的翻译，也是一种文化上的翻译，是一次哲学和精神之旅。阿里说，从 2005 年到 2015 年这十年间，《瓦尔登湖》和他做伴，翻译这本书，给了他一种精神上的归宿感，而将这本书介绍给伊朗人，也使他超越了国界和文化，和自己的人类同伴之间有了一种不可分割的联系。

在阿里看来，语言本身是一种将人类隔离开来的虚假的屏障。他讲了一个故事：四个人一起捡到一枚硬币，然后争论要买什么东西。波斯人、希腊人、土耳其人和阿拉伯人都要不同的东西。正在争执不休时，一个通晓这四种语言的神秘人告诉他们，其实他们要的都是同一种东西：葡萄。

阿里花了很长时间考虑怎样翻译"井"。梭罗将瓦尔登湖比喻为"井"，阿里将它与海明威和梅尔维尔所描写的大海相比较，认为它非常独特：海明威的《老人与海》和梅尔维尔的《白鲸》中的大海都非常强有力，而海明威和梅尔维尔都虚构了主人公与大海搏斗，而梭罗却是非常自然里把本人放在湖中，用自己的眼睛观察着瓦尔登湖。在阿里的叙述中，"井"是梭罗的一种隐喻，象征着人的精神世界和精神追求。

阿里又热情洋溢地由衷地赞美了自己的夫人玛丽安。他说，梭罗在《简朴生活》一章的结尾，引用了波斯诗人萨迪的诗篇，里面提到了枣树的慷慨大方，和虽然不结果实但在波斯文化中却象征着自由的柏树。阿里说，对他来说，他的妻子玛丽安就代表了枣树和柏树，在过去这艰难的几年里，全靠了她的支持，他才能完成梭罗的《瓦尔登湖》和爱默生作品的翻译。他说，在城市这种敌意的环境里，正是他的妻子，为他提供了梭罗在湖中才能找到的安宁和美丽。

翻译的个中三昧

阿里演讲结束后，回答听众提问，我问起他翻译过程中的感受，什么时候最困难，什么时候最有满足感。他说，最大的困难是，梭罗用一些不同寻常的词汇，常常很难准确翻译过去。

作为《瓦尔登湖》全注疏本中文版译者，我的翻译过程要比阿里顺利得多，因而也没有他那样深刻的感受。我是个业余翻译，翻译过程以及竣稿之后到处求助，从克莱默本人，到设计封面的朋友张又年，到编辑何家炜，到素不相识却是百科全书和词典达人的陈宁，再到北京的人文书店万圣书园的刘苏里师兄，我都毫不害羞地伸手就拿，张口就要。书出来了之后，自以为历尽艰辛，还要郑重其事地上网叫苦、吐槽。面对阿里，我觉得自己实在矫情得很。

我当时刚刚完成翻译，翻译中不认识的花鸟草虫等给我带来的创伤还在滴血，就问他，碰到在伊朗根本就不存在的这些东西，他怎么翻译。他说，他找到了一个朋友，这个朋友编了一本关于植物的英波词典，如果没有这本词典，他这个城市人，连普通的树木都不认识，更无法翻译梭罗书中多种多样的植物花草。我们一致同意，这也是翻译必须经受的折磨。

《大西洋月刊》详细报道了阿里的演讲，其中还提到了阿里和我的对话。这份杂志和梭罗还有渊源，爱默生是《大西洋月刊》的发刊人之一，杂志于十九世纪五十年代创刊时，梭罗还在上面发过一些文章。因为阿里和我之间译者与译者的对话，两年之后，杰夫·克莱默又组织了一次梭罗译者论坛，成为 2017 年康科德作家节的重头戏，我也得以结识梭罗的西班牙文、葡萄牙文、捷克文和芬兰语译者，与他们分享翻译梭罗过程中的喜怒哀乐。

阿里的讲座中，还有人问他，翻译这本书，他希望达到什么目的。他回答说，除了自我满足，还希望使伊朗读者能够更多地感受到人和人之间的亲近和相同之处。他觉得，伊朗人从梭罗作品中最能够体会到的共鸣之处，就是梭罗与自然的神秘联系。而且，他再次强调，伊朗人到瓦尔登湖来得很晚，但其实伊朗人又早在此处，因为梭罗声称，他本人就是波斯诗人萨迪的化身。

他说，《瓦尔登湖》不是一本他能从封面读到封底的书；他会呼吸着《瓦尔登湖》，直到生命的最后一刻，他的最后一次呼吸。

我已经承认，我对梭罗哲学是"叶公好龙"，没有达到阿里那种水乳交融的程度。不过，同为一本书的译者，我们之间，还是有一种惺惺相惜。虽然和他素昧平生，我们却啃过同一本书，面对同一句话搜索枯肠，从同样的警句中找到共鸣，在某种程度上，我和他有一种精神联系。更何况，我还学过半年的波斯语，读过一些鲁米的诗歌。我们都来自非西方文化，却从西方文化中找到了自己熟悉的东西，并且，我们都相信，人类的族群之间虽然各有差异，更多的还是共同和共通之处。

2015年演讲的时候,他只谈诗歌,不谈伊美关系,尽管当时是伊美关系中一个很重大的日子。两年多以后,伊朗再次频频在新闻中出现,这一次,却都是负面消息。我和其他一些朋友写信问候他,他却并不直接回答我们的问题,只希望下次来美国时再和我们畅谈。他不谈国事,可能是情势所逼,也可能是无意于世事纷杂,也可能两者都有,我们也就不再多加追问了。

翻译如配音

刚刚翻译完一段文字。不是我天生喜欢的内容和文字，然而，作为翻译，我没有权利在文字中表达自己的喜好；翻译首先必须忠实于作者，包括内容，也包括文字风格。

自己的感觉，当翻译，有点像当配音演员。配音演员都是在幕后的，最理想的状况，就是观众们在观赏电影的时候，以为配音演员的声音，就是屏幕上那位演员的声音。也就是说，观众体会不到配音演员的存在。

这是很痛苦的事情。首先，要配音，必须进入角色；进入角色，却不如原初那位演员那样有主动权；克拉克·盖博演《飘》里的白瑞德，他演成什么样子，白瑞德就是什么样子。配音却不同。白瑞德已经被盖博演成这个样子了，你只能沿着盖博的路式演下去，唯一的目的，就是让盖博说中文。

这就意味着，翻译就一定要泯灭自己。这样，就要成为盖博的傀儡，要进入他的角色，模仿揣测他的一言一行。顶多在小处走点私。不然就是一种背叛，或者是暴殄天物，劈了钢琴当柴烧，要贻笑大方的。

好的翻译，就是要让人忘掉自己的存在。就像公司里的 IT 部门，你总是在出了问题的时候才想起他们来。IT 同学做得好的话，人们根本就没有注意到这个部门的存在。同样的道理,如果读者读译著时想起了翻译者,那一定是因为翻译得不到家。

所以说,翻译是需要忘我的。当然了,值得翻译的东西,总是有它的永恒的价值在,为此而牺牲一点自我,应当也不是太委屈的事情。

于是就想,清平世界,朗朗乾坤,我们为什么还要翻译呢,名么,冇得,读者记得的是原作者,不是译者;利么,冇得,那点稿费,还不够电脑耗掉的电费。

那么,难道说,翻译的人都是自虐狂。

别人我不知道,我自己翻译的体会,最大的好处,是被迫仔细读书。手头需要翻译的东西,总要来回看过许多遍;而且,读的不光是你手头正在翻译的书或文章,还包括所有有关的背景资料。读得越多,翻译自然就越准确,说话也就越有把握和信心。无形中,你的知识就丰富了,你的视野也开阔了。

翻译自己写的东西,大概要算个例外。翻完自己的垃圾文字后,有很长一段时间垂头丧气,一蹶不振。为什么呢?自己和自己用两种语言打过一架之后,最后双方签订的和平协议上写着:

1. 你中文不行
2. 你英文不行
3. 你翻译能力不行

| 《瓦尔登湖》入门[①] |

[①] 这一节内容是作者为刘苏里在知识服务APP"得到"主持的"名家大课"栏目所提交的讲稿,收入本书时文字略有删改。

梭罗其人和《瓦尔登湖》其书

2017年7月12日是梭罗诞生二百周年，美国各地，尤其是梭罗的诞生地——马萨诸塞州的康科德镇，都举行了隆重的纪念活动。梭罗在美国乃至世界文学、自然科学和思想史上都有着重要的地位。他同时具有多重身份：

作家：一位世界知名的散文学家；

自然科学家：梭罗给我们留下了富有诗意的自然科学文献；

社会活动家和自然保护主义者：梭罗为了实现人类共同的善，为弱者提供了反抗强权的最强有力的手段。从政治观点上，他反对蓄奴，反对政府控制，抗税，他的《论公民不服从》一书，开了甘地、曼德拉等非暴力不合作运动的先河；而在自然观上，他提倡与自然融合，保护环境，反对对自然不思代价的索取，这种思想很有现代意义。梭罗在很大程度上超越了他的时代。

精神导师：在人生观上，他主张简化生活，反对奢靡，注重精神追求，鼓励我们每一个人都积极参与生活，实践生活，丰富自己的精神世界。

《瓦尔登湖》于1854年第一次出版时反响就很好，随着时间的推移，人们对梭罗的兴趣只增不减。1945年，一位考古学家罗兰·罗宾斯（Rolland Robbins）发现了梭罗小屋的旧址。二战结束以后,随着反战和环境保护运动的兴起,《瓦尔登湖》也成为家喻户晓的经典,不仅学者研究、知识分子阅读,也是中学课程中的必读书。

为了帮助人们阅读梭罗,一些作家开始为他作传、作注。按照一位梭罗传记作家的说法,每一代美国人都要写一部关于梭罗的传记。这些传记里,比较重要的是:

沃尔特·哈丁的《亨利·梭罗的岁月》(Walter Harding, *The Days of Henry Thoreau*)

罗伯特·D.理查德森的《亨利·大卫·梭罗:思想家的一生》(Robert D.Richardson, *A life of the Mind*)

劳拉·达索·沃尔斯,《亨利·大卫·梭罗生平》(Laura Dassow Walls, *Henry David Thoreau: A Life*)

关于梭罗的注疏本也很多,最著名的也有三种:

斯坦恩(Philip Van Doren Stern,1970);
沃尔特·哈丁(梭罗传记作者,1995);
杰弗里·克莱默(Jeffrey Cramer,2004)。

国内的《瓦尔登湖》翻译版本很多,最早的、也最著名的是徐迟的版本,出版于1949年,以后也多次再版。除此之外,《瓦尔登湖》还有几十种中文译本。我们这次讲座参照的中文译本由华东师范大学出版社2015年版，由杜先菊根据杰弗里·克莱默的注疏本翻译而来。

克莱默这个注疏本2004年由耶鲁大学出版社出版，是纪念梭罗逝世一百五十周年的力作。由于出版年份最近，有集前人之大成的优势。克莱默在前言里，首先感谢的就是前面几位传记作家。他吸收了多年来梭罗学的研究成果，详细注疏，对很多以前有争议、误解甚至错误的议题都作了十分详尽的考证和勘误。此外，注疏中又参考了梭罗的日记和其他著作，以及梭罗同时代其他人的回忆录，与正文互补，又比正文更加生动有趣。

另外，克莱默本人担任瓦尔登森林中的梭罗研究所的所长，这个机构还在"实验"梭罗。克莱默也参与了注疏本的翻译过程，随时解答译者翻译过程中的疑难问题，务求忠实梭罗原文原意。

《瓦尔登湖》是梭罗最重要的著作，它确实是一本大书；而从中国读者的角度看，它又是一个生活在一百多年前的外国人写的，里面天文地理、植物动物、哲学玄想、希腊罗马加北欧印度各种宗教文化、神话典故信手拈来，加上又是翻译作品，各种翻译版本水平参差不齐，确实令人眼花缭乱，无所适从。

然而，静下心来，捧起这本书来好好看一看，你就会发现，这本书其实不是什么诘屈聱牙的深奥奇书，而是一个非常朴素、平实的人，写下的非常朴素、平实的文字。梭罗在瓦尔登湖畔居住了两年多，这本书记载的就是他在这两年间在湖畔所进行的朴素、平实的观察和思考。我们今天来讲这本书，就是要用几个小讲题，还原这本书朴素、平实的本质，越过上面提到的外在障碍，撷取这本书的精髓和内涵。

也就是说，不要把这本书当作"经典"来读。它就是一个简朴的人写的简朴的日记，这个坦诚的人口才不太好，于是他的老师爱默生告诉他：你写日记吗？写吧，把你看到的、想到的，都用笔记下来，于是就有了《瓦尔登湖》。

《瓦尔登湖》是一部自然笔记。梭罗在瓦尔登湖居住了两年两个月零两天的时间，这段时间里，他很认真地进行观察，记录了这个湖泊和周围的时令变化：他从夏天开始，忙过秋天，细描冬天，然后带着与全书风格迥然不同的欣喜的笔触，描写着漫长冬日之后姗姗来迟的春天。

瓦尔登湖在波士顿近郊的康科德，离城里也就四十分钟车程。绕湖走一圈也是大约四十分钟的样子。这个康科德在美国历史上有特殊的地位：美国独立战争就是在康科德和附近的莱克星顿打起来的，所以它是美国革命的摇篮；爱默生的《美国学者》被称为美国思想上的《独立宣言》，所以康科德也是美国思想的摇篮；再加上梭罗、作家霍桑和路易莎·梅·阿尔科特都在这里生活，他们在美国文学上占有极为重要的地位，康科德也是美国文学的摇篮。

1922年，爱默生的女儿伊迪斯·爱默生·福布斯，将瓦尔登湖和周围的大约八十英亩地捐给麻州政府，当时捐赠的条件就是要将这个湖作为公园对公众开放。一年四季，都有很多人前往瓦尔登湖，在这里享受自然，散步、休闲、划船、游泳、钓鱼。

爱默生女儿婚后姓福布斯，这不是《财富》杂志那个福布斯，但在当时也是麻省一个十分富裕的家族。这个福布斯家族致富的途径，首先是和中国的贸易，然后是铁路。爱默生本人还在欢迎中国大使的晚宴上做过讲演。

梭罗则没有后代。梭罗有一个哥哥，两个姐妹，兄妹四人都终身未婚，没有留下后代。

1965 年，瓦尔登湖正式成为国家历史名胜。瓦尔登湖畔，我们能够看到记述爱默生女儿捐赠瓦尔登湖的石碑，也能看到记录它成为国家历史名胜的石碑；两座纪念碑都保留着石头的原状，上面刻着文字，这样的风格，非常符合梭罗。

湖边还有一家书店，原来很小，2016 年 9 月翻盖扩建后重新开放。这家书店的设计是木结构，形状非常古朴，和梭罗原来的小木屋是同样的风格。书店出售跟瓦尔登湖以及超验学派有关的著作和纪念品，旁边是游客中心，有很多地图和其他展品，还有中文版的《瓦尔登湖》。

离书店不远处，有一座梭罗小木屋的复制品，和原件同样大小，来不及绕湖一周的人，可以在这里看一看。屋子非常简陋，却有梭罗生活最基本的必需品：一张床，一张桌子，两把椅子，一座壁炉，屋后是柴禾堆。逢重大节日或梭罗纪念日，比如梭罗诞生二百周年，便有梭罗研究所的工作人员在这里举办活动。住在附近的人，经常会碰到一位穿着打扮谈吐都和大家不同的人，原来他就是扮演梭罗的理查德·史密斯。他和梭罗是校友，哈佛大学历史毕业的，平时研究梭罗、在瓦尔登湖书店里上班，然后就定期穿着古装，以梭罗的口气和游人对话，或者坐在附近的石头或树桩上思考。

如果时间充裕，绕湖散步时，将近中途，就到了梭罗小木屋的旧址。自从这个地方1945年被考古学家罗宾斯发现以后，朝拜的人络绎不绝。旧址旁边竖着一块牌子，上面是梭罗的语录：

"我到森林中居住，是因为我想活得有意义，只面对生活中最至关重要的事实，看我能不能学到生活可以教给我的东西，而不是在我行将离世的时候，发现我根本就没有生活过。"

前来拜访的人，表达敬意的方式，就是往旁边的小石堆上，再添上一颗小石头。

每次梭罗年会，除了大会演讲、小会讨论以外，也会组织大家寻访镇上著名文人梭罗、爱默生、霍桑和路易莎·梅·阿尔克特的故居或他们安葬的"睡谷"上的"作家岭"。

看看这部书的目录，其实可以就篇章的目录作一个大数据分析：第一章最长，里面详细地阐述了他崇尚简朴生活的生命哲学，他还详细地列举了自己盖房子和平日开销的账目，这个我们在下一讲里会详细讲到。

第二章《生活在何处，生活的目的》，梭罗更加明确地告诉我们，他是在1845年7月4日搬到瓦尔登湖畔去住的，也就是说，他是在夏天开始在那里居住的，而且，还有一个很重要的事实：他是把两年的经历放在一年里记述的,也就是说,他叙述的重点是季节,而不是实录;写夏天的经历,有可能这些经历有一些是1845年的,另外一些又有可能是1846年的。

下面几章,看书名有些对仗:阅读/声籁,独处/访客,豆圃/村庄,湖泊/贝克农场,更高的法则/动物邻居。《豆圃》一章里,他详细地描写了自己的耕作和收获,新英格兰的秋天,本来是一年四季中最灿烂的季节,过往的旅人会着力描写天高云淡和秋叶璀璨的自然风光,梭罗没有,因为他是一名耕作的农夫,秋天,正是他繁忙地耕作和收获的季节。

收获之后,地窖里储存下冬天的食粮,农夫梭罗有了闲暇,于是花了整整四章的篇幅来描写瓦尔登湖的冬天:室内取暖;从前的居民,冬天的访客;冬天的动物;冬天的瓦尔登湖。中国北方的农民躺在热炕上抽着烟叶、唠着嗑"猫冬"的时候,梭罗一字一句地给我们描写着天寒地冻的时候,他是如何在瓦尔登湖度过新英格兰漫长而严酷的冬天,与他作伴的是寂静的湖泊,偶尔来访的友人和过客,没有冬眠或者迁徙到南方的动物,它们偶尔还来分享梭罗藏在地窖的板栗,还有静谧安详却永远不会沉睡的瓦尔登湖。

写完了冬天,瓦尔登湖就准备迎接春天了。瓦尔登湖的春天,似乎就是在瓦尔登湖冰面开冻的碎裂声中开始的。冰面轰响着开化以后,梭罗才写到春天:天气变暖了,白天变长了,花儿开放,鸟儿归来,然后,这个非常谦恭、安静的人,字里行间都充满着春天来临时难以抑制的狂喜。与此同时,梭罗又以一个科学家的严谨,又记下了他离开瓦尔登湖的日期：1847年9月6日。

这一讲，我们介绍了梭罗在美国人文史上的地位，以及瓦尔登湖在美国历史和文化中的地位。我们可以看到，人们在阅读梭罗文字的同时，也在通过拜访瓦尔登湖，实践他的人文和自然哲学。然后我们又跟着梭罗在《瓦尔登湖》中的文字，经历了瓦尔登湖的四季更替：他在7月4日美国国庆那一天搬到湖边，从夏天建房、播种，到秋天收获、储藏，然后是观察和经历寒冷的冬天，一直到迎接春天到来，记录了这个湖泊和周围的时令变化。值得注意的是，梭罗写的不是一天一天的实录，而是将两年的经历糅合到一年里去写的。从他1845年7月4日进入瓦尔登湖开始，到他1847年9月6日，梭罗在瓦尔登湖正好住了两年，两个月，再加两天。

简朴的生活方式：梭罗的生活成本

《瓦尔登湖》最大的特色，就是提倡简朴的生活。这里我们看看他的生活到底有多简朴，也看看他是怎么证明简朴的重要性和必要性的。

《瓦尔登湖》第一章就是《简朴生活》，全书包括结语有十八章，第一章从字数上就占了全书大约四分之一的篇幅，可见梭罗对"简朴"的重视程度。

我们先看看第五十八页，梭罗自己给自己盖房子，总共花了二十八美元十二美分半。这里面大部分是材料费，最大的两笔费用，一是他买的二手木板，八美元多一点儿，房顶和外墙用的旧木板四美元，一千块旧砖头四美元，这一合起来就是十六美元。

这个二十八美元是什么概念呢？梭罗在日记中提到过，一所房子造价"约为一千五百美元"，而在《简朴生活》这一章前面他也提到过，一所房子造价是八百美元，大约这所房子要小一些。相比之下，梭罗在瓦尔登湖的小房子耗费低多了，分析起来，这里有几个方面的原因：第一，当然是因为这个房子比上面八百美元、一千五百美元的房子要小得多，十英尺宽，十五英尺长，八英尺高，也就是大约三米宽，四点六米长，两点四米高，只够他一个人住；第二，是因为这里的房价不包括地价，这块地的地主是爱默生，是爱默生建议梭罗去湖边居住的，没有收他的租金或使用费；第三，这里也没有包括所有的人工费，梭罗只列了请帮工花费的一点四美元的人工费，他自己的劳务，包括他房子上梁那一天，朋友们来帮忙，都是"义务劳动"，没有计入工本。

现在，康科德一座普通的房子的中和价格是八十五万美元，八百对八十五万，那么，梭罗的小房子在今天也就是两万九千多，不到三万美元的样子，人民币也只有十几万。

我们再看看第七十二页，梭罗平日的生活成本。梭罗列出了他八个月的生活费，除了房屋的二十八美元以外，还有农场的开支、八个月的伙食、衣着、油等，合计为六十二美元左右。这段时间，他务农收入有二十三美元，打零工赚了十三美元，总收入是三十七块左右。六十二元减去三十七元，其实他有二十五美元左右的赤字，大约等于房子的价格。也就是说，他这一年忙碌，基本上没有赚到余钱，也没有还上房贷，还欠了一大笔债。

这还不算他自己承认的，他经常回村里去母亲或朋友家吃饭，也不包括他把衣服送给家里人洗，他也没有计算他居住和耕作的土地本身的费用，另外，还有一个很重要的因素，梭罗是单身，不用养家。

梭罗这么计算，并不完全是为了统计自己的生活成本，我们这里重新复述，也不具备会计学意义上的准确，而且，我们也知道，并不是人人都可以真正像梭罗这样生活。我们的目的，主要是要讨论梭罗的生活哲学和生活态度：他认为，生活必需品其实很少，人们所认定的生活必需品，其实很多是不必要的甚至有害的；他这一年虽然毫无进账甚至还有欠债，但他获取了"闲暇、独立和健康"，是真正值得推崇的生活。

梭罗真心认为财产是负担，他反对世俗的忙碌，认为人们潜心改善自己的衣、食、住、行，在谋生上花去一生光阴，实在是本末倒置。实际上，这一切都可以大大精简。

关于衣，梭罗认为其主要功能应该是保暖，衣物只是外在之物，与生命毫不相干。他对时尚也并不是一无所知，只是对之表示不屑而已："制衣业的主要目的不是给人类提供优质和朴实的穿着，而是，毫无疑问地，让公司发财致富。"

至于食，梭罗基本素食，并且认为素食可以节省时间，也更有利于身体健康。

梭罗花了很大篇幅论证人的生活必需品其实可以很少，也就是食物、住所、衣物和燃料。他还具体列举了这些基本生活必需品，不过是"几种工具，一把刀、一把斧子、一直铁锹、一辆手推车，等等，就够了，或者对好学的人来说，一盏灯、文具、几本书，这些算是必需品吧，而且用很小的代价就能得到"。相形之下，"大部分奢侈品，以及许多所谓生活中的舒适品，非但不是不可缺少的，而且必定阻碍着人类的崇高向上。就奢侈和舒适而言，智者过着比穷人更为简朴和节俭的生活。中国、印度、波斯、希腊的古代哲学家，独成一个阶层，在身外物质财富上他们最贫穷，而内心世界他们最富有。"

至于住，梭罗说，这个地区一所八百美元的房子，一生中最好的光阴都要花在买房子上，实在是得不偿失。康科德的农夫们，大部分都要辛勤劳作二十、三十甚至四十年，才能成为农场的真正主人，而他们的下一代继承农场时，往往附带着抵押权，或者是用贷款购买的，农场本身也因此变成沉重的债务。根据他通过估税员对镇上居民的了解，整个康科德镇上没有债务、完全拥有自己农场的人不足十二个，而无债一身轻的人恐怕都不到三个。而且，他们的贫困不仅是物质的，还是精神的，因为他们的道德品质也破产了。

梭罗推崇美国自然学家巴特拉姆所描述的马克拉斯印第安人的习俗，他们在庆祝巴斯克节的时候，把自己穿坏了的衣物和其他污秽物品搜集到一起，清扫房舍、广场和整个城镇，然后把这些污秽之物和剩余的谷物和其他粮食全部扔进火堆，付之一炬，然后，新的生活才能毫无负担地周而复始。

梭罗号称，他纯粹靠自己的双手维持生计，一年中只要工作六个星期，就可以支付所有的生活费用。于是，整个冬天，加上夏天的大部分日子，他都可以用来学习。

梭罗去瓦尔登湖的时候，就已经声明，这只是一种试验，而不是一种理想。梭罗所持的生活态度和所提倡的生活哲学，就是简朴和独立。

简朴，就是通过简化物质生活，丰富精神生活，获得和保持心灵的自由。

梭罗先于他的同时代人，成为美国环境保护主义的先驱。他反对人类毫无限制地开发、不负责任地利用自然资源，反对浪费。他甚至说："感谢上帝我们不能飞翔，不然我们不仅浪费了地面，还会浪费天空。"他的理论强调环境和社会责任、资源的有效利用、简朴生活，为当代环境保护主义奠定了理论基础。

一年四季，都有自然学家或自然爱好者带着一群人前往瓦尔登湖或其他几个湖边远足。梭罗二百周年纪念会期间，7月15日凌晨6点45分，我们一群人从康科德镇中心的停车场出发，拼了几辆车，大家浩浩荡荡出发。和我同车的是来自附近康州的一对夫妇，还有来自荷兰的一对夫妇。领队是本地的自然学家彼得·阿尔登（Peter Alden）。沿路走时，他给我们讲解附近的植物，指出哪些是本地植物，哪些是外地迁徙来的。我们把车停在菲尔黑文湖，然后从那里出发，沿着梭罗经常行走的一条路径，一直走到瓦尔登湖岸边。

附近的蕨类（Ferns）很多，他说，这说明附近鹿很多，仅康科德一个镇子就有四百头鹿，四百只野火鸡。树林中有一百至一百五十种蘑菇，四十到五十种苔藓。鹿多了，吃掉了所有别的植物，剩下的只有人和动物都不吃的蕨类。

不过，最有意思的是听鸟叫。走着走着，彼得会让我们停下来，仔细聆听。远方传来几声鸟鸣，然后他会告诉我们这是什么鸟在叫。其中一种鸟说的是"请你喝茶"（Drink your tea），果然很像，这种请人喝茶的鸟是东部红眼雀（Eastern Towhee）。

梭罗最喜欢的鸟儿是隐士鸫（Hermit Thrush），走到离瓦尔登湖不远处，彼得又让我们停下来，终于听到了隐士鸫的鸣叫，在凉爽清澈的夏日的早晨，一天里最美好的时光，令人更加神清气爽，忘却尘世。梭罗，和梭罗精神，就这样如影随形，伴随着你，渗透着你。

《瓦尔登湖》注疏者杰弗里·克莱默供职的这个梭罗研究所成立于1990年，这个研究所有一个瓦尔登森林项目，一方面致力于保存梭罗的思想遗产，研究他的著作和日记，组织各种学术讨论和交流，另一方面也继续他的实践，通过基金会集资购买了瓦尔登湖周围的很多土地，进行生态农业和自然保护活动，表彰环境保护方面做出杰出贡献的人物。第一次获奖的是美国前总统克林顿，第二次获奖的是著名电影艺术家罗伯特·瑞德福德。

这一讲里，我们简略地谈到了梭罗是怎样从衣食住行几个方面，证明人可以控制自己的物质需求，提倡过一种简单的物质生活，从而有更多的时间和精力追求高尚的精神生活。而且，我们也讲到了，梭罗的独特之处，就在于他不是在书斋里写出这些文字，而是自己就亲身实践了这种哲学，而且，他的哲学还被传播下来，成为美国环境保护主义和自然文学的先驱和启蒙，无数的个人和组织在奉行着他的哲学，简化生活，热爱自然，保护自然。

梭罗在瓦尔登湖畔诗意和哲学的栖居

　　梭罗已经成了一个神话，关于他为什么去湖边居住，也成了一个神话。其实，这里面的故事很简单。梭罗并没有预期到他在湖边会写出《瓦尔登湖》，也没有料到《瓦尔登湖》会成为神话一般的经典，他就是很平淡地从爱默生家搬到湖边居住，然后又很平淡地搬回爱默生家的。

　　所以我们一下子就知道，梭罗决定去瓦尔登湖，和离开瓦尔登湖，都和爱默生有密切联系。

　　从广义上说，梭罗是在回应社会的挑战。十九世纪四十年代初，空想社会主义、乌托邦主义在欧洲流行，在美国也形成了一些乌托邦群体，其中有两个和梭罗的朋友有关：布鲁克农场（Brook Farm）和弗鲁特兰兹果树园（Fruitlands）。同时期也住在康科德的作家霍桑就加入过布鲁克农场，路易莎·梅·阿尔科特家也在弗鲁特兰兹果树园住过。这些人去这样的社区居住，是想通过设计一个社区，来试验重新设计社会。梭罗和他们的实验有相似之处，也有区别。相似之处在于就是通过自己的生活实践向传统的社会规则和生活方式挑战，区别在于，梭罗的目的不是直接重新设计社会，而只是质疑个人的角色和义务：个人应当如何生活，如何和邻居交往，如何遵从（或者消极抵抗）他所生活的社会的法则。在他看来，只有通过对单独的个人的改革，才能实现对众多的人的改革。

从理论上说，梭罗是在实践他的导师爱默生的理论，也就是爱默生在《美国学者》里提倡的精神。超验主义的核心就是：人和自然在本质上是善的，而社会及其组织会腐化个人的纯洁，但是，如果人能够保持自主和独立，就能够抵制社会的侵害，成为最纯洁最优秀的自己。超验主义强调个人的天性，认为它比客观的经验主义更为重要。个人能够产生全新的思想，而不必盲从过去的大师、先贤。在这种思想背景下，回到大自然、亲身体验、独立思考，是取得真理的最好途径。

具体到梭罗本人，他搬往瓦尔登湖的一个主要动机，是想完成他的漂流记。1839 年 8 月和 9 月，他和哥哥约翰一起在新英格兰的康科德河和梅里迈克河这两条河上漂流。梭罗和哥哥形影不离，甚至心仪的也是同一位女性艾伦·西韦尔（Ellen Sewell），而且还同时失恋。1842 年，约翰在刮脸时伤了手指头，结果伤口发炎成为破伤风而不幸去世，当时抗生素还没有发明，一个小小的伤口就是致命的。梭罗想通过写这本书，记录他和哥哥在漂流两周的航行中的兄弟情谊。这本书就是《在康科德河和梅里迈克河流上的一周漂流》一书。在记录这次旅行的同时，梭罗也开始思考友谊、精神、社会和自然，把这些主题都融入了书中。

这些都是梭罗去瓦尔登湖居住的动机，但是，他真正能够前往瓦尔登湖，都是因为爱默生。前面说过，梭罗小木屋的土地是爱默生的。爱默生买下了瓦尔登湖附近的土地，并且允许梭罗去那里居住，这样梭罗才能够前往瓦尔登湖居住、观察、劳作和写作。

爱默生买地也是一段趣事。1844 年 9 月底，爱默生完成了第二部论文集的校订稿，为了庆祝，决定散步到瓦尔登湖去。路上正好碰上几个人在拍卖瓦尔登湖畔的一块地，一来二去，等他们分手时，爱默生就买下了瓦尔登湖边的十一英亩地，每一英亩八美元十美分。

后来，爱默生又买下了附近的四十几英亩土地，当时他是想留着给几个朋友盖房子用，不久人们就纷纷称这片地为"爱默生悬崖"。爱默生买地，是梭罗前往瓦尔登湖的物质基础。

1845 年初，梭罗和爱默生达成了协议：梭罗，而不是爱默生，会在瓦尔登湖边盖一处诗人栖居所，梭罗只有居住权，为此，梭罗会开垦这片土地上的可耕地，并且在上面耕作，然后再把房子卖回给爱默生；爱默生本人则去悬崖顶上盖他的诗人栖居所，梭罗还认认真真地为爱默生那间房子画了设计图。

其实，在搬往瓦尔登湖之前，梭罗已经和他的一个朋友查尔斯·斯登·惠勒（Charles Stearns Wheeler）在离瓦尔登湖不远的弗林特湖边度过一段时间。惠勒是梭罗的朋友，是他在哈佛的同屋，他在弗林特湖附近盖了一个小棚子，1836 年到 1842 年间，在那里居住过几次。梭罗在小棚子里也住过，时间大约是在 1837 年。这可以算是梭罗正式搬往瓦尔登湖之前的"实习"。

梭罗搬到瓦尔登湖，并不是"归隐"、逃离社会。梭罗为他的小屋选择的地址，正好是在人们经常光顾的前往瓦尔登湖的路上，旁边就是铁路，路过的人都会随意攀谈。而且，他的家人也经常来看望他，一般是他的家人星期六下午来湖边看他，而他则于星期天回访他们；他也经常光顾爱默生和其他几位朋友家的餐桌。这些史料证明，瓦尔登湖并不是荒野，而是康科德日常生活的一个部分，搬往瓦尔登湖并没有将梭罗和家人、朋友分开。

与此同时，搬到湖边、盖小木屋，确实也有象征性的意义。梭罗从前并没有这么自立，也不能完全控制自己每天的日程，现在他则完全取得了独立。而且，瓦尔登湖与康科德的距离正好：有一定的距离，却又不完全脱离，这样就给梭罗提供了一个观察的角度，使他能够以一个旁人的眼光观察这个社会。

梭罗前往瓦尔登湖，超额完成了任务。他的具体任务是完成《在康科德河和梅里迈克河流上的一周漂流》一书，到1845年秋，他手里已经有了第一稿，到1847年春，这本书已经写完，爱默生在帮助他寻找出版人。

梭罗没有想到的是，他在湖边会完成第二本书，也就是《瓦尔登湖》。《瓦尔登湖》是1845年7月5日，也就是在他搬到湖边后的第一个清晨开始的，他开始写一部新日记，向世人宣布，他到瓦尔登湖来居住了。梭罗在《瓦尔登湖》中的声音是全新的：大胆、抒情、渴望、带着预言家的风采。从此以后，有两个梭罗，一个安静、内向、害羞、自卑，偶尔会抑郁，身体羸弱，而另一个则热忱、狂傲、笃定、高声大气，就像迎接黎明到来的骄傲的公鸡。梭罗在讲台上无法吸引听众，但是，通过《瓦尔登湖》，梭罗终于从笔头找到了和世界交谈的声音，直到今天，整个世界还在继续聆听他的声音。

梭罗居住在瓦尔登湖，成就了一部经典，他本人也成为了一个神话。梭罗承认，《瓦尔登湖》本身并不是完全纪实的，就像《在康科德河和梅里迈克河流上的一周漂流》一书将两周的经历压缩为一周一样，《瓦尔登湖》也将两年的经历压缩成了一年，其中还加入了很多他的哲学思考和诗意的想象。不过，梭罗离开瓦尔登湖时，《瓦尔登湖》并没有成书，只有一百一十七页的手稿，没有声名和我们后人加上的辉煌和神秘色彩；他离开瓦尔登湖的原因也很简单：爱默生需要出国讲学，他的妻子利蒂安·爱默生请求梭罗能够在爱默生出国期间，帮助照顾爱默生的家庭和家务。

这个时期，欧洲对爱默生和他的超验主义兴趣盎然，爱默生打算去欧洲讲学一年。直到 1847 年 8 月 29 日，当时的安排还是，爱默生讲学期间，利蒂安会带着孩子去一个朋友家借住。但是，她突然决定住在自己家，并请梭罗去与她和她的孩子一起住。爱默生 1847 年 10 月 5 日才离家，但梭罗接到邀请一个星期后，就于 9 月 6 日离开了林中，直接搬到了爱默生家。

梭罗一旦离开瓦尔登湖，就再也无法回头。9 月 17 日，爱默生买下了梭罗的小屋，把它卖给了自己的园丁。10 月 5 日，梭罗、利蒂安在波士顿港为爱默生送行，然后一同回到康科德的爱默生家。从此以后，梭罗再也不曾独居过。

我们这一讲的题目里有一个词"诗意"，这里的诗意并不完全是陶渊明式的归隐山水，因为梭罗正好也是在瓦尔登湖居住期间，蹲了一夜监狱，从而开启了他的"公民不服从"的思想，使他成为一个社会活动家，对后世也产生了极大的影响。

"第一个夏天快结束时，一天下午，我去村子里的鞋匠那里取鞋，我被抓住投进了监狱，因为……我没有向政府纳税，也不承认它的权威，这个政府在它的议会门口像买卖牲口一样买卖男人、妇女和儿童。"

关于"公民不服从"，梭罗并不是发明人，在他之前，著名英国诗人雪莱就写过一篇政治诗篇《无政府主义的面具》，据考证，这应当是首次表达了现代意义上的非暴力不合作原则。雪莱影响了两个人，一个是梭罗，另一个就是甘地。

梭罗被捕是1846年7月，正好是他在瓦尔登湖居住期间的中段。他被捕的理由是因为没有交人头税。1849年，他写成了论文《论公民不服从》。这篇论文的主旨是，公民如果支持压迫者，那么他们应当为此承担道德责任，尽管法律要求他们支持压迫者。也就是说，尽管法律要求他们支持暴政，他们却有反对暴政的道德责任。他本人拒绝缴税，是为了抗议奴隶制，反对美国对墨西哥的战争。

到了十九世纪五十年代，美国很多少数族裔或团体：黑人、犹太人、天主教徒、反禁酒令主义者或其他种种团体，都用"公民不服从"方式来反对带有种族或宗教歧视色彩的法律手段和公共行为。从此以后，美国现代少数民族和团体的民权运动中，都经常采用这种方式，就是公开地、和平地反对公共权力。而这种抗议方式，直接起源于梭罗居住在瓦尔登湖期间，在监狱中度过的那一个夜晚。

就这样，梭罗在瓦尔登湖住了两年两个月零两天，而这个具体数字，是纯粹的巧合。

这一讲，我们具体分析了梭罗前往瓦尔登湖居住的几个原因，主要是实践爱默生超验主义的哲学，同时，爱默生也为梭罗前往湖边居住创造了物质条件。梭罗本人是想写一本怀念兄长的书，他如期完成了《在康科德河和梅里迈克河流上的一周漂流》这本书，同时，也用自己的亲身经历和观察，写出了我们面前这本伟大的《瓦尔登湖》。而且，我们也讲了，梭罗"诗意"的栖居，不是隐居和逃避现实，而是一种对强权和社会不公正作出的反抗，开启了美国社会和世界范围内以和平的方式反抗强权的先河。

似曾相识:《瓦尔登湖》中的中国经典

梭罗在大学四年级的时候,读到了爱默生的《自然》,读到了印度、中国和其他东方哲学,并且加深了对诗歌和欧洲语言的兴趣。就梭罗的用典偏好和熟悉程度来讲,《瓦尔登湖》中的用典,当推希腊罗马英雄神话。从哈佛毕业时,他能够熟练地阅读希腊语、拉丁语、意大利语、德语和法语。梭罗热爱希腊罗马的古典文学和哲学,就在他描写植物和湖泊的时候,他也会很自然地引用荷马、西塞罗和普林尼的文字。

梭罗不懂希伯来语,《瓦尔登湖》中引用的《圣经》故事,大约来自詹姆士王钦定本,其中用得多的是故事而非说教。就宗教信仰来讲,梭罗和爱默生类似,对基督教传统是持有保留态度的,行文之间还偶尔略带机锋,说些大约会冒犯虔诚信徒的讥讽之语。

梭罗熟悉经典、懂多种欧洲语言,这一点并不稀奇,希腊罗马和《圣经》经典都是当时欧美知识界的基本功,难得的是,梭罗除了引用希腊罗马神话和哲学经典、《圣经》、欧洲文学和哲学经典——特别是英国诗人的作品以外,还经常引用印度、波斯的神话和哲学经典,最有意思的是,他还引用了很多孔孟圣贤之言。

《瓦尔登湖》第一章《简朴生活》最长,占全书大约四分之一的篇幅,也最重要,我们前面第二讲已经讲过。这一章独成一体,梭罗在其中阐述了他最重要的哲学思想。其中，早在第十三页，梭罗就引用了孔子的名言："知之为知之，不知为不知，是知也。"梭罗不懂中文，他的孔孟引文都是自己从法语翻译过来的，法文的版本是让-皮埃尔-纪尧姆·鲍狄埃（Jean-Pierre-Guillaume Pauthier, 1801—1873）《孔子与孟子，中国道德哲学与政治文选》(*Confucius et Mencius, Les Quatre Livres de Philosophie Moral et Politique de la Chine*, 1841)。

梭罗也引用了"己所不欲，勿施于人"的哲学。"耶稣会的人碰到印第安人时觉得无计可施，这些印第安人在遭受火刑时，居然向行刑者提议一些新的折磨方式。……而'己所不欲，勿施于人'的法则，就不会那么有说服力了，因为他们根本不在乎人们怎么对待他们。"此处梭罗的原文是"The law to do as you would be done by"，既是来自《论语·颜渊》和《论语·卫灵公》的孔子名言，也见于《新约·马太福音》《新约·路加福音》，以及犹太人经典《塔木德》和伊斯兰经典《古兰经》，真是放之四海而皆准的真理了。在梭罗眼里，人类的哲学经典都是相通的。

梭罗在描写清晨的美丽时，很自然地引用了一句中国经典："苟日新，日日新，又日新。"这句话出自《大学》："汤之盘铭曰"，汤就是成汤，"盘"，就是成汤王的洗澡盆，盘铭就是他刻在洗澡盆上的箴言。沐浴之后，人也焕发一新，就像美丽的清晨，"每一个清晨都快乐地对我发出邀请，要我开始像自然本身一样简单、一样纯洁地生活。我像希腊人一样虔诚地崇拜黎明女神欧若拉。我早早起床，在湖中沐浴；那是一种宗教体验，也是我做过的最好的事情之一。据说，成汤王的浴盆上刻着这样的字眼：'苟日新，日日新，又日新。'"这一句经典之文，先是从中文译成法文，梭罗又从法文译成英文，"汤之盘铭"的意思，我们现代人初看，不一定能够知道它确指的是什么，我们很可能想到它是一只喝汤的盘子，梭罗竟然能够很准确地把它翻译过来。当然，更引人注意的是其中朴素的哲理，超越了历史、时代和文化背景，在《瓦尔登湖》的行文中居然吻合得如此天衣无缝，无需复杂的考证，也无需繁复的词藻，简明扼要，一语中的，不得不令人称奇。

《瓦尔登湖》第二章《生活在何处，生活的目的》，如题目所言，梭罗讨论的是他的生命哲学。他一方面讲述了自己迁往瓦尔登湖居住的一些情况，另一方面，也记录了一些日常生活的琐碎。然而，在他眼里，在忙忙碌碌的俗世生活之外，需要超越其上而专注于自己的精神生活。他喜欢读报读新闻，但是，"新闻算什么啊！了解永远不会过时的东西，重要多了！"然后他就非常自然地引用了《论语·宪问》中的这一段："（魏国大夫）蘧伯玉使人于孔子。孔子与之坐而问焉，曰：'夫子何为？'对曰：'夫子欲寡其过而未能也。'使者出。子曰：'使乎！使乎！'"蘧伯玉的使者没有提到蘧伯玉手头忙碌的项目，而是强调他"每天想减少错误而没有做到"，令孔子击节赞赏，梭罗认为，这是每一个人应当遵循的生活态度。

在《独处》一章中，梭罗在描写独处的好处时，非常顺理成章地引用了孔子的名言"德不孤，必有邻"。"鬼神之为德，其盛矣乎。"

"视之而弗见，听之而弗闻；体物而不可遗。"

"使天下之人，齐明盛服，以承祭祀。洋洋乎，如在其上，如在其左右。"

这么读起来有些深奥，但紧接着梭罗又用非常朴素的语言，描写了他在大自然中如鱼得水的感受："即使是可怜的愤世嫉俗的人，和最忧郁的人，也能在任何自然物体中找到最甜蜜、最温柔、最纯真、最激励人心的陪伴。……我突然感受到，大自然是如此甜蜜和慈爱，在雨点的淅淅沥沥中，在我房子周围每一个声音和景色中，一种广博无垠、无法衡算的友谊，像大气层一样环绕着我……每一根细小的松针都带着同情展开和膨胀，成为我的朋友。"

前面讲过，梭罗写作著名的《公民不服从》，始于他被捕入狱、在狱中度过一夜之后。梭罗反对暴政，也反对用暴力来反对暴政，他坚信，"如果人们都生活得像我那时那样简朴，就不会有偷窃和抢劫，偷窃和抢劫只有在一些人所得过多，而另一些人所得不足的社会中才会出现。"如果没有偷窃和抢劫，暴政也不会产生。此处，他又信手拈来地引用了一段《论语·颜渊·问政》："子为政，焉用杀？子欲善，而民善矣。君子之德风，小人之德草，草上之风，必偃。"梭罗的引用这么信手拈来、天衣无缝，它并不是简单的文字上的引经据典，而是因为梭罗的人生和政治哲学，确实和孔子的儒家思想有内在的相通之处。

《瓦尔登湖》中引用的最长的一段孔孟文字，是在最后一章快结束的时候，梭罗用饱含感情的笔触描写着春天的美丽："一场细雨，就能让草地添上好几层绿意。新思想不断涌现，也使我们的前景更加光明。如果我们能够永远生活在当下，有效地利用所有发生在我们身上的一切偶然，就像青草坦然承受落在它身上的最轻微的露水的滋润，而不是把时间荒废在未来失去机会而悔恨的话，还要说这样才是承担责任，那我们就有福了。……在一个宜人的春天的早晨，人的一切罪恶都得到了宽恕。……"然后，梭罗就翻译了《孟子·告子上》中的这一段文字：

　　"是其日夜之所息，雨露之所润，非无萌蘖之生焉，牛羊又从而牧之，是以若彼濯濯也。人见其濯濯也，以为未尝有材焉，此岂山之性也哉？虽存乎人者，岂无仁义之心哉？其所以放其良心者，亦犹斧斤之于木也，旦旦而伐之，可以为美乎？"

　　这一讲里，我们集中讨论了梭罗引用的一些孔孟圣贤语录，并且根据上下文，判断梭罗是如何使用这些引文的。值得强调的是，这里的译文都是梭罗本人从法文翻译过来的；另外，通过这些例子，我们可以看出，梭罗引用这些语录，不是掉书袋，而是因为它们正好和他的思考和感觉相吻合。共同的感受，共同的感悟，超越了时间，超越了空间，没有文化隔阂，也没有语言障碍，梭罗将孔子和孟子引为知己。

自然百科全书：《瓦尔登湖》中的花草动物和自然科学

《瓦尔登湖》中，梭罗站在了当时科学发展的最前沿。

梭罗传记作者劳拉·达索·沃尔斯在梭罗出生二百周年纪念大会上，提到了梭罗对科学的态度：一方面，梭罗认为科学和技术使人类生活过分复杂化，而另一方面，他观察自然、研究和描述各种自然现象，又充分利用了他的自然科学知识和当时科技发展最前沿的理论和发现。

梭罗研究者们越来越认识到梭罗在科学方面的造诣和贡献，因而，2019年梭罗年会选定的主题就是："作为工程师的梭罗：自然、技术和互相关联的生命"（Engineering Thoreau：Nature, Technology, and the Connected Life）。

梭罗时代，康科德并不是一个绿色田园，而是一个工业中心。镇上有磨坊、商店、工厂，梭罗家里就开着铅笔厂，火车已经通车，梭罗在瓦尔登湖居住期间，就常常描述火车从湖边轰鸣而过的情景。梭罗本人也是哈佛大学毕业生，爱默生在哈佛学的是神学，而梭罗学的除了希腊语、拉丁语以及与之相关的希腊罗马历史、政治、哲学，还有数学、物理、化学、地质、地理和其他自然科学，而且，教授们授课的同时，也带领他们做实验。尽管梭罗从来不以哈佛的名头为自豪，还经常揶揄和讥讽学院教育，但是，他回归大自然、并以科学研究的方式观察和记录自然现象，又离不开他所接受的学院教育和科学训练。

梭罗观察自然的方式，也与当时科技的发展分不开。梭罗之前，人们普遍用鹅毛笔写字，只能正襟危坐地在桌前蘸着墨水写字；而铅笔取代鹅毛笔之后，梭罗才能够怀揣铅笔在户外到处走动，随时随地记下他的观察和思考。梭罗批评报纸的肤浅，但是，正是印刷的推广，使得他能够读到更多的新闻、文学和科技文献，他的《瓦尔登湖》，才能够站在当时科技和思想多个学科的前沿。下面我们简单谈谈梭罗的科学背景。

地质学：梭罗阅读的第一本现代科学书籍，是查尔斯·莱尔（Charles Lyell）的《地质学原理》（1830—1833）。1840年，他从爱默生家的书架上拿过这本书来阅读。

《瓦尔登湖》第336—337页的描写，很好地反映了梭罗的地质学知识。梭罗描述春天化冻时山坡上形成的花纹，既是优美的充满诗意的散文，又是地质学的精确描述。研究梭罗的地质学家罗伯特·索森（Robert Thorson）认为，人们承认梭罗在植物学方面的知识，其实，他的地质学方面的描绘也是精确的，尽管他在日记中描述得更多、更仔细，而在《瓦尔登湖》中提及的不多。

土木测量：梭罗挣钱谋生的一个重要来源就是测量。他讲课收入有限，打短工挣钱也不多。在他的收入中，以做土木测量所得的收入最高。1850年起，梭罗成了专业的土木测量专家；他花钱自已买了测量工具,包括图纸、各种丈量尺、圆规、量线等等,还有一件最新最酷的指南针。他甚至还设计了一张广告,谁要是请他测量的话,他将保证测量的精确性。这一点梭罗没有夸张,他去世以后,康科德图书馆收录了他的测量记录,这些记录,是了解镇上地产分界线的重要资料。

动物学和植物学:梭罗也喜欢天文学,但他对天象的描写比较文学化,令人印象更深的是来自希腊罗马神话中那些浪漫的神话故事;比起天文学,他对地上的一切更加感兴趣,除了地质和测量以外,《瓦尔登湖》中最多的是对于植物、动物的描写。梭罗的植物学老师是哈佛大学的一流植物教授阿萨·格雷。梭罗和哈佛的来自瑞士的自然学家路易斯·阿加西斯也有很多交往,他经常搜集一些动物样品,送交给阿加西斯用于研究:"我给一位杰出的自然学家送去过一只(本地野老鼠),他对此十分感兴趣。"(《瓦尔登湖》252—253 页)。

1851 年,梭罗阅读了达尔文的《小猎犬号之旅》(*Voyage of the Beagle*),他从中了解到了火地岛的生态,并且,还在《简朴生活》一章中,引用了达尔文提供的火地岛的资料,来证明人对食物和衣着的需求是可以减低到最低限度的。

梭罗对动物、植物的描写十分详尽,《瓦尔登湖》书中例子太多,不胜枚举。最难得的是,梭罗的记载在今天仍然有价值,因为他用文字保留了当时的植物和动物的许多珍贵数据,当代生物学家能够用梭罗和他的康科德邻居们当年搜集的收据,研究一百五十年来地球变暖对这个地区产生的影响。

梭罗详细地记载了三百五十多种花草，不仅记录它们的名称、种类和特性，而且还特地标出了它们春天开花的时间。这就为现在的科学家研究气候变化以及动物植物对气候变化的反应，提供了难得的历史资料。自从《瓦尔登湖》1854年出版以来，康科德的气温升高了2.4摄氏度（或4.3华氏度）。梭罗记录的物种，有四分之一在瓦尔登湖边已经看不到了，其他三分之一也几近灭绝。

《动物邻居》中，梭罗还有一段著名的关于蚂蚁大战的描写。梭罗甚至将三只打得不可开交的蚂蚁的木片带进室内，用一只玻璃杯将它们扣住，然后拿着放大镜看它们死掐。这场蚂蚁之战令梭罗十分激动而痛苦，那一天一直心神不宁，忘不了那场血腥惨烈。

描写大自然中的朋友的时候，梭罗充满了童趣和幽默，和他与人打交道时的寡言和突兀迥然不同。根据这本注疏本搜集的一些同时代人的回忆，梭罗个性孤僻，是有些社交障碍的，与人打交道时非常笨拙。相形之下，梭罗在大自然中更加放松，更加自由自在、如鱼得水。顽皮的松鼠，贪吃的老鼠，顽强的蚂蚁，还有调皮捣蛋的潜鸟，在他笔下都充满了生机。前面我们已经讲过，梭罗最喜欢的鸟儿是隐士鸫，如今也是前来瓦尔登湖凭吊梭罗的人们最喜欢观赏、聆听的鸟儿。

爱默生鼓励梭罗的科学探索，对他的活动给予极高的评价。他认为梭罗为康科德提供了十分有价值的服务，每一个镇子都需要自己的医生或律师，当然也需要自己的自然学家。梭罗的博学也名声在外，1853 年，华盛顿特区的美国科学促进会（American Association for the Advancement of Science）选举他为会员。在他的朋友们看来，他既是科学家中的诗人，又是诗人中的科学家。

这一讲，我们讲的是作为科学家的梭罗。梭罗在哈佛大学受到了科学的训练，为他后来观察自然打下了基础；他广泛阅读，了解当时科学发展的前沿，和当时不同科学领域里领先的一些科学家也保持联系。梭罗之所以在哲学上、环境保护运动中影响深远，恰恰是因为他对自然的观察和了解是科学的，而不是愚昧地一味抵制科学的发展和社会的进步。他并不反对科学，而是不断提醒我们，人类生存的目的并不是物质的，而且也是精神的，并且，这种生存，其质量也依赖于我们生存的自然环境和精神内容。

梭罗回归自然、回归大地、追求简朴生活的理想，不仅对美国人的思维和生活方式产生了影响，也在世界上找到了知音。甘地、马丁·路德·金、纳尔逊·曼德拉，在非暴力不合作的和平抗议运动中，都是梭罗的精神继承人。而他的简朴哲学，也与俄罗斯大文豪托尔斯泰不谋而合。托尔斯泰在他最后一部巨著《复活》中，就直接引用了梭罗的文字。

《复活》第二部第十九章中，聂赫留朵夫在冥想中想起了梭罗的名言："在一个不公正地将人投入监狱的政府统治下，一个正义的人应该置身其中的地方也应当是监狱。"于是他想到，在当时的俄国，一个诚实的人唯一能够存身的地方就是监狱。而且他前往监狱的时候，认为这也适合于他自己。

托尔斯泰在 1896 年写给尤金·海因里希·施密特的一封信中，更具体地谈到了梭罗的原则：梭罗不仅阐述了一个人有责任不服从政府的理论，而且还用实际行动实践了这个理论。托尔斯泰认为梭罗是第一个用这样的语言表述公民不服从的原理的人，并且感慨道，这么浅显的道理，为什么别人就没有想到。

最后，我想再引用一段文字，来说明梭罗在今天的美国的影响。

1998 年 6 月 5 日，《瓦尔登湖》注疏者克莱默供职的梭罗研究所成立之日，在成立仪式上做主题发言的不是别人，而是当时的美国总统比尔·克林顿。克林顿说，爱默生曾经说全世界都听到了美国革命打响的一枪，而梭罗在瓦尔登湖畔居住，全世界也听到了这一声枪响，而且今天还能听见它的回声。他说，我们应该从梭罗这里学习以下几点：

第一，我们必须和自然和谐相处；

第二，当代世界，能够选择自己政府的人口第一次超过不能选择自己政府的人口，全世界大部分人能够生活在自己选择的政府之下，但是，我们千万不能忘记，在面对不公正时，公民非暴力不合作的力量和道德优势，远远超过暴力。

第三，我们不仅与自然密切相连，我们互相之间也密切相连，一个人群的发展，不能以牺牲别的人群为代价，这样的行动是错误的，其代价也是十分高昂的。

美国总统在传承着梭罗的精神遗产，每一个在瓦尔登湖边散步的访客、每一个在瓦尔登湖岸的沙滩上戏耍的孩童，也在传承着梭罗的精神遗产。

在这个系列里，我们讨论了梭罗所描写的四季更替，他如何提倡一种简朴的生活方式，他为什么要去瓦尔登湖旁边居住，又为什么离开。我们也谈到了梭罗的"理科生"背景，从而解释为什么他当时的自然观察，现在的自然学家、植物学家和环境保护主义者还在当作科研资料使用。我们还花了一讲的时间，谈及《瓦尔登湖》中，梭罗引用的孔孟文字，从而帮助我们理解，为什么《瓦尔登湖》有这么广泛而持久的魅力。

这本书是一个性格有点孤僻的人，在一百多年前的美国写成的，但其中蕴含着对自然的观察、对人类生活的思考，和我们的古人的观察和思考有相通之处，和我们今天的观察和思考也有相通之处。这本书并不晦涩难懂，我们读它，就是为了与中国和异国的先哲们一同观察和思考，从而更深刻地理解和处理我们与自然的关系、理解和处理我们互相之间的关系，从而丰富我们的精神世界，选择一种更加简朴、更加崇高的生活方式。

梭罗的身份是多层面的：作家、自然科学家、社会活动家和自然保护主义者、精神领袖，他的影响也是多层面的，从文学到自然科学和哲学，从个人到团体和国家组织。梭罗是美国的，也是世界的。